Püppi

ROSINA IIDA

PÜPPI

Bibliografische Information der Deutschen Nationalbibliothek
Die Deutsche Nationalbibliothek verzeichnet diese Publikation in der Deutschen Nationalbibliografie; detaillierte bibliografische Daten sind im Internet über http://dnb.d-nb.de abrufbar.

© 2021 Rosina Iida
Umschlagabbildungen: Photo by lifeforstock, benzoix, jannoon028, rawpixel.com, kotkoa – www.freepik.com,
Photo by Brian Kostiuk on Unsplash.com

Umschlagdesign, Satz, Herstellung und Verlag:
BoD - Books on Demand, Norderstedt
ISBN 978-3-7534-1580-2

Teil I

1

28. Juli 1984

Na Lina, mein Herzchen, was möchtest du denn werden, wenn du einmal groß bist?«, fragte die Großmutter.

»Tierärztin!«

»Na, dann musst du in der Schule aber gut aufpassen, denn dafür braucht man gute Noten.«

»Dann mache ich das«, versprach Lina.

2

28. Juli 1997

Felix hatte es kommen sehen. Er musste wieder mit Fox zum Tierarzt. Der Hund stellte ihn vor ein gewaltiges Problem. Wenn er sich schüttelte, flog ihm das Blut aus den Ohren. Beim letzten Besuch hatte der Tierarzt gemeint, das sei keine Infektionskrankheit, sondern eine Folge der fehlenden Belüftung der Ohren. Denn sein Cockerspaniel sei überzüchtet, und deshalb lägen die Ohren so eng am Körper an, dass sich die Milben im inneren Ohr von Fox besonders wohlfühlten. Mithin ein sehr seltener Fall und der erste, der ihm in seiner Praxis begegne. Daraufhin hatte Felix versucht, dem armen Fox die Ohren hochzubinden, um für ausreichende Belüftung zu sorgen. Der Hund hatte sich dies auch problemlos gefallen lassen. Doch augenscheinlich reichte diese selbstgebastelte Maßnahme nicht. Felix stand nun vor einer schrecklichen Alternative. Seine Frau wollte nicht länger überall

Blut abwischen, das dem Hund beim Schütteln aus den Ohren spritzte. Und jetzt hatte sie Felix vor die Wahl gestellt, entweder der Hund oder sie. Das hieß im Klartext, Felix müsste vom Tierarzt die Euthanasie verlangen. Und dazu war er nicht bereit. Doch seine Frau verlassen, oder dass sie ihn verließ, das wollte er ebenso wenig. Denn obwohl Scheidung in Deutschland heutzutage das Normalste auf der Welt war, was Felix durchaus klar war, wollte er seine Frau nicht verlieren.

Fox war mit seinen elf Monaten noch so jung, dunkelbraunes Fell, leicht gewellt und einen Blick, der die Herzen aller Menschen, die ihm nahekamen, augenblicklich dahinschmelzen ließ – zumindest, bis das Blut flog. Und einen solchen Hund nur einschläfern zu lassen, weil er überzüchtet war, das widerstrebte Felix sehr.

Felix selbst war Mitte zwanzig und noch immer ohne Bierbauch und mit dichtem Haar, was seine Frau sehr schätzte. Und Fox war der einzige Streitpunkt in ihrer ansonsten sehr harmonischen Ehe.

3

24. September 1997

Das Abitur hatte Lina mit Bravour bestanden. Nun konnte sie sich, wie gewünscht, für Tiermedizin an der Justus-Liebig-Universität in Gießen einschreiben, weil sie das Glück hatte, dort einen Studienplatz zu bekommen.

Sie sah sich auch sofort nach einer Unterkunft um. Die Auswahl war klein, und ihre Bemühungen um ein Zimmer im Studentenwohnheim hatten nur geringe Chancen, da sie bei ihren Eltern in Wetzlar hätte bleiben können. Aber Lina wollte lieber in der Universitätsstadt leben und nicht täglich in öffentlichen Verkehrsmitteln unterwegs sein. Sie entschied sich schließlich, es mit einer Wohngemeinschaft zu versuchen. Sie hatte zwei Angebote am Schwarzen Brett der Uni gesehen und sich jeweils einen Streifen abgerissen. Die erste Wohngemeinschaft war ihr zu schmuddelig, die Küche sah aus wie Kraut und Rüben und machte nicht den Eindruck, dass dort irgendwann irgendjemand putzte. Die zweite hingegen sagte ihr zu. Mit ihr würde es eine Dreiergemeinschaft sein. Küche, Bad und der Gemeinschaftsraum mit Fernseher und Telefon waren ihr ebenfalls sympathisch, da sauber. Und die Sauberkeit verdankten sie einer Putzordnung, von der Lina sofort überzeugt war. Den Vermieter hatte sie noch nicht kennengelernt, doch kam es ihr vor allem auf die Mitbewohner an, zwei Germanistikstudentinnen, die eigentlich zum Ausgleich lieber einem männlichen Wesen das dritte Zimmer anbieten wollten. Lina hoffte inständig auf einen Anruf mit der Bestätigung, dass trotzdem sie die Auserwählte sei. Sie musste zum Glück nicht lange warten. Dann hieß es, am Samstag wollten sich alle gemeinsam mit dem Vermieter treffen, um den Vertrag zu unterschreiben. Hurra! Ein Zimmer und ein bisschen Wohnung, und alles ohne großen Aufwand. Lina konnte ihr Glück kaum fassen. Ihre Eltern waren fast noch aufgeregter als sie. Sie war das älteste der drei Kinder, und ihr Flüggewerden war auch für die Eltern ein besonderes Ereignis.

4

Immer noch 24. September 1997

»Ich komm ja schon, ich komm ja schon. Willst du denn noch einen Spaziergang machen? Wir sind doch gerade erst zurückgekommen.« Felix tätschelte Fox den Nacken.

Seit seine Frau ausgezogen war, musste er sich allein um den Hund kümmern. Momentan hatte er Urlaub. Aber er fühlte sich in der Wohnung nicht mehr wohl. Putzen war wirklich nicht sein Ding, und im Grunde genommen liebte er seine Frau auch mehr als seinen

Hund, wie er sich inzwischen eingestehen musste. Und ständig das Blut wegzuwischen, war auch für ihn kaum noch auszuhalten. Er hatte bereits eine weitere Vorrichtung erfunden, die die Ohren des Hundes ein wenig vom Körper abstehen ließ. Wenn es diesmal funktionierte, würde Hanni zurückkehren. Der Hund oder ich, das waren ihre letzten Worte. Nun wohnte sie erst einmal bei ihren Eltern.

»Komm, ich muss dir wieder die Medizin in die Ohren träufeln, du Blut spritzendes Etwas.«

Beim Anblick des Fläschchens kroch der Spaniel unter die Sitzbank in der Küche.

»Nun komm schon. Das tut doch nicht weh. Ist nur ein bisschen kühl in den Ohren. Danach gehen wir auch spazieren.«

Widerstrebend kroch der Hund aus seinem Versteck hervor und ließ die Prozedur über sich ergehen. Dann folgte, was folgen musste: Er schüttelte sich wieder, dass das Blut nur so spritzte.

5

12. Oktober 1997

Lina schlenderte mit sich und der Welt zufrieden durch die Fußgängerzone von Gießen, schaute sich in den Buchhandlungen und dem Studentencafé um. Dann ging sie in den Supermarkt und überlegte, was sie wohl für ihre Einweihungsfeier brauchte. Mehr als zehn Leute wollte sie aus Platzgründen nicht einladen. Riesenfeten, wie manche sie gaben, lagen ihr ohnehin nicht. Die Nachbarn der Wohngemeinschaft würde sie natürlich auch einladen, den Herrn aus der Wohnung über ihnen ebenfalls, ein Japaner, der sich bestimmt über etwas Anschluss freute. Lina stellte sich das Leben in Deutschland für einen Ausländer ziemlich schwierig vor. Allerdings hatte der Japaner auch etwas Glück, denn die deutschen Schriftzeichen dürften ihm wohl kaum Probleme bereiten, es waren ja nur sechsundzwanzig plus Eszett– eine überschaubare Menge. Und selbst wenn man die Umlaute und die Großbuchstaben noch hinzunahm, waren es nur 59.

6

Immer noch 12. Oktober 1997

Ohne seine Hannelore empfand Felix jeden Tag seiner Einsamkeit schwerer. Darüber konnte ihn auch Fox nicht hinwegtrösten. Im Gegenteil, auch dem Hund fehlte sein Frauchen. Das spürte Felix.

Er überlegte, ob er juristisch gegen den Züchter vorgehen sollte, doch das kostete bestimmt unendlich viele Nerven. Denn ob das Gericht dem Gutachten des Tierarztes folgen würde, der ihm sicherlich schriftlich bestätigen würde, dass Überzüchtung den Milbenbefall infolge unzulänglicher Belüftung der Ohren verursacht hätte, daran zweifelte er stark. Und dann Hanni, seine Hannelore. Wie würde sie auf so einen Prozess reagieren? Käme sie zurück, falls er Recht bekäme? Schließlich wäre dann klar dokumentiert, dass der Hund ein Opfer menschlicher Zuchtsucht war. Doch die Blutspritzer blieben auch dann. Aber vielleicht könnten sie sich von der Abfindung, die Felix vorschwebte, eine Putzhilfe leisten, eine, die ausschließlich für die Blutspritzer zuständig wäre und täglich käme? Auf die Mieteinnahmen zu vertrauen, ist immer ein Risiko, wer weiß, was das Leben noch für Tücken bereit hielt, sponn er den Faden weiter. Doch dann blickte Felix wieder auf die trostlose Realität. Selbst, wenn er alles so erreichte, also einen juristischen Erfolg erzielte, dann würde auch diese Putzhilfe genauso wenig mit dem Putzen nachkommen, wie er selbst. Und ständig eine dritte Person in der Wohnung? Auch das empfand er nicht als erstrebenswert.

9

Er wartete noch ein wenig, dann rief er Dr. Flacher an und bat ihn um einen Termin zwecks Euthanasie. Er konnte sofort kommen. Dr. Flacher enthielt sich eines Kommentars zu dem Wunsch, sagte jedoch zum Schluss mitfühlend, er wünsche ihm sehr, dass seine Frau wieder zu ihm zurückkehren möge. Das hoffte Felix natürlich auch – inständig sogar. Doch zunächst musste er Fox beerdigen lassen. Oder nein, erst Hanni anrufen und sie zur Beerdigung einladen. Das wäre eine gute Gelegenheit, sich anschließend auszusprechen. Gesagt, getan. In drei Stunden würde sie kommen. – Mit vollen Koffern, so hoffte Felix.

Er war froh, dass Dr. Flacher ihn gefragt hatte, ob er Fox den Chip, den er ihm zuvor eingesetzt hatte, um die Ortung des Hundes zu erlauben, wieder herausnehmen solle. Felix bejahte das und ließ sich den Chip aushändigen, eine letzte Erinnerung an seinen geliebten Cockerspaniel.

Es klingelte. Das war bestimmt Hanni. Felix war mit einem Satz bei der Tür. Sofort fiel Hannelore ihm um den Hals. Sie umarmten und küssten sich, als sei es das erste Mal. Dann führte Felix Hannelore ins Wohnzimmer, wo Fox lag, bei dem inzwischen die Totenstarre eingetreten war. Hannelore ging in die Knie und streichelte den toten Hund liebevoll. Eigentlich hatte auch sie sehr an ihm gehangen. Schließlich richtete sie sich wieder an Felix.

»Und nun müssen wir ein Beerdigungsinstitut für Tiere finden.«, sagte sie nüchtern.

»Ja, ich habe mir vorsorglich von Dr. Flacher die Namen von zwei Instituten geben lassen.« Felix griff in seine Hosentasche nach der Notiz.

7

3. Oktober 1998

Lina kam in ihrer Wohngemeinschaft gut zurecht. Die Mitbewohnerinnen waren sehr nett, und unter ihnen bestand große Einigkeit darüber, dass Küche und Bad sauber zu halten seien. Auch bekamen die beiden nur selten Besuch. Bei Lina hingegen war es häufiger der Fall, vor allem vom Hausbewohner über ihnen. Der japanische Student Kazuhiro Kobara war für Lina etwas Besonderes. Sie hatte ihn auf ihrer Einstandsfeier sofort nach ihrem Einzug kennengelernt. Er hatte in Japan bereits ein Veterinärmedizinstudium erfolgreich absolviert und erfüllte sich jetzt den Traum, ein paar Semester in Deutschland dasselbe Fach zu studieren. Danach wollte er jedoch wieder zurück nach Japan. Er hatte keinesfalls das Ziel, in Deutschland einen Abschluss zu machen, was Lina immer mehr bedauerte. Manchmal träumte sie von einer gemeinsamen Tierarztpraxis mit ihm. Bei ihr war es Liebe auf den ersten Blick, und sie hoffte inständig, dass er ihre Gefühle erwiderte.

Kazuhiro war sehr kontaktfreudig. In seiner Freizeit gab er seit kurzem einigen Kommilitonen Japanischunterricht. Er lud auch Lina dazu ein. Sie nahm das Angebot sofort an, denn sie war froh, auf diese Weise etwas mehr über diesen Mann zu erfahren, der so zierlich wirkte, obwohl er größer war als sie. Und sein Traum, in Tokyo eine eigene Tierarztpraxis zu führen, gefiel ihr sehr, beflügelte ihre Träume in Bezug auf ihn. Schnell fanden sie heraus, dass sie zudem ein Hobby teilten, die Oper. Und so verabredeten sie sich immer häufiger im Stadttheater, wenn statt Musiktheater eine Opernaufführung geboten wurde.

8

Immer noch 3. Oktober 1998

Felix Strahlser hatte sich wieder einmal einen Tag freigenommen und verbrachte den ganzen Tag vor dem Fernseher, daran hatte er den Computer angeschlossen und sah sich Fotos von Fox im Großformat an. Vor gut einem Jahr hatte sich eine neue Mitmieterin für die Wohngemeinschaft gemeldet und den Mietvertrag unterschrieben. Damals stand er der Neuen neutral gegenüber. Aber jetzt empfand er eine unbeschreibliche Wut auf diese Lina Grienzer. Ihm war klar, dass sie nichts dafürkonnte, aber es tat ihm gut, dass seine Wut jetzt einen Namen hatte, wenn auch nur heimlich. Veterinärmedizin studierte sie, und ein Veterinär hatte ihm seinen Fox genommen.

Über diese Gefühle müsse er besser schweigen, das war ihm klar. Schließlich kannte er diese Lina überhaupt nicht, wusste nur, dass die beiden Germanistikstudentinnen sie als Neue für die WG vorgeschlagen hatten. Und die mussten schließlich mit ihr auskommen.

Felix schaltete um auf Fernsehen. Auf dem Bildschirm erschien, ausgerechnet, eine junge Frau mit Hund an der Leine. Sie lief, so schnell sie konnte, über den Strand. Augenblicklich überfiel Felix wieder der Schmerz über den Verlust von Fox, wegen einer Frau, wegen seiner Frau, wie er sich immer wieder sagte. Früher, das hieß grundsätzlich, als Fox noch lebte, hatte er nie Hassgedanken gegenüber irgendjemandem empfunden. Damals war seine Welt noch in Ordnung.

Felix stand auf und sah in den Spiegel. Er war erst sechsundzwanzig, doch er sah einen Mann, der viel älter aussah. Das machten die inzwischen tiefen Ringe unter den Augen und der Ansatz von Übergewicht. Das machten die vielen Süßigkeiten. Und auch die verschlang Felix erst im Übermaß, seit er seine Gedanken von Fox weglenken musste. Ihm war klar, dass er endlich mit einer Diät anfangen musste,

12

so konnte es nicht weitergehen. Denn je mehr er Süßigkeiten in sich hineinstopfte, desto unwilliger wurde er, was Bewegung anbelangte. Doch wie sollte er das ändern? Ihm fehlte irgendwie die Kraft, sein Leben wieder in die Hand zu nehmen.

Wenn schon kein Hund, dann wenigstens ein Mensch, durchzuckte ihn plötzlich ein Gedanke. Einen Menschen sein Eigen nennen, sagte ihm der zweite Gedanke. Was könnte das bedeuten? Noch konnte Felix mit diesen Gedanken nichts anfangen. Aber sie gefielen ihm. Er begann zu träumen, dass er mit Fox darüber sprechen könnte. Mein lieber, kleiner Fox, ich räche dich, begann er in Gedanken den Dialog mit seinem toten Hund.

9

10. November 1998

Lina und Kazuhiro waren schnell ein Paar geworden. Kazuhiro sprach bereits gut Deutsch, doch Lina hatte auch großen Ehrgeiz, ihn mit ihrem Enthusiasmus für das Japanische zu beeindrucken und für sich einzunehmen. Kazuhiro hatte allerdings ein wenig Angst, sie könne für Japanisch das Studium vernachlässigen. Heute waren sie wieder gemeinsam in der Oper gewesen. Während der Vorstellung war Lina eingeschlafen. Das war ihr noch nie passiert. Sie hoffte, Kazuhiro habe es nicht bemerkt. Es war ihr irgendwie unangenehm. Die Oper, Nabucco von Giuseppe Verdi, hatte sie schon einmal gesehen, so dass sie im Bilde war, als Kazuhiro nach der Aufführung auf den Inhalt anspielte. Plötzlich begriff sie, dass sie sich ständig die rechte Hand rieb. Sie erblickte eine Wölbung in der Handinnenfläche. War sie womöglich gestochen worden und hatte es nicht bemerkt? Doch im November? Und in der Handinnenfläche? Die Stelle juckte wie ein Mückenstich, obwohl sie ganz anders aussah. Also lieber nicht noch mehr kratzen.

Sie sollte darauf achten, ob die Stelle sich nicht entzündete. Vielleicht sollte sie zum Arzt gehen. Nun musste sie herzhaft gähnen.

Nach der Vorstellung tranken sie noch einen Kaffee im Café am Musiktheater. Sie erblickten ihren Vermieter, der am Fenster vorbeiging. Er war also auch ein Opernliebhaber. Das machte ihn den beiden Verliebten sehr sympathisch.

Doch Felix Strahlser interessierte sich mitnichten für die Oper.

10

Immer noch 10. November 1998

Die beiden ahnten ebenso wenig, dass Strahlser die Wölbung in Linas Hand verursacht hatte und mit Hilfe ihres Inhalts Lina aufspüren konnte. Zudem konnte er sie, wenn er in ihrer Nähe war, einschläfern. Auf diesen Steuerungsmechanismus war Strahlser sehr stolz, denn er war für ihn mit erheblichen Komplikationen verbunden gewesen.

Als Vermieter besaß er einen Schlüssel zu den Wohnungen seiner Mieter. Einmal hatte er versucht, sich widerrechtlich Zutritt zu Linas WG-Wohnung zu verschaffen, als er zufällig erfahren hatte, dass Lina an einem Wochenende allein in der Wohnung sein würde. Er hatte sich vorgestellt, sie bei der Gelegenheit zu betäuben und ihr einen Chip einzusetzen. Sie sollte nicht das Geringste bemerken. Doch just an diesem Tag hörte er das Telefon schellen, als er sich gerade an der Haustür zu schaffen machen wollte. Er wartete im Flur, doch es wurde ein so langes Telefonat, dass er Angst bekam, von den Nachbarn könnte jemand aufmerksam werden.

Hannelore war nicht zu Hause, er hatte also Zeit. Er schloss eine leerstehende Wohnung auf und legte sich auf die Lauer. Er wartete und wartete. Schließlich wurde seine Geduld belohnt. Er sah Lina aus der Wohnung kommen und zum Briefkasten gehen. Schnell hatte er den

14

Chip und das Betäubungsmittel genommen und einen ganz kurzen Zusammenstoß mit Lina provoziert, bei dem er sie soweit benebelte, dass ihre Sinne zu schwinden begannen. Dann führte er sie in ihre Wohnung und pflanzte ihr den Chip in die Hand. Er nahm sich die Zeit, diesen an Ort und Stelle auf seine Funktionstüchtigkeit hin zu überprüfen. Er drückte auf einen Knopf, und schon schlief Lina ein. Er drückte auf einen weiteren Knopf, und Lina gähnte. Die Technik funktionierte bestens, und er konnte sich wieder zurückziehen. Er war sehr beruhigt, denn einen Fehler konnte er sich nicht erlauben.

Dieser Chip garantierte ihm fortan aus der Nähe auch Zugriff auf Linas Leben. Doch das reichte Strahlser nicht. Er konnte sich nicht ständig in Linas Nähe wagen, er musste einen neuen Chip erfinden, der sie zu einem menschlichen Roboter machte. Dann erst bekäme er seine ersehnte Genugtuung. Zudem wäre er dann der Pionier auf seinem Gebiet. Er würde der Größte sein.

11

15. November 2000

Strahlser war beruhigt, dass sein Chip exakt funktionierte. Dennoch ließ ihm sein Bestreben nach Vorsicht keine Ruhe und er hatte sich eine ganze Weile ruhig verhalten. Nur keinen Patzer, nur keinen Patzer.

Lina saß im großen Hörsaal, und plötzlich riss es ihr beim Gähnen den Kopf hoch. Im nächsten Moment erhob sich Felix Strahlser in der letzten Reihe und verließ den Saal. Er musste etwas erfinden, damit er nicht mehr ihre Nähe suchen musste, ermahnte er sich.

Lina hätte eigentlich eine Vorlesung zum Thema *Maul- und Klauenseuche* hören wollen. Doch davon hatte sie nichts mitbekommen, weil sie fast die gesamten 90 Minuten geschlafen hatte, wie ihr jetzt aufging. War die Seuche nun auf Menschen übertragbar oder nicht? Welche Medikamente halfen besonders gut? Ein japanischer Hersteller war führend? Mist. Nun musste sie sich den gesamten Stoff in Büchern zusammenlesen. Ausnahmsweise hatte Kazuhiro nicht neben ihr gesessen, sodass er sie hätte wecken können. Am Ende der Stunde fragte sie vorsichtshalber eine Kommilitonin, welche Themen noch behandelt worden waren, denn sie konnte Kazuhiro nirgendwo in dem überschaubaren Hörsaal ausmachen. Gestern Abend waren sie wieder gemeinsam in der Oper gewesen, die Zauberflöte von Wolfgang Amadeus Mozart. Zweieinhalb Stunden Hochgenuss, doch da war es wieder spät geworden.

Noch immer juckte der Knubbel in der Handinnenfläche. Lina meinte, er sei ein wenig verrutscht im Vergleich zum Vortag. Wider Erwarten hatte er sich nicht zurückgebildet, sondern juckte weiterhin. In den nächsten Tagen würde ein Arztbesuch offenbar doch unvermeidlich sein.

Als sie den Campus verließ, meinte sie, ihren Vermieter an der Fußgängerampel zu erkennen. Was der wohl arbeiten mochte, wenn er am helllichten Tag in der Stadt unterwegs sein konnte? Er war leger angezogen, vielleicht hatte er ja auch frei und war nur zum Vergnügen in der Stadt.

12

Immer noch 15. November 2000

Das Telefon läutete und Lina beeilte sich, den Anruf anzunehmen. Das Display zeigte die Telefonnummer einer japanischen Freundin.

»*Moshi moshi?*«

»Hallo Lina, hier ist Sachiko. Hättest du nicht Lust, noch einmal mit nach Neuschwanstein zu fahren? Wie wäre es mit nächstem Wochenende?«

16

»Nächstes Wochenende ist etwas schwierig, da habe ich leider schon eine Verabredung.«

»Sag ja nicht mit Kazuhiro Kobara, deinem Kommilitonen, der eigentlich schon ein fertiger Tierarzt ist?«

»Doch, genau mit dem.«

»Ich fasse es nicht. Kaum lernst du ihn kennen, da schlägt dein Herz Purzelbäume, und Leute wie ich sind vollkommen abgeschrieben. Na, dann melde dich einfach, wenn du wieder etwas mehr Freizeit zu vergeben hast.«

Lina war froh, dass Sachiko ihr die seit geraumer Zeit häufigen Abweisungen nicht übelnahm.

13

16. November 2000

Felix saß am großen Rechner im Labor und verfeinerte die Steuerung für den neuen Chip, den er demnächst Lina unter die Haut schießen wollte. Das würde aus einer gewissen Entfernung möglich sein. Vor einigen Tagen in der Oper hatte er sich vergewissert, dass der erste Chip funktionierte, bestens funktionierte, und im Hörsaal erneut. Lina war sozusagen auf Knopfdruck eingeschlafen. Ihre Ahnungslosigkeit beflügelte seinen Ideenreichtum. In seiner Freizeit saß er nun nicht länger zu Hause und schaute Hundebilder an. Das lag hinter ihm. Hannelore meinte, er stürze sich in Arbeit, um Fox endlich zu vergessen, und hinderte ihn nicht, selbst wenn er die Wochenenden im Labor verbrachte. Zum Glück fragte sie nie, was für eine Arbeit ihn konkret fesselte. Ihr gegenüber Ausreden erfinden zu müssen, wäre sehr schwierig, denn seine Hanni hatte ein ausgesprochen feines Gefühl für ihre Mitmenschen.

Plötzlich zuckte Felix zusammen. Sein Chef stand in der Tür und sah ihn fragend an. Felix versuchte ruhig zu bleiben.

»Alles klar für nächsten Mittwoch?«, wollte er wissen.

»Alles klar. Den Vortrag hält Franziska, und ich schalte die Technik für sie.«

»Gut. Ich will, dass ihr perfekt seid. Die Konkurrenz schläft schließlich nicht.«

»Wir sind perfekt vorbereitet.«

»Gut. Dann will ich mal nicht weiter stören.«

Das hätte gerade noch gefehlt, dass er bei einem Vortrag patzte. Auch wenn Franziska die Hauptakteurin war, sie arbeiteten im selben Labor, und da fiel die Panne des einen auf den anderen zurück. Und jede Panne barg die Gefahr, dass sein Chef sich seine Arbeit genauer anschaute. Und das durfte auf gar keinen Fall passieren.

14

30. November 2000

Die Wölbung in der Handinnenfläche war an manchen Tagen kaum zu spüren. Doch hatte Lina sich nach längerem Zögern entschlossen, doch zum Arzt zu gehen und den Fall abklären zu lassen. Heute nun hatte sie den Termin. Sie stand früh auf und schaute auf ihre Hand. Sie konnte es kaum fassen. Die Erhebung war verschwunden, nicht wie sonst, kaum zu spüren, nein, gänzlich verschwunden. Sie tastete ihre gesamte Hand sorgfältig ab, doch keine Spur von der Erhebung, nicht einmal ein minimaler Juckreiz. Wenn sie diese Hand dem Arzt zeigte, brachte sie das nicht weiter. Er würde nichts feststellen können. Sollte sie nun den Termin besser absagen? Oder konnte der Knubbel wiederkommen? Kazuhiro würde Augen machen, wenn sie ihm nun

18

die Hand hinhielte. Aus Spaß hatte er ihr, als sie ihm das Problem erstmals gezeigt hatte, vorgeschlagen, als Tierarzt könnte er sich ja einmal daran versuchen. Doch, da ihnen jedwede Betäubungsmittel fehlten, ließen sie den Gedanken schnell wieder fallen. Nun hatte sich das Problem von selbst erledigt. Komisch, dass eine relativ große Wölbung so plötzlich spurlos verschwand. Doch weiter dachte Lina nicht darüber nach. Eigentlich war sie ganz froh, dass sie nun doch nicht zum Arzt musste. Arztbesuche dauerten immer eine kleine Ewigkeit.

15

Immer noch 30. November 2000

Felix hatte frei und Hannelore war noch auf der Arbeit. Bis sie heimkam, konnte er sich den Grübeleien ob einer neuen Generation von Chips hingeben. Er stand auf und holte seinen Laptop aus der Ecke. Zunächst checkte er seine Emails. Dann betrachtete er doch noch einmal die Fotos von Fox. Aber das vertiefte seinen Kummer, der ihn immer wieder überfiel, seit der Hund nicht mehr lebte. Hanni war gerade nach Hause gekommen und betrachtete ihren Mann besorgt. Seit sie den Hund verloren hatten, hatte er sich sehr verändert. Häufig nahm er einzelne Urlaubstage, weil er sich nicht auf die Arbeit konzentrieren konnte, wie er ihr erklärte. Denn seine Erinnerung kreiste um Fox, dem er das Leben nicht hatte erhalten können.

Einmal sagte er sogar, wenn sie wenigstens Kinder hätten, wäre das etwas Anderes. Die würden schon Abwechslung in ihr Leben bringen. Das schmerzte Hanni. Eigene Kinder waren seit ihrer Operation ausgeschlossen. Sie war eines Tages mit rasenden Bauchschmerzen zusammengebrochen. Im Krankenhaus dann die niederschmetternde Diagnose, ihre Eierstöcke waren an der Bauchdecke festgewachsen. Nur deren operative Entfernung konnte ihre Schmerzen lindern, sie

19

würde jedoch kinderlos bleiben. Das hatte Hanni Felix zwar vor der Ehe bereits gesagt, doch jetzt schmerzte ihn dieser Gedanke besonders. Er bemerkte, wie ihn fortwährend düstere Gedanken heimsuchten, die sich nicht verdrängen ließen.

»Willst du es nicht doch einmal mit einem Psychiater versuchen?«, versuchte Hanni ihren Mann aufzumuntern. »Der kann dir bestimmt helfen, besser als ich oder das ständige Foto-Aufrufen am Computer.«

»Lass mich in Ruhe, die Fotos lenken mich ab.«

»Aber es sind Fotos von Fox, an den du ohnehin die ganze Zeit denken musst.«

»Lass mich, habe ich gesagt.« Und schon stand Felix auf, nahm seinen Mantel und den Autoschlüssel und verließ das Haus.

Hoffentlich fährt er vorsichtig und handelt sich nicht wieder ein Strafmandat für zu schnelles Fahren ein. Erst kürzlich hatte die Bundesregierung die Bedingungen verschärft, jetzt konnte man schnell für einen Monat den Führerschein loswerden, ging es Hanni durch den Kopf.

16

2. Dezember 2001

Kazuhiro hatte Lina zuliebe doch seinen Abschluss in Deutschland gemacht. In diesem Sommer war es so weit, Lina und er hatten ihre Prüfungen bestanden, Kazuhiro mit *Sehr gut* und Lina geringfügig schlechter mit *Sehr gut minus*, und das in nur vier Jahren. Nach dem Examensstress waren sie durch Europa gereist, und nun wollten sie gemeinsam nach Japan ziehen und dort die Tierarztpraxis von Kazuhiros Vater weiterführen. Der würde aufhören zu arbeiten, sobald sein Sohn übernähme. Lina fand den Gedanken sehr aufregend. Zudem hatte der Vater seinem Sohn zugesagt, ihn im Urlaub zu vertreten. Das war ungemein praktisch, gerade in Japan, wo viele Kunden einen ununterbrochenen Betrieb für selbstverständlich halten.

Heute wollten sie ins Reisebüro gehen, um einen Flug für die nächsten Tage zu buchen. Sobald der Termin feststand, würde Lina ihr Zimmer kündigen und ausräumen. Kazuhiro hatte bereits einen Container bestellt, da er sogar Möbel aus Deutschland mitnehmen wollte.

Ihr Vermieter hatte ihnen zugesichert, sie müssten sich nicht strikt an die Kündigungsfristen halten und wollte bald die Kaution zurücküberweisen, da Linas Zimmer und Kazuhiros Wohnung ausgesprochen gepflegt seien.

17

Immer noch 2. Dezember 2001

Felix Strahlser wusste nicht, ob er den Auszug seiner beiden Veterinärmedizinstudenten bedauern sollte oder nicht. Doch war er bereits mit seiner Chip-Forschung und -Entwicklung so weit gekommen, dass räumliche Entfernungen dank der Satellitentechnik keine Rolle mehr spielten. Und dass sein Chip funktionierte, dafür war der beste Beweis, dass er den Arztbesuch von Lina Grienzer hatte verhindern können. Vor diesem Termin hatte er über den Firmencomputer den Chip an eine weniger auffällige Stelle in ihrem Körper manövrieren können, ohne dass Lina Verdacht schöpfte, und ohne dass er nochmals ihre Wohnung betreten oder anders ihre Nähe suchen musste. Der Chip saß jetzt an einer Stelle, die wieder von Kleidung nicht verdeckt wurde, an der zudem aber eine leichte Schwellung oder Beule optisch weniger auffiel. Zudem wurde Lina müde, wann immer er das wollte, selbst Gedanken, die sie äußerte, hatte er im Ansatz im Griff. Und das war gut so. Am Feinschliff arbeitete er noch. Den Japaner an ihrer Seite ließ er lieber unbehelligt, denn er wusste nicht, ob der japanische

Staat seine Staatsbürger in besonderer Form schützte. Und jedes Risiko wollte er vermeiden. Außerdem wäre es besser, wenn er sich auf nur einen Menschen konzentrieren konnte. Und der sollte alles Leid alleine tragen müssen. Sollte er es sich eines Tages anders überlegen, würde er mithilfe von Lina ihren Mann ihm gegenüber hörig machen, so spann er in Gedanken den Faden weiter.

Manchmal fragte sich Felix, ob die »Arbeit mit dem Chip«, so nannte er dieses Treiben, nicht zu viel für eine Person allein sein könnte. Denn er hatte begonnen, seine beruflichen Pflichten dafür zu vernachlässigen. Doch er durfte keinesfalls mit seinem Chef aneinandergeraten, sonst könnte der ihn von seinen Arbeitsaufgaben im Feld der Chipforschung suspendieren, da dies eine sehr vertrauensvolle Aufgabe war. Natürlich war sich Strahlser klar darüber, dass er dieses Vertrauen schamlos missbrauchte. Doch Rache für den Tod von Fox war inzwischen der alles überschattende Antrieb in seinem Leben. Hannelore hatte sich damit abgefunden, dass er nur noch für seine Arbeit lebte, wie er ihr weismachte. Sie selbst arbeitete ebenfalls Vollzeit, sodass sie sich ohnehin nur abends sahen. Strahlser erwog ernsthaft, ob er nicht doch Menschen finden könnte, die ihm bei der Arbeit mit dem Chip halfen. Im Internet auf den schwarzen Seiten würde er bestimmt fündig. Er machte sich ein wenig mit der Materie vertraut, ohne jedoch direkten Kontakt aufzunehmen, damit er nicht etwa einem Polizeispitzel auf den Leim ging.

22

18

20. Dezember 2001

Seit einer Woche nun zeigte Kazuhiro Lina täglich weitere Ausschnitte seiner Heimat. Heute klebte er an ihr wie eine Klette, fand Lina, jedenfalls seit dem Mittagessen. Danach bereitete sie, wie in ihrer neuen Heimat üblich, einen grünen Tee zu, und wieder setzte er sich zu ihr. Er druckste herum. Doch schließlich fragte er unumwunden, wie ihr Japan gefalle und ob sie wieder zurück in ihre Heimat wolle. Die Liebe flüsterte Lina nun ein, das könne auf einen Heiratsantrag hinauslaufen. Sie betrachtete Kazuhiro voll Zärtlichkeit und meinte schließlich, ja, sie wolle gern länger in Japan bleiben. Ob für immer, hänge natürlich von ihrer privaten Situation ab. Als Single würde sie sicher eines Tages zurückgehen. Kazuhiros Verlegenheit wuchs. Doch endlich – nach weiteren seltsamen Minuten – fragte er sie klar, ob sie ihn heiraten wolle. Lina sagte sofort »Ja«, denn sie wollte ihn nicht durch irgendwelches Zögern umstimmen. Um seinen Worten Nachdruck zu verleihen, holte er ein kleines Päckchen aus seiner Jackentasche hervor und reichte es Lina. Sie öffnete es sofort und war vor Überraschung beinahe fassungslos, die Uhr, die sie unlängst in der Schaufensterauslage bei Bic Camera bewundert hatte. Kazuhiro hatte sie ihr als Verlobungsgeschenk gekauft. Lina war überwältigt, damit hätte sie niemals gerechnet. Sentimentalität war eigentlich kein hervorstechender Zug an Kazuhiro, oder war er hier, in seiner Heimat, empfänglicher für Gefühle?

»Wirst du mich jetzt auch deiner Familie vorstellen?«, fragte Lina und unterbrach damit die romantische Stille zwischen ihnen.

»Später, nicht sofort.«

»Aber Neujahr wäre doch eine gute Gelegenheit, oder? Da haben doch alle frei.«

»Das stimmt natürlich. Mal sehen.«

23

»Wann sollten wir denn heiraten?«

»Ich habe mir einen konkreten Termin noch nicht überlegt, aber schon bald wäre doch nicht schlecht, oder?«

»Noch jetzt im Dezember?« Doch Kazuhiros Gesichtsausdruck verriet ihr, dass das zu schnell wäre.

»Oder im Januar?«

»Das ließe sich überlegen. Vielleicht am fünfzehnten? Das ist eine schöne Zahl, und dann könnte ich dich tatsächlich zu Neujahr meiner Familie vorstellen.«

»Ich freue mich riesig! Wen sollen wir denn als unsere Trauzeugen wählen? Oder braucht man in Japan keine?«

»Doch, zwei. Ich dachte an meinen Schwager und meine Eltern. Oder willst du eine Freundin von dir fragen?«

»Ich muss einmal überlegen. Auf Anhieb fallen mir Kana oder Mayako ein. Beide kenne ich nun schon lange genug.«

»Nicht Sachiko?«

»Nein, die eher nicht«, meinte Lina. »Die ist doch in Deutschland.« Und nach kurzem Zögern: »Nimm mir meine Direktheit bitte nicht übel, ja?«

»Was willst du denn wissen?«, fragte Kazuhiro leicht amüsiert.

»Warum schlägst du nicht deine Schwester als Trauzeugin vor, sondern deinen Schwager?«

»Wie meinst du das?« Kazuhiro konnte seiner Zukünftigen nicht folgen.

»Na ja, in Deutschland würde man zunächst die direkten Verwandten fragen, nicht die angeheirateten.«

»Ach so. Interessant. Nein. In Japan fragt man den Familienvorstand, und das ist nun einmal mein Schwager. Der würde sich sicherlich übergangen fühlen, wenn ich meine Schwester bitten würde.«

»Heißt das, wenn du sagst, du fragst deine Eltern, dass du dann nur deinen Vater meinst?«

»Ja, natürlich.«

»Oh ja, das Leben hierzulande kann für mich noch ziemlich kompliziert werden. Versprichst du mir etwas?«

»Was denn?«

»Erklärst du mir bitte immer derart andere Sitten, so wie du es eben getan hast? Ich fürchte, ich werde stets von einem Fettnäpfchen ins nächste treten.«

»Aber natürlich erkläre ich dir unsere Sitten.«, lachte Kazuhiro. »Wenn's mehr nicht ist.«

19

15. Januar 2002

»Hast du alle Unterlagen beisammen?«, wollte Kazuhiro wissen, der bereits in seine Straßenschuhe geschlüpft war.

»Ja, ich beeile mich ja schon.«

»Du darfst deinen Pass und das ausgefüllte Formular nicht vergessen.«

»Alles schon in meiner Tasche.«

Auch Lina ließ ihre Hausschuhe an der Stufe stehen und schlüpfte in ihre Straßenschuhe. Das Wetter war schön, und so fuhren sie mit dem Rad zum Stadtamt. Auf Linas Wunsch hin hatte auch Kazuhiro sich in Schale geworfen, auch wenn er meinte, einfache Jeans erfüllten in Anbetracht der Örtlichkeit ihren Zweck ebenso.

Im Amt suchten sie nach dem Stichwort *Kon'in todoke*. Lina war recht verblüfft, als sie zu einem völlig normalen Schalter gelangten und nicht einmal in einen separaten Raum geführt wurden. Dass sie mit Kazuhiro alleine zum Stadtamt gehen würde, hatte sie bereits verwundert. Würden nicht zumindest die Trauzeugen anwesend sein? Aber dass sie ein so wichtiges Dokument wie ein Formular zur Eheschließung hierzulande einfach an einem Schalter abgaben, entsprach so überhaupt nicht dem, was sie von ihrer Hochzeit erwartet hatte. Die nächste Überraschung kam, als die Dame am Schalter ihnen freundlich erklärte, ihr Wunsch auf Namensänderung lasse sich nicht sofort realisieren. Erst müsse Lina in ihrer Heimat den Namen im Pass ändern lassen, bevor der neue Familienname in die Dokumente beim Stadtamt eingetragen werden könne. Da sie beide arbeiteten, konnte das also noch eine Weile dauern.

»Nur Geduld, nur Geduld«, sagte sich Lina.

20

16. Januar 2002

Gestern waren sie beim Stadtamt gewesen, und heute wollte Lina ihren deutschen Führerschein durch einen japanischen ersetzen. Deshalb fuhr sie mit der Bahn nach Fuchu. Dort erklärte der freundliche Beamte ihr stoisch zu ihrer Verblüffung, sein Amt sei nicht zuständig, da hier nur japanische Führerscheine ausgestellt, jedoch keine Umschreibungen durchgeführt würden. Dafür müsse sie sich an die Polizeistation in Shinjuku wenden. Mit diesen Worten überreichte er ihr eine Kopie mit einer Lageskizze.

Doch auch auf der Polizeistation in Shinjuku erklärte sich der Beamte zuerst für nicht zuständig. Da Lina aber nachweisen konnte, dass der Mitarbeiter einer anderen Verwaltung sie hierhergeschickt hatte, stimmte dies den Polizisten kompromissbereit. Er ließ sich die Telefonnummer geben, die Lina dort erhalten hatte. Nachdem also die Mitarbeiter beider Ämter sich über Linas Fall ausgetauscht und beraten hatten, stand der Umschreibung in einen japanischen Führerschein nichts mehr im Wege, sofern sie den obligatorischen Sehtest bestünde, für den in Japan üblicherweise das Landoltring-Verfahren genutzt wird. Lina schaute in die Linse und sagte bei jedem Klick, an

26

welcher Seite der Kreis nicht geschlossen war. Der Polizist zeigte sich zufrieden, fragte Lina jedoch mehrfach, ob sie Kontaktlinsen trage. Das verneinte sie jedes Mal, und sie war insgeheim auch ein wenig stolz auf ihre guten Augen.

Als sie davon später im japanischen Freundeskreis erzählte, spürte sie, dass sich die Stimmung änderte. Irgendwie seltsam, dass einige ihrer Freundinnen die Frage des Polizisten immer wieder hören wollten, gerade so, als hätte sie beim ersten Mal Chinesisch gesprochen.

21

20. Februar 2002

Die Vorbereitungen für die Hochzeitsfeier waren im Land der Perfektion kein Problem. Den Vordruck für die Karten hatten sie selbst mit dem Computer entworfen, und den Hochzeits*kimono* liehen sie sich, was die Kosten erheblich senkte. Dann brauchten sie noch ein weißes Brautkleid, den in vielen Ländern der Welt üblichen Brautschmuck, sowie ein schickes Kostüm und einen Anzug für die Fortsetzung der Feier in kleinerem Rahmen, *Nijikai* genannt. Dann konnte es losgehen.

Der Vormittag begann mit einem Schreinbesuch. Dank des festlichen Anlasses konnten sie in dessen Innerem einige Verwandte empfangen.

Am Nachmittag um 3 Uhr begann dann die Feier, die, wie in Japan üblich, auf zwei Stunden begrenzt war. Lina und Kazuhiro erwarteten etwa 120 Personen, da Kollegen und wichtige Kunden natürlich auch eingeladen werden mussten. Die Kollegen saßen vorne im Saal in der Nähe des Brautpaares, die Familie hinten an der Tür.

Zunächst präsentierte sich das Brautpaar in japanischem Outfit, Lina im geliehenen Hochzeits*kimono* mit Kranichmotiv und einer Haube, die, so der Volksglaube, die Böse-Geister-Hörner der Frau verdeckten und damit unschädlich machten, und Kazuhiro in einer landesüblichen Festtagshose samt dazugehörigem Oberteil. Während die Gäste aßen, zog sich das Brautpaar zum ersten Mal um. Nun trug Lina ein weißes Brautkleid nach westlichem Brauch und Kazuhiro einen schwarzen Anzug mit Fliege.

Während der *Nakōdo* durch die Feier führte, speisten die Gäste fürstlich, nur das Brautpaar kam kaum zum Essen, und im Handumdrehen war auch dieser Teil der Feier schon wieder vorüber. Am Ausgang erhielt jeder Gast ein kleines Gegengeschenk, *O-kaeshi* genannt, – eine übliche Geste als Dank für das Geldgeschenk, das zu Beginn der Feier für das Brautpaar hinterlegt wurde. Lina und Kazuhiro hatten als dieses Gegengeschenk ein Set mit zwei Tassen gewählt, das natürlich von einem bekannten ausländischen Porzellanhersteller, Villeroy und Boch, stammte.

Es folgte der nächste Teil der Feier. Nun trug Lina ein Kostüm in zartbeige und Kazuhiro einen Anzug in derselben Farbe, aber eine Spur dunkler. Für diese *Nijikai* hatten sie einen Saal angemietet, der eine Etage höher im selben Gebäude lag. Hierzu waren nicht alle Gäste geladen. Die Familie nahm zum Beispiel nicht daran teil. Nach zwei Stunden verabschiedeten sich die Gäste, und das frisch vermählte Paar ließ sich erschöpft in die Sessel fallen.

22

Immer noch 20. Februar 2002

Tausende von Kilometern entfernt, im fernen Deutschland, hatten Lina und Kazuhiro noch einen Hochzeitsgast, einen, von dem sie nicht einmal etwas ahnten. Felix Strahlser hatte via Satellitentechnik den Gang zum Standesamt und die Hochzeitsfeierlichkeiten mitverfolgt.

Wann immer er es wollte, konnte er sich mittels des Chips, den er Lina eingepflanzt hatte, in deren Leben einklicken. Die Datenübermittlung funktionierte dank der Satellitentechnik in Bruchteilen von einer Sekunde, also zeitgleich. Doch damit hatte er sein Ziel noch nicht erreicht. Er hatte sich geschworen, er wollte Lina Kobara sozial völlig ausgrenzen. So ausgrenzen, wie sein Fox ausgegrenzt worden war. Niemand wollte mehr etwas mit ihm zu tun haben, sobald das Blut spritzte. Blut spritzen lassen würde er bei Lina nicht, doch sie sollte in Angst und Schrecken und marginalisiert leben. Das wäre zu schaffen, so sagte er sich immer wieder.

23

Neujahr 2007

Nun waren Lina und Kazuhiro mittlerweile fast auf den Tag genau fünf Jahre verheiratet. Lina las ihre Neujahrspost, die wie immer am 1. Januar ausgetragen wurde. Viele *Arubaito*, speziell für die Neujahrstage eingestellte Postausträger, waren dann unterwegs, um die Grüße pünktlich den Adressaten zu überreichen. Denn auch zu Beginn des Internetzeitalters hielten viele Japaner an der Sitte fest, Neujahrskarten zu schreiben. Auch Lina verschickte diese Grüße auf die traditionelle Art per Post. Nur ins Ausland sandte sie diese Wünsche per Email. Und von dort kamen sie auch per Email zurück.

Kazuhiro hatte wie geplant die väterliche Tierarztpraxis übernommen und sie, Lina, als Assistenzärztin eingestellt. Zudem hatte ihr Schwiegervater das Haus daneben, als es unlängst zum Verkauf stand, für seinen Sohn und sie erworben. Es ließen sich schwerlich bessere Arbeitsbedingungen wünschen. Lina war überglücklich, weil ihr Kindheitstraum in Erfüllung gegangen war. Sie hatte sich vorgenommen, jetzt, wo sie eingearbeitet war, wieder vermehrt den Kontakt zu ihren alten Freunden zu suchen. Von sich aus meldeten sich inzwischen nur noch wenige. Weiter dachte sie nicht darüber nach, lenkte sich mit Spaziergängen durch die Nachbarschaft oder auch etwas weiter zum nahen Tempel oder dem Schrein dahinter ab. Tempel waren buddhistische und Schreine shintoistische religiöse Stätten. Dort bewunderte Lina den Neujahrsschmuck. Am liebsten wäre sie am 31. Dezember um Mitternacht hingegangen, um das Neujahrsfeuer zu sehen. Da wurden die entsorgten *Daruma*, die Steh-auf-Püppchen aus einer Art Pappmaschee, die erfüllte Wünsche anzeigten, verbrannt, und ebenso auch nicht mehr benötigte Utensilien für den Hausaltar und andere geweihte Gegenstände, die ausgedient hatten. Und die Hauseingänge waren mit dem *Kadomatsu* genannten Neujahrsschmuck aus Bambus geschmückt. Lina konnte sich kaum daran sattsehen. Doch Kazuhiro war für solche Bräuche nicht zu haben. Er lebte in der Gegenwart, Religion war ihm egal. Deshalb hatte er auch jetzt nicht das Bedürfnis, seine Frau auf dem Spaziergang zu begleiten.

24

27. Februar 2007

»Hallo Kana, hallo Mayako«, schrieb Lina ihre erste Mail seit langem an diese Freundinnen. Sie hatten sich früher oft zu dritt getroffen. »Habt ihr nicht Lust auf ein Treffen? Ich habe an den nächsten beiden Wochenenden Zeit.«

25

28. Februar 2007

Schon am nächsten Tag kam die Antwort, beide würden gerne zu ihr, Lina, nach Hause kommen, am Samstag um 15 Uhr. Den Kuchen brächten sie mit. Darüber freute sich Lina sehr. Denn in Mayakos Nähe gab es einen französischen Bäcker, der köstliche Torten herstellte.

Doch als Lina beim Abendessen mit dem Ausdruck von Vorfreude im Gesicht Kazuhiro von dem geplanten Treffen erzählte, winkte dieser nur ab.

»Wieso trefft ihr euch denn ausgerechnet hier bei uns? Fahr doch zu einer von denen, oder noch besser, trefft euch in einem Café. Davon gibt es hier in Tokyo doch wohl genügend!«

»Sei doch nicht so unleidlich. Wir haben uns lange nicht gesehen und ich freue mich darauf.«

»In Japan trifft man sich nicht so einfach zu Hause wie in Deutschland.«

»Aber Freunde lädt man schon ab und zu nach Hause ein, oder?«

»Habe ich schon einmal jemanden eingeladen?«

»Nein, das hast du nicht.«

»Na also, es geht auch ohne Treffen mit Heimspiel.«

Lina sagte nichts mehr, dachte aber im Traum nicht daran, das Treffen abzusagen oder ihre Freundinnen nicht nach Hause einzuladen.

26

3. März 2007

Der Samstag kam und sie saßen zu dritt am Tisch und verspeisten den französischen Kuchen. Kazuhiro blieb heute zu Hause, doch zog er sich zurück, sobald die Gäste kamen und aß sein Stück Kuchen abseits. Lina hoffte, dass er sich freute, dass die Freundinnen an ihn gedacht hatten.

Es war ein lustiger Nachmittag, und Lina war froh, dass alle so waren wie immer.

Als die Besucherinnen schließlich gingen, sah Lina aus dem Augenwinkel, wie Mayako ganz kurz Kazuhiros Schuhe anstieß. Nur ihr Unterbewusstsein registrierte die Handlung. Und so dachte sie nicht weiter darüber nach. Erst am Abend, als Kazuhiro noch einmal hinausging, sah sie, dass er andere Schuhe anzog und die schräg stehenden nicht berührte. Nun begriff Lina sofort, dass er womöglich das schräg stehende Paar mied, weil er eine Absicht unterstellte. Der Gedanke durchfuhr sie wie ein Blitz, und ihr wurde heiß und kalt zugleich. Keiner von beiden erwähnte die schräg stehenden Schuhe, und Lina dachte schon bald nicht mehr darüber nach, räumte sie sogar einige Tage später in den Schrank, weil sie ihr beim Putzen im Weg standen. Doch dass Kazuhiro diese Schuhe am nächsten Tag aus dem Schrank holte und anzog, bemerkte Lina keinesfalls nur unterbewusst. Irgendwo hatte sie einmal gelesen, dass Japaner Gegenstände verrückten, um ihre Unzufriedenheit zu zeigen. Hätte Mayako dann ihre Unzufriedenheit mit Kazuhiro ausgedrückt, überlegte Lina, da es seine Schuhe waren? Doch was hatte sie an ihm auszusetzen? Vielleicht hatte ihr missfallen, dass er sich während des gesamten Nachmittags abseits gehalten hatte? Aber dieser Gedanke war vielleicht zu europäisch.

32

27

6. März 2007

Felix trauerte auch heute wieder unausgesetzt über den Verlust von Fox. Ihm war klar, dass diese Empfindungen über die Abwesenheit des Hundes bei weitem die Gefühle überstiegen, die er jemals gegenüber einem anderen Lebewesen gehegt hatte. Einen Psychiater hatte er immer noch nicht aufgesucht, obwohl Hannelore das schon häufiger empfohlen hatte. Ihn überraschte es, dass sein Verhalten bei seiner Frau den Eindruck erweckte, er benötige psychiatrische Hilfe. Er hatte Hannelore, als sie unlängst wieder davon anfing, gebeten, das Thema nicht mehr anzusprechen. Doch seine Gedanken wollten einfach nicht diese inzwischen gewohnten Bahnen verlassen.

Felix nahm den Chip in die Hand, den der Tierarzt Fox wieder entnommen hatte – die einzige Erinnerung an den Cockerspaniel, die Felix etwas bedeutete. Fotos würde er nicht mehr betrachten, beschloss er ein weiteres Mal, er wusste, wie ihr Hund ausgesehen hatte. Dann würde Hannelore vielleicht auch aufhören, ihn mit dem Psychiater zu nerven.

Felix arbeitete nun schon seit einigen Jahren in einem Labor, in dem er für Versuche mit Cyborg-Technologie verantwortlich war. Seine Aufgabe bestand darin, die Technologien in winzig kleinen Geräten von wenigen Nanometern Größe unterzubringen. Und so begann er, davon zu träumen, solche Geräte zu verwenden, um einen neuen Fox nach seinen Vorstellungen zu kreieren. Das wäre dann natürlich ein Roboter. Vielleicht könnte er auch die Daten von Fox auf einen anderen Cockerspaniel übertragen. Den Chip dazu hielt er ja bereits in Händen. Er brauchte diesen nur noch entsprechend zu präparieren. Diese Idee hielt er für eine Jahrhundertidee – möglicherweise, höchstwahrscheinlich, nein, mit Sicherheit. Sofort griff Felix seine Jacke und den Autoschlüssel, um nochmals ins Labor zu fahren.

Doch, als er im Labor angekommen war, wurde seine Wut auf Lina Kobara wieder übermächtig. Sie sollte sein persönlicher Roboter werden. Dazu musste er sich noch mehr in die Nanotechnologie einarbeiten. Nur so konnte er einen für das menschliche Auge ohne technische Hilfe unsichtbaren Chip produzieren.

28

3. März 2008

Die Veterinärpraxis von Kazuhiro und Lina lief gut, sie hatten sogar mehrere Züchter für sich gewinnen können. Vor lauter Arbeit wussten sie manchmal nicht, wo ihnen der Kopf stand. In Japan hatten Tierärzte zudem am Samstag und manchmal gar am Sonntag geöffnet, eine anstrengende Aufgabe. So hatte sich Lina das Leben in Japan zwar nicht vorgestellt, aber dennoch war sie glücklich. Außerdem verstand sie sich mit Kazuhiro wunderbar. Des Weiteren war ihr Japanisch mittlerweile ganz passabel, sogar den Kampf mit den Schriftzeichen hatte sie für sich entscheiden können.

Auch heute hatten sie wieder viele Patienten. Sogar ein Vogel war darunter, ein Nymphensittich, der sprechen konnte. Er lebte in einem Haushalt gemeinsam mit zwei Hunden und hatte sich angewöhnt, im Befehlston mit seiner Umwelt zu sprechen. Das wirkte ziemlich grotesk. Sobald Kazuhiro oder Lina ihn festhielten, um ihm die Spritze zu verabreichen, ertönte aus seinem Schnabel ein »dame«, »das dürft ihr nicht«. Es war stets riskant, einem Vogel eine Spritze zu verabreichen, vor allem kleineren Tieren. Sie erlitten häufig einen tödlich verlaufenden Flüssigkeitsschock. Doch Nymphensittiche waren zum Glück so groß, dass die Gefahr der Spritzenunverträglichkeit schon wesentlich geringer war.

Zu gerne hätte Lina selbst ein Haustier besessen, am liebsten einen

34

Hund. Aber davon wollte Kazuhiro nichts wissen. Die Spaziergänge neben einem Vollzeitjob seien zu kraftaufreibend, fand er.

29

Anfang Mai 2008

Für einige wenige Tage flogen Kazuhiro und Lina in der sogenannten Goldenen Woche mit mehreren Feiertagen nacheinander nach Deutschland. Denn dann konnten auch Selbständige sich problemlos eine gute Woche frei nehmen. Für Notfälle war Kazuhiros Vater erreichbar. Sie brauchten sich also keine Sorgen zu machen. Vor allem Lina freute sich, ihre Familie und ihre Freunde wiederzusehen. Die Geschenke hatte sie schon vor einer Weile gekauft, diesmal hatte sie für ihre Eltern eine originale japanische Teekanne mit den dazu passenden Teebechern ausgewählt. Auf der Unterseite der Becher war die für *Hagiyaki*, *Hagi*-Tonarbeiten, typische Kerbe eingeritzt. Dazu hatte sie grünen Tee gekauft.

Pünktlich kamen sie am Flughafen Frankfurt an. Ihre Eltern waren aus Wetzlar gekommen, um sie abzuholen. Noch seien sie nicht zu alt dazu, meinten sie lachend, als Lina – obwohl sie diesen Empfang natürlich schön fand – eingewandt hatte, die Strecke sei doch weit.

Unbeobachtet von dieser Gruppe hatte sich ein Mann mit Sonnenbrille und Perücke unter die Menge der Begrüßenden gemischt. Strahlser konnte sein Glück kaum fassen, dass er über den Chip in Lina ihren Aufenthaltsort wirklich weltweit ausmachen konnte. Und er hatte zudem das Glück, dass Lina und Kazuhiro viel zu beschäftigt waren, um auf ihn, der mit ihnen in den Aufzug gestiegen war, zu achten. Strahlser rückte im Aufzug nahe an Lina heran. Von dort aus schoss er kurz und schnell und stieg in der nächsten Etage aus.

Er musste darauf bauen, dass er richtig gezielt hatte. Doch hatte Lina sich nicht das Auge gerieben, wie er es vermutet hatte, weshalb er jetzt eilig auf die Herrentoilette verschwand und sein Gerät auf Empfang stellte. Doch, es hatte funktioniert. Der Chip saß im Augenlid, und so konnte er klar erkennen, was Lina gerade erblickte, und mithilfe des zweiten Chips konnte er nachvollziehen, was Lina gerade dachte, zwar keine konkreten Gedanken, aber immerhin, ob sie positiv oder negativ gestimmt war. Das reichte ihm, zumindest vorerst. Nun hatte er Lina für die Lebensdauer der beiden Chips voll im Griff. Er schätzte, das würden mindestens zehn bis fünfzehn Jahre sein.

Nach einer Weile, im Auto, begann Lina, sich das linke Auge zu reiben, aber der Flug war ja auch anstrengend gewesen. Schließlich fielen ihr schon nach ein paar Kilometern Fahrt die Augen zu. Auch darüber wunderten sich die Eltern nicht. Kazuhiro aber schielte jetzt etwas fragend zu ihnen auf den Vordersitzen herüber und hoffte, dass Linas Einschlafen, das er seit ihren letzten Monaten in Gießen häufig beobachtete, allein natürliche Ursachen hatte. Er war ratlos und wusste nicht, wie er das herausbekommen könnte, ohne Lina fachärztlich untersuchen zu lassen. Doch das vorzuschlagen, traute er sich nicht, da er ihre Reaktion darauf nicht voraussehen konnte. Was, wenn sie ihn womöglich gar verließ? Das war es ihm nicht wert, jedenfalls im Moment noch nicht. Und zudem war er sich seiner Beurteilung der Situation auch noch nicht ganz sicher. Auf jeden Fall würde er seine Frau besser beobachten, bevor er sich in Japan an die Polizei wenden wollte.

30

8. Mai 2008

Nun begann also der Arbeitsalltag wieder. Kazuhiro war froh, dass seine Frau sich nicht über mangelnden Urlaub beschwerte. In den ersten Jahren hatte er ihr angeboten, sie könne ja alleine länger in Deutschland bleiben. Doch das hatte sie bislang stets abgelehnt. Nur ab und zu nahm sie sich ein paar Stunden frei, um Besorgungen zu machen, oder sich mit ihren Freundinnen zu treffen, wenn diese nur tagsüber Zeit hatten. Sie war ein sehr geselliger Mensch.

Ein größerer Wagen parkte vor ihrem Haus auf dem praxiseigenen Parkplatz. Ein Herr mit einem Jagdhund stieg aus. Lina öffnete den beiden die Tür, nachdem der Mann geklingelt hatte. Kein anderer Patient war in der Praxis, und die beiden konnten sofort zu Kazuhiro durchgehen. Der Herr stellte seinen Hund mit »Das ist Hektor« vor, der seines Erachtens etwa fünf Jahre alt sei. Er habe ihn auf der Straße aufgelesen, wisse also das genaue Alter nicht. Der Hund erfreute sich bester Gesundheit, doch war er schon mindestens zehn Jahre alt, wie Kazuhiro und Lina einstimmig urteilten. Das wäre eine Erklärung dafür, warum er ausgesetzt worden war. Und danach sah es aus.

Kazuhiro beriet sich kurz per Telefon mit einem Kollegen, der mit der Jagd vertraut war und prüfte dann, ob Hektor ein aktiver Jagdhund gewesen war. Das Tier reagierte auf alle Befehle tadellos, was seinen neuen Herrn sehr überraschte. Er habe ihn erst gestern gefunden, wisse also eigentlich gar nichts von ihm. Kazuhiro fragte, ob er denn die Polizei eingeschaltet hätte. Er könnte schließlich nicht einfach einen Hund mitnehmen. Das verneinte der neue Besitzer jedoch, und Kazuhiro bot ihm an, das jetzt nachzuholen. Dann könnte er als Tierarzt gleich eine entsprechende Bescheinigung ausstellen. Der neue Besitzer war einverstanden. Wenig später traf ein Polizist ein und hörte sich die Geschichte von Hektor an. Er versicherte dem neuen Herrchen, er könne den Hund behalten, wenn sich innerhalb von acht Tagen niemand meldete. Vermutlich sei der Hund ausgesetzt worden, weil er auf der Jagd seine Arbeit weniger gut erledigte als ein junger Hund. Das sei kein Einzelfall, sondern komme häufiger vor. Und wenn der Hund beim *Hokenjo*, dem Hygieneamt, abgegeben würde, würde er, wenn der Besitzer sich nach acht Tagen nicht meldete, zwangsweise getötet. Hektor habe also das Glück gehabt, direkt einen neuen Herrn zu finden. Vorsichtshalber klärte der Polizist den hoffenden Neubesitzer auch darüber auf, er müsse für Hektor beim Stadtamt eine Hundemarke kaufen, die der Hund ständig am Halsband zu tragen habe. Zudem müsse ein Aufkleber am Hauseingang auf den Hund aufmerksam machen. So sei es Vorschrift.

Als der Tag sich neigte, dachte Kazuhiro wie jeden Tag über Lina und ihr merkwürdiges Gähnen nach. Egal, ob sie dem Mann mit dem Jagdhund die Tür öffnete oder den Polzisten begrüßte, stets musste sie gähnen. Kazuhiro war mittlerweile überzeugt davon, dass mit seiner Frau etwas nicht stimme. Als Japaner achtete er sehr auf die nonverbalen Signale, und so bezog er die Handlungen, die Lina im Moment des Gähnens ausführte, auf das Gähnen selbst. Und er war überzeugt davon, dass seine Landsleute genau das auch tun würden. Deshalb hielt er es für besser, wenn Lina ihn am nächsten Tag nicht in die Praxis begleitete. Er rief seinen Vater an, um ihn um Vertretung zu bitten. Lina selbst stellte er vor vollendete Tatsachen, natürlich ohne Erklärung. Er nahm sich selbst auch für den nächsten Tag frei, denn er wollte die Justiz einschalten. Das sagte er Lina jedoch nicht.

31

9. Mai 2008

Kazuhiro grübelte während der gesamten Nacht, was er gegen die Peiniger seiner Frau unternehmen sollte, nein konnte. Ein gewöhnlicher Rechtsanwalt würde den Fall vermutlich ablehnen. Ein Detektivbüro wäre zu auffällig, da würde Lina sich schnell verfolgt fühlen. Also, wen sollte er in Bezug auf sein Problem, beziehungsweise das Problem seiner Frau, einschalten? Mit Lina zu sprechen, getraute er sich nicht, nachher versetzte er sie in Angst und Schrecken, und sie wollte nicht mehr in Japan bleiben.

Kazuhiro war froh, heute einmal ausschlafen zu können. Doch im nächsten Moment holte ihn die Realität wieder ein. Beim Frühstück überlegte er, ob er zum *Kōban*, also zur Polizei, gehen sollte, oder direkt ins Gericht, um mit einem Richter zu sprechen, wenn das möglich war. Schließlich war Lina eine Ausländerin. Und vor allem konnte er nicht sicher sein, dass nur seine Frau betroffen war.

Schließlich entschied er, es zunächst mit dem *Kōban* zu versuchen. Überrascht war er jedoch, dass der Polizist dort sich nicht für zuständig erklärte. Er solle bitte auf die nächstgelegene Polizeistation gehen und dort sein Anliegen vortragen. Kazuhiro tat, wie ihm geheißen. Doch auch der Polizist dort machte ein ratloses Gesicht und ließ Kazuhiro nicht erkennen, ob er sich der Sache annehmen wolle. Und so beschloss Kazuhiro, doch einen Gang zum Gericht zu versuchen. Seiner Frau sagte er, er wolle noch ein wenig in der Stadt bleiben, um auszuspannen. Im Gericht traf er gleich zwei hauptamtliche Richter an. Er erzählte ihnen von seinen Beobachtungen und bat um einen Rat, wie er nun vorgehen sollte.

»Tun Sie nichts, das ist unsere Aufgabe. Wir kümmern uns darum.«

Kazuhiro war froh, dass die Richter ihm glaubten.

»Auch weitere Beobachtungen sollten Sie uns bitte umgehend melden. Wir legen eine Leitung, die rund um die Uhr besetzt ist. Die bleibt auch aktiv, wenn wir versetzt werden, was alle zwei Jahre der Fall ist.«

»Gut, das mache ich«, nahm Kazuhiro die Anweisung entgegen.

»Und noch etwas. Dies ist eine absolute Ausnahme in einem sehr brisanten Fall. Normal ist der Gang zur Polizei.«

Kazuhiro erschrak sehr darüber, dass seine erste Meldung bereits so ernste Gesichter und derartige Aktivitäten auslöste. Doch war er auch sehr froh darüber, dass er gerade diese beiden Richter angetroffen hatte, da beide schon einmal über den Richteraustausch in Deutschland waren. Und Lina war Deutsche, sodass man spätestens, wenn sie wieder nach Deutschland flöge, mit den Kollegen in Deutschland kooperieren musste. Und er war froh, dass man ihn nicht abgewiesen hatte. Kazuhiro hoffte sehr, dass die Pein seiner Frau möglichst bald zu Ende sein möge. Und für ihn stand nicht nur seine Frau, sondern auch die Praxis auf dem Spiel. Wenn sich herumspräche, dass seine Frau ständig Körperreaktionen zeigte, wenn die Besitzer ihrer tierischen Patienten sich so oder anders verhielten, war der Ruf seiner Praxis im Handumdrehen ruiniert.

Sobald Kazuhiro das Gerichtsgebäude wieder verlassen hatte, begann er zu grübeln. Sollte er vielleicht doch seinen Vater einweihen? Dann beschloss er jedoch, erst einmal mit niemandem darüber zu sprechen, sondern nur neue Beobachtungen zu melden, wie ihm seine Gesprächspartner vorgegeben hatten.

40

32

15. Oktober 2008

Der Krimi, den Lina und Kazuhiro im Fernsehen anschauten, endete so, wie Krimis hierzulande nur allzu häufig endeten, Vergangenheitsbewältigung durch Mord. Der Zwist des Mörders mit seinem Opfer lag zwei Jahrzehnte zurück, und nun, nach vielen, vielen Jahren rächte der Täter sich oder tat es im Namen einer Person, die ihm nahestand. Wie so oft schlief Lina zwischendurch ein. Und wie so oft seit Mai meldete Kazuhiro auch diesen Vorfall, ohne dass Lina etwas davon ahnte.

Nach dem Krimi fragte Kazuhiro seine Frau unvermittelt, ob sie sich vorstellen könnte, einen Todfeind zu haben. Lina lachte nur und meinte, »Meine Freunde und Bekannten kennst du doch. Wenn darunter ein Feind sein sollte, müsstest du ihn ja auch kennen. Oder meinst du den Jüngling, der sich ebenfalls für mich interessiert hatte, und dem du mich vor der Nase weggeschnappt hast.«

»Ja, zum Beispiel. Wer könnte sonst noch mit deinem Verhalten nicht einverstanden gewesen sein?«

»Meinungsverschiedenheiten hatte ich schon mit einigen Menschen, doch den offenen Streit suchte ich stets zu vermeiden, wenn du das meinst.«

Sie überlegten noch eine ganze Weile, und Kazuhiro war froh, dass Lina die Absicht hinter seiner Frage nicht bemerkte, sondern glaubte, der Krimi habe ihn zu diesem Gespräch animiert.

Kazuhiro selbst hatte sich bereits über diese Frage den Kopf zermartert. Doch auch er war zu keinem Ergebnis gekommen. Er war nur relativ sicher, dass der Peiniger seiner Frau im Ausland zu suchen war, nicht in Japan. Und das machte ihm Angst, denn dort kannte er sich noch nicht aus. Das war ihm klar. Und Lina selbst sollte besser ahnungslos bleiben. Kazuhiro wusste, dass die Richter dieses Problem seit ein paar Monaten als ein wichtiges Anliegen behandelten und stets ein offenes Ohr für ihn hatten. Und ihm war klar, dass er Linas Verhalten zwar beschreiben konnte, doch nicht wusste, wie es zustande kam. Verdacht auf Fremdeinwirkung, aber auf welche Weise?

Froh war Kazuhiro, dass er sich auf telefonische Meldungen beschränken durfte und nicht ständig freinehmen musste, um zum Gericht zu gehen. Dann hätte er stets seinen Vater und Lina mit Ausreden abspeisen müssen, warum sein Vater ihn schon wieder vertreten sollte. Und das wäre bei der hohen Anzahl von Beobachtungen unbedingt auffällig gewesen.

33

31. Dezember 2008

Nach Ansicht von Strahlser gab es verschiedene Arten von Silvesterpartys. In diesem Jahr wollte er eine ganz besondere veranstalten. Via Internet hatte er sich mit zwei jungen Männern verabredet, die eine Wohnung suchten. Das war das erste von fünf Kennworten für Spezialisten, die sich für besondere, eben für schwarze Cyborg-Technologie, interessierten. Die drei waren sich auf Anhieb sympathisch. Und sie wussten auch, dass die Gutmenschen ihre Sympathien füreinander nicht teilen würden.

In einem großen Restaurant hatte Strahlser einen Tisch bestellt, wo sie gemeinsam zu Mittag essen wollten. Zum Glück war es heute fast menschenleer, weil viele mit den Vorbereitungen für den Abend beschäftigt waren oder aus Angst vor Böllern nicht aus dem Haus gingen. Das kam den dreien gerade recht.

Schnell gaben sie sich durch Nennung der vereinbarten Kennworte zu erkennen, sodass sie offener miteinander reden konnten. Strahlser erläuterte, er halte im Ausland eine von ihm ferngesteuerte Kreatur. Er drückte sich absichtlich aus, als gehe es um ein Tier. Für dieses

Projekt könnte er gut Helfer gebrauchen. Zwei sei gerade die richtige Anzahl. Man könne die Arbeit koordinieren, jedoch ohne sich gegenseitig Vorschriften zu machen. Doch die Technologie würde nur er, Strahlser, einbauen. Wie, das sei seine Sache und sein Privileg. Er könne kein Geld anbieten, nur *just for fun* für die Beteiligten – der Kick halt, einen Menschen, und damit ließ er die Katze aus dem Sack, zum persönlichen Roboter zu machen, ohne sich dabei erwischen zu lassen. Als Endziel schwebe ihm vor, die von ihm präparierte Kreatur aus der Gesellschaft zu drängen, Schritt für Schritt, langsam, aber unaufhaltsam.

»Und was ist, wenn dieses Wesen schließlich Selbstmord begeht?«

»Selbstmord ist kein Mord.«

»Aber auch ein Selbstmord zieht polizeiliche Ermittlungen nach sich.«

»Ja, aber erstens lebt die Person im Ausland, und zweitens könnt ihr sicher sein, dass die Steuerung so angelegt ist, dass sie jeder normalen Untersuchung standhält, das heißt, nicht nachweisbar ist.«

»Wenn aber einer von uns in Verdacht gerät und quatscht, hat das negative Folgen für uns alle.«

»Hier geht es um totale Verschwiegenheit, das muss euch klar sein. Wer anderer Meinung ist, kann und muss jetzt aussteigen. Also, was ist?«

»Nee, ist schon klar. Wir schweigen wie ein Grab. Ausserdem besteht die Gefahr, dass bei zu vielen Mitwissern der Spaß allzu schnell verfliegt.«

Schön, dann war man sich also einig.

Strahlsers Zuhörer signalisierten bei seinen Ausführungen begeistert Zustimmung, woraufhin Strahlser sie fragte, ob sie ihre Geräte mitgebracht hätten. Beide schauten für einen Moment verunsichert aus der Wäsche. Denn er hatte doch zugesagt, sie mit den Geräten auszustatten. Er nickte sofort und erklärte, das sei lediglich eine letzte Probe gewesen. Und sie wüssten ja, Kommunikation nur via Internet, und nur, wenn es nicht anders möglich war, also wenn die Technik versagte oder wenn einer aussteigen wollte. Ansonsten würden sie sich heute in einem Jahr wieder hier in diesem Restaurant treffen. Gleicher Tag, gleiche Uhrzeit. Strahlser kopierte jedem der beiden ein paar Apps mit der von ihm eingebauten Steuerungsfunktion auf ihre Smartphones, und beide durften ausprobieren, ob sie damit ohne weitere Erläuterungen zurechtkämen. Alles funktionierte reibungslos. Nun würde Lina Kobara aufstoßen, ihr Gesicht zu einem Grinsen verziehen, auflachen oder stöhnen oder einschlafen oder rot anlaufen oder was auch immer, ohne dass sie etwas dagegen tun konnte. Das bloße Anklicken einer App reichte, und ihr Körper würde nicht mehr ihr gehorchen.

34

1. Dezember 2009

Schon bald würde auch dieses Jahr um sein, wie schnell doch die Zeit vergeht. Lina war ganz in Gedanken, da ereilte sie wieder eine Hitzewelle, eine von denen, die sie erstmals zu Beginn dieses Jahres bemerkt hatte. Sobald sie trüben Gedanken nachhing, wurde ihr sofort siedend heiß. Das ging so weit, dass sie dann stets regelrecht in Schweiß gebadet war. Das Gähnen war das nächste Phänomen. Es war manchmal so heftig gewesen, dass sie begonnen hatte, ihr gestisches Verhalten zu protokollieren. Sie hatte Kazuhiro davon noch nichts erzählt, um ihn nicht zu beunruhigen, zumindest solange sie selbst nicht wusste, was es mit diesen Phänomenen auf sich hatte. Unlängst hatte sie ein Gähnen sogar mit aller Macht unterdrücken müssen, als sie einen Vortrag hielt. Als ihr das gelang, spürte sie, wie ihr mit einem Schlag die Röte ins Gesicht schoss. Sie versuchte, das als Zufall zu deuten, doch es fiel ihr mit jedem Tag schwerer. Ob jemand außer ihr das wohl bemerkte?

Aber nein, dafür müssten die anderen ja wissen, was sie gerade gedacht hatte. Und das konnte ja nicht sein.

35

31. Dezember 2009

Strahlser hatte heute das gesamte Restaurant reserviert, beide Säle, damit sie keine Mitwisser hätten. Beruhigt sah er seine beiden Kumpanen bereits am für sie reservierten Tisch sitzen. Nun würden sie schnell zur Sache kommen.

Die Steuerungsmechanismen seien zu kompliziert, um nachvollziehbar zu sein, maulte Freisig. Kraben pflichtete ihm bei. Das sei volle Absicht, erwiderte Strahlser. Sonst würde ihnen sofort jemand auf die Schliche kommen und ihnen womöglich gar ihr Spielzeug aus der Hand reißen. Nur halb überzeugt nickten beide und Freisig sagte:

»Übrigens habe ich diesmal noch ein paar Leutchen mitgebracht, und Ehrenwort, alle hundert Prozent vertrauenswürdig.

»Was? Du hast gequatscht?«

Strahlser und Kraben waren fassungslos, wenngleich aus je eigenen Gründen.

»Wirklich, ihr könnt ganz beruhigt sein.«

Freisig stand auf und ging zur Ladentür. Ungefähr zwanzig Männer unterschiedlichen Alters gingen sofort auf Strahlser zu. Jeder von ihnen wollte ihm begeistert die Hand schütteln.

»Wir duzen einander, einverstanden?«, begann der erste das Gespräch. »Wir sind alle sehr interessiert, denn deinen Steuerungsmechanismus konnten nicht einmal wir knacken. Und wir können was, das kannst du uns glauben! Wenn wir den Steuerungsmechanismus hätten, könnten wir noch nützlicher sein. Das funktioniert über die Apps, stimmt's?«

Strahlser dachte, er höre nicht richtig. Ihm musste schnell etwas einfallen, damit die Meute den Gedanken von der Steuerung über Apps wieder vergaß.

»Das ist eigentlich eine Sache, die wir nur zu dritt austragen wollten«, suchte Strahlser die zwanzig Kerle wieder aus dem Restaurant zu komplimentieren. Doch die dachten gar nicht daran, wieder nach Hause zu gehen.

Strahlser fühlte, wie die Situation ihn überforderte. Doch er musste unbedingt glaubwürdig klingen, wenn er nichts riskieren wollte.

»Das *Game* sieht aber nur drei Mann als Steuerer vor, sonst treten sich alle gegenseitig auf die Füße, und nichts geht mehr«, improvisierte er blitzschnell.

»OK, und der Steuerer ist der Erfinder, der in Wahrheit alleine arbeitet. So weit haben wir das schon kapiert.«

»Also, wir sind jetzt eine große Gruppe, und ihr solltet mir jetzt sagen, was ihr über dieses *Game* wisst.«

»Die Püppi sitzt in Japan und wartet jede Sekunde darauf, wieder gesteuert zu werden. Von uns Zuschauern weiß sie vermutlich noch nichts.«

Mist, dachte Strahlser, sogar das Land haben sie schon herausbekommen. Er hatte eine Codierung eingebaut, die das eigentlich unmöglich machen sollte. Doch hatte er, so war ihm nun schmerzlich klar, das Können der Hacker unterschätzt.

»Aber, um ehrlich zu sein, wir zwanzig Mann fanden diese Art des *Gamings* so toll, dass wir noch ein paar Leute eingeladen haben.«

Schnell beugte sich Strahlser zu Freisig und flüsterte ihm zu, er würde vorsichtshalber von einem Computerspiel sprechen, damit die Leute eine Vorstellung entwickeln könnten. Die Apps müssten geheim bleiben, wenn sie die preisgäben, kämen vermutlich zu viele Nachfragen. Einige der Neuen maulten bereits.

Kraben stand auf und ging zur Tür. Dort angekommen, pfiff er einmal ganz laut. Sofort stürmten etwa einhundert Personen in das Restaurant, Männer und Frauen. Im Handumdrehen waren alle Plätze

46

belegt. Der Wirt hängte das Schild »Geschlossene Gesellschaft« an die Tür. Die Gesprächsfetzen, die er aufschnappte, signalisierten ihm, sich am besten mit allem einverstanden zu erklären, falls ihn jemand aufforderte, mitzumachen. Diese Gesellschaft machte ihm etwas Angst. Seine fünf Angestellten ließen sich nichts anmerken. Er überlegte kurz, ob er die Polizei verständigen sollte, verwarf den Gedanken jedoch wieder, da er nicht wusste, worum es hier eigentlich ging.

Strahlser versuchte, seinen Puls wieder in den Griff zu bekommen. Einhundertzwanzig Personen! Mitwisser, die jetzt sogar sein Gesicht und das seiner beiden Mitstreiter kannten! Was für eine Katastrophe. Er musste jetzt etwas erfinden, um der Held und damit auch der Chef zu bleiben. Und es musste ihm schnell etwas einfallen, denn nur er durfte die Steuerungsfunktionen ändern können, zu viele Köche verderben bekanntlich den Brei. Und vor allem durfte das Geheimnis der Chips nicht bekannt werden.

Schon setzte sich einer der ungebetenen Gäste an seinen Tisch und erklärte rundheraus, er arbeite für eine Computerfirma und könne sich sehr gut vorstellen, solche Technologie als Computerspiel groß herauszubringen. Strahlser winkte zuerst reflexartig ab. Doch dann überlegte er es sich anders und meinte, er willige nur ein, wenn es seine Idee bleibe und er sich mit seinem Gesprächspartner noch am Abend über einen Patententwurf einigen könnte, um den dann so schnell wie möglich dem Patentamt vorzulegen.

»Komm, dann gehen wir jetzt und verhandeln anderswo.«

»Einverstanden«, resignierte Strahlser. Doch im Hinterkopf hatte er schon den Plan, offiziell ein Computerspiel anmelden, inoffiziell jedoch dafür sorgen, dass das clean blieb und dass es keine Spuren zu Püppi hinterließ.

Strahlser und sein Begleiter bewegten sich dem Ausgang entgegen, um die Gesellschaft zu verlassen, als ein Mann ihnen in den Weg trat und lautstark verlangte, eingeweiht zu werden. Strahlser wurde nervös. Er wollte niemanden einweihen, die Sache sollte sich via Stille-Post-Verfahren verselbstständigen, damit der ganzen Sache die Beweiskraft genommen würde und auf jeden Fall sein Name aussen vor blieb. Doch sein Gegenüber wirkte wild entschlossen, und so stellte Strahlser sich auf einen Stuhl und bat um Ruhe.

»Wir haben uns hier und heute versammelt, um Püppi konkret werden zu lassen. Wenn ihr ein bestimmtes Computerspiel spielt, bewegt ihr automatisch Püppi. Mehr verrate ich nicht, denn es gehört mit zu dem *Game*, dass ihr selbst herausfindet, wer sich hinter Püppi verbirgt. Alles klar?«

»Alles klar«, johlte die Menge. »Aber wie heißt das Spiel?«

»Playfox«, zauberte Strahlser einen Namen aus der Lamäng.

Die Menge johlte weiter, und Strahlser konnte endlich unbehelligt hinausgehen. Im Hinausgehen dachte er noch, von wegen Computerspiel!

36

31. Juli 2010

Ein Computerspiel erobert die Welt.

Derartige Überschriften verkündeten den Triumph, der es Felix Strahlser erlaubte, sich in seinem Sessel gemütlich zurückzulehnen. Immobilie und Computerspiel. Finanziell hatte er jetzt ausgesorgt, das wusste er. Er erhielt zwar nur zehn Prozent des Erlöses, da er beim Patentamt doch nicht als der Erfinder eingetragen war. Jedoch der Erfolg des Spiels brachte ihm einen Geldsegen. Das beruhigte ihn sehr, da er in ständiger Angst lebte, seine Arbeit zu verlieren. Natürlich arbeitete auch seine Frau, doch der Gedanke, möglicherweise in Geldnot zu geraten, setzte ihm zu. Und natürlich benötigte er weiter-

48

hin seinen Arbeitsplatz im Forschungslabor. Denn nur dort konnte er Arbeit mit seinem Vergnügen kombinieren. Und sein Vergnügen hieß immer noch Püppi, Püppi in Japan, seine ehemalige Mieterin, jetzt Tierärztin an der Seite ihres Mannes in Tokyo. Sollte sich die Welt mit dem Computerspiel die Zeit vertreiben. Er experimentierte an einem weiteren Chip, um die Fernsteuerung von Lina Kobara mithilfe von Apps noch weiter zu verfeinern. Das war seine Strategie, ein Computerspiel für alle und Püppi für ihn allein mit den Steuerungsmechanismen vom Feinsten. Die Zahl seiner Follower nahm täglich zu. Strahlser war besonders erfreut darüber, dass *Playfox* in Japan der Hit geworden war. Und wer zufällig eine von ihm, Strahlser, präparierte App anklickte, steuerte Püppi, ob er das wollte oder nicht. Und Püppi wurde gar nicht erst gefragt. Den Steuermechanismus dieser Apps konnte nur er, Strahlser, verändern. Das war der Kompromiss, auf den er sich eingelassen hatte.

37

15. Oktober 2010

Heute war wieder eine Operation durchzuführen, ein Golden Retriever mit einem großen Blutpfropfen am Oberschenkel, den Lina aufschneiden musste. Sie versuchte vergeblich dem Hund einen Maulkorb aufzusetzen. Bei jedem Fehlversuch musste sie niesen, bis sie dann den Maulkorb dem Besitzer überreichte, doch auch der bemühte sich vergebens. Schließlich bat der um Erbarmen mit seinem Hund, der noch nie einen Maulkorb getragen hätte. Da das Tier jedoch nicht bissig sei, könnte er ihm den Kopf halten, damit Lina ihm die Betäubungsspritze setze. Er beiße wirklich nicht, versicherte er. Lina war immer noch skeptisch, doch da sie keinen anderen Rat wusste, akzeptierte sie den Vorschlag. Kurz darauf fielen dem Hund die Augen zu, und sie konnte ihre Arbeit beginnen. Jeder Schnitt ging mit einem leichten Aufstoßen Linas einher. Sie hoffte, dass weder Kazuhiro noch der Besitzer etwas davon mitbekamen oder sich zumindest nichts dabei dachten.

»Du solltest auf der Arbeit nicht so viel Cola trinken«, raunzte Kazuhiro Lina an, sobald der Kunde die Tür hinter sich geschlossen hatte.

Zum Glück nennt er eine plausible Ursache für mein Aufstoßen. Lina war ihm unendlich dankbar und willigte sofort ein.

»Ja, tut mir leid, ich hatte nicht darüber nachgedacht.«

Prompt fühlte sie einen Stich im rechten großen Zeh. Lina hob vor Schmerz den rechten Fuß leicht an. Zum Glück hielt Kazuhiro das nicht für ein ungewöhnliches Verhalten. Seit wann hatte sie eigentlich bestimmte Körperfunktionen nicht mehr unter Kontrolle? Wenn das mit den Schmerzen im Fuß so weiterging, würde sie bald nicht mehr laufen können. Lina begann zu grübeln. Wie gut, dass sie ihr Tagebuch hatte.

38

31. Dezember 2010

Inzwischen war schon die nächste Generation seines Computerspiels auf dem Markt, und der Boom wollte nicht enden. Strahlser fühlte sich mittlerweile wie Dagobert Duck, wenn er seine Finanzen sichtete. Doch immer mehr Menschen fragten ihn auf dem Sylvestertreffen, das dieses Jahr nicht im Restaurant, sondern online stattfand, wie er denn auf diese Idee gekommen sei und ob er sich vorstellen könne, dieses Spiel auch mit einem Menschen als Hauptperson zu spielen. Stets verneinte er, das verstoße gegen ethische Grundsätze, und Computerspiele, die sich darüber hinwegsetzten, gebe es höchstens auf dem Schwarzmarkt, aber nicht als patentierte Versionen auf dem freien Markt. So hoffte er, mit der Zeit dem Püppi-Image zu entschwinden.

Doch so einfach war das nicht. Immerhin kannten ihn einhundertzweiundzwanzig Menschen persönlich, und man traf sich ab und zu in kleinem Kreis. Und dann war schnell klar, dass diese Leute verstanden hatten, dass die Computerspiele nur als Ablenkungsmanöver fungierten. Was natürlich nicht bedeutete, dass sie den wahren Steuerungsmechanismus knacken konnten.

Strahlser wurde bei diesen Treffen immer nervöser. Schließlich beschloss er, er müsse eine Strategie entwickeln und Püppi alias Lina Kobara, geborene Grienzer, einfach der Welt zum Fraß vorwerfen. Wenn so viele Menschen mitmachten, würde niemand, selbst wenn alles eines Tages auffliegen sollte, wirklich verurteilt werden, weil die Schuld des einzelnen zu gering war. Mit dieser Lösung war er so zufrieden, dass seine Nervosität merklich sank. Das hieß, er müsste Linas Kontaktpersonen präparieren, damit sie zum Beispiel in Linas Gegenwart Schmerzen verspürten. Ja, das wäre eine gute Idee. Wie er das technisch realisieren sollte, war ihm zwar noch nicht klar, aber immerhin hatte er jetzt eine brauchbare Zusatzidee entwickelt.

Mehrere tausend Menschen nahmen dieses Jahr an der virtuellen Sylvesterveranstaltung teil. Strahlser nutzte bei dieser Gelegenheit das Stille-Post-Verfahren und verbreitete, dass Lina, von der er nur noch als Püppi sprach, selbst Menschen und Tiere quäle und zudem wisse, dass sie ferngesteuert würde, aber nichts dagegen einzuwenden habe, solange sie im Mittelpunkt des Geschehens stehe. Und diesen Spaß wollte man ihr gönnen. Also, alles in gegenseitigem Einvernehmen und deshalb vollkommen legal. Manche lachten, als sie das hörten, weil sie das kaum glauben mochten. Aber – andererseits – im fernen Japan, da weiß man ja nie, wie die Menschen so ticken, da sind solche Gedankengänge irgendwie auch schon, wenn nicht glaubwürdig, so zumindest denkbar. Und eine Ausländerin, die sich den dortigen Sitten anpasst, kann es dann auch geben. Also, kein Stoff, um länger darüber zu grübeln. Manch einer konnte gar von Japan erzählen, dort habe es die Sitte des *Ubasute* gegeben. Irgendwann früher war es die Praxis, alte Frauen, die der Gesellschaft nicht mehr nützten, im tiefen Wald auszusetzen – der sichere Tod. Ob er bei Püppi-Lina bis zum Tod gehen sollte, überlegte Strahlser für einen Augenblick. Doch Derartiges würde er erst entscheiden, wenn nichts mehr ging. Und dieser Tag lag noch in weiter Ferne. Aber er sollte ein Konzept entwickeln, um diejenigen zu eliminieren, die quatschten, das wäre nicht schlecht. Aber noch fehlte ihm eine brauchbare Idee. Schließlich wussten diese Leute, dass er einen Menschen fernsteuern konnte. Wenn ihm das bei einer Person gelang, dann sollte das doch auch bei jeder anderen funktionieren. Felix Strahlser, der Mann, der das Universum lenkt. Eine sehr angenehme Vision, fand er. Doch dann dachte er wieder, er wolle nicht das Universum steuern, sondern nur Lina Kobara das Fürchten lehren.

Lina im fernen Japan ahnte nichts von alledem, führte nur weiterhin ihr Tagebuch und hoffte, irgendwann ihre merkwürdigen Körperreaktionen aufklären zu können. Ihre Tage waren mit Arbeit und der Beziehung zu ihrem Ehemann ausgefüllt. Sie hatte keine Zeit für Spiele mit dem Computer, seien es Computerspiele oder die Suche nach versteckten Apps, und Kazuhiro ebenso wenig. Und ihren Freundinnen ging es genauso. Doch im Gegensatz zu Lina beobachtete Kazuhiro sehr genau, dass immer mehr Kunden mit laufendem Smartphone in der Hand in ihre Praxis kamen. Und wenn sie dies einmal taten, machte er danach Meldung. Es kam zwar vor, dass manche Kunden danach mit ihren Haustieren nicht mehr in die Praxis kamen, doch das waren zum Glück nur wenige. Die meisten gingen offenbar in sich und verstanden, dass sie niemanden fernsteuern durften. Auch in ihrem privaten Umfeld richteten manche ihr Smartphone auf Lina. Auch dann machte Kazuhiro Meldung. Im privaten Bereich blieben die angeblichen Freunde nach einer Verwarnung fort. Vermutlich rieten ihnen ihre Anwälte dazu.

52

39

1. Januar 2011

Beginn des Neuen Jahres. Feiertag. Das Jahr des Hasen nach dem japanischen Kalender. Zwölf Tiere für zwölf Jahre: Maus, Kuh, Tiger, Hase, Drache, Schlange, Pferd, Schaf, Affe, Hahn beziehungsweise Henne, Hund und Schwein beziehungsweise Wildschwein. Und diese Jahreszählung erlaubte es in der Regel, sein Gegenüber altersmäßig einzuordnen. Da sich die Tierkreiszeichen alle zwölf Jahre wiederholten, brauchte man nur nach dem Tierkreiszeichen zu fragen, und schon wusste man, ob das Gegenüber 24, 36 oder 48 Jahre alt oder noch älter war.

Auch für dieses Jahr hatten Lina und Kazuhiro die *Nengajō*, die Neujahrskarten, geschrieben, die auf der Vorderseite meist das Tierkreiszeichen des Neuen Jahres zeigten. Wenn man diese Karten in Tokyo bis zum 20. Dezember in den Postkasten warf, kamen sie pünktlich am 1. Januar an. Außerhalb von Tokyo hatten die Menschen je nach Ort auch bis zum 25. Dezember Zeit. Manche Neujahrskarten hatten eine Losnummer aufgedruckt, sodass der Empfänger an der Lotterie teilnehmen konnte. Als niedrigsten Preis erhielten Empfänger, deren letzten beiden Ziffern auf der Karte mit der Gewinnzahl übereinstimmten, eine Sonderbriefmarke. Wenn noch mehr Ziffern übereinstimmten, gab es auch schon einmal eine handgefertigte japanische Schatulle. Der Glückliche, der eine *Nengajō* mit der vollständigen Gewinnzahl erhalten hatte, erhielt 50.000 Yen. Lina verglich die Zahlen jedes Jahr sehr sorgfältig, und da Kazuhiro und sie allein schon an ihre Kunden etwa 300 *Nengajō*s verschickten, erhielten sie auch ähnlich viele zurück, und jedes Jahr gewannen sie zumindest eine wirklich attraktiv gestaltete Sonderbriefmarke auf besonderem Papier.

53

Dieses Jahr hatte Lina sehr viel länger zum Schreiben der Neujahrskarten gebraucht. Ihre Konzentration hatte ihr einen Streich gespielt, einmal verschüttete sie sogar etwas Kaffee und musste fünf Karten nochmals schreiben, da der Kaffee Flecken hinterlassen hatte, ausgerechnet auch noch auf den Adressen. Und wieder bemerkte sie, dass ihre Gedanken zum letzten Treffen mit Freunden und zum Verhalten von Herrchen und Frauchen ihrer Tierpatienten ihr gegenüber abschweiften. Fortwährend waren Gegenstände in der Praxis verrückt worden. Sie hatte einmal Kazuhiro direkt darauf angesprochen, doch der gab vor, nichts bemerkt zu haben. Doch neuerdings stellte er den Ständer mit den Wäschestangen nicht mehr auf den Balkon, sondern in einen Hinterraum, der gut durchlüftet werden konnte. Ob er sich nicht mehr traute, die Handtücher, die sie in der Praxis verwendeten, offen draußen aufzuhängen? Was konnte das bedeuten? Wurden sie doch bedroht, und sie, Lina, verstand es bloß nicht?

Nachdenklich nahm sie noch einmal die empfangenen *Nengajōs* in die Hand. Sie blätterte sie sämtlich durch, und bei manchen bemerkte sie nun vereinzelt Tintenflecke. Wieder musste sie an den Artikel denken, in dem derartiges Verhalten unter Japanern als Akt der Ausgrenzung gedeutet wurde. Lina sortierte die auffälligen Karten aus. Als sie fertig war, begann es bereits zu dunkeln. Sie zählte die aussortierten Karten. Es waren insgesamt siebzehn, also nicht allzu viele. Lina schaute auf die Absender. Die Karten stammten genau von den Kundinnen und Kunden, die ihr in der Praxis aufgefallen waren. Was konnte sie unternehmen? Oder sollte sie wie Kazuhiro einfach so tun, als bemerke sie rein gar nichts?

40

29. Dezember 2011

Lina flog über Neujahr nach Deutschland. Erstmals ohne Kazuhiro, der nicht mitkommen wollte. Am Flughafen in Frankfurt musste sie wie immer auf ihr Gepäck warten. Dabei machte sie eine merkwürdige Beobachtung. Viele Passagiere mit einem Smartphone richteten ihr Gerät auf sie. Derartiges hatte sie bisher noch nicht erlebt. Sie ging mit unbeteiligtem Gesicht zur anderen Seite des Laufbandes. Unfassbar, die Geräte folgten ihr. Lina beschloss, nichts zu unternehmen, aber nie zuvor hatte sie sich derart unheimlich gefühlt. Sie empfand einen rasenden Schmerz im rechten Mittelfuß, als wenn jemand ihr einen Nagel dort hineinjagte. Sie ging weiter und prompt folgten die Geräte ihrer Bewegung. Und wieder ein Stechen. Lina schnappte Gesprächsfetzen auf:

»Das ist ja wohl auch brutal.«

»So behandeln lassen würde ich mich nicht, das weiß ich aber.«

»Ist ja in Japan.«

Worüber sprachen diese Menschen? Was wollten sie damit sagen? Dass sie, Lina, genau Bescheid wusste und einverstanden war? Aber womit? Mit dem Stechen im Fuß? Das konnte Lina nun doch nicht glauben. Denn das hieße ja, dass diese normal aussehenden Geräte Folterobjekte waren. Sollte sie einfach jemanden ansprechen? Vielleicht war sie schon zu sehr von den japanischen Sitten geprägt. Doch diesen Gedanken schob sie sofort wieder weit von sich. Wer sich so verhielt, der würde sicherlich dem Opfer keinen reinen Wein einschenken.

Als sie ihren Koffer vom Gepäckband genommen hatte, ging sie noch einmal zur Toilette. Dort zog sie den Strumpf aus, und stellte fest, dass der Mittelfuß leicht nach unten und der große Zeh leicht nach innen gebogen war. Noch war die Veränderung minimal, doch es sah so aus wie ein Hallux Valgus im Frühstadium. War es das, was die Maschinen bewirkten, wenn man sie auf einen Menschen richtete? Lina wusste, was sie da gerade erlebt hatte, war keine Kleinigkeit. Und, wenn man ihr so mitspielen konnte, konnte man das mit jedem anderen Menschen ebenfalls. Eines war klar. So etwas lernte man nicht in Computerkursen, sondern nur im richtigen Leben.

Als Lina das Flughafengebäude verließ, sah sie zwei Flughafenpolizisten, die mit der jungen Frau sprachen, die zuvor laut gesagt hatte, das alles sei doch brutal. Lina blickte zur Seite. Im Vorbeigehen bemerkte sie, wie die Frau mit dem Kopf in ihre Richtung wies.

41

Immer noch 29. Dezember 2011

Die beiden Flughafenpolizisten, die Lina wahrgenommen hatte, erstatteten sodann ihrem Vorgesetzten ausführlich Bericht. Schnell fanden sie heraus, dass es um Lina Kobara ging, die selbst offenbar technisch nicht versiert war, noch nicht einmal ein eigenes Smartphone besaß, lediglich ein antiquiertes Handy. Und das heutzutage, obwohl sie im technikaffinen Japan lebte. Kaum zu glauben, welches Glück das für die Fahndung bedeutete. Eine Person, die kein Smartphone besaß, konnte damit auch keinen Blödsinn machen und war, wie in Linas Fall, leicht als Opfer einzustufen. Das heißt, die Täter konnten sich nicht auf ein Mitmachen Linas herausreden. Nun hieß es, alle Smartphones mit dem Sensor, der Lina und möglicherweise andere Menschen ausfindig machen konnte, zu konfiszieren, und die Technik unschädlich zu machen und parallel dazu die Täter zu ermitteln. Auf jeden Fall würde man auch die japanische Justiz über diese Schritte unterrichten. Gewiss würde auch dort diese Technik strafrechtlich verfolgt werden. Wie erwartet, stieß die deutsche Polizei bei ihren japanischen Kollegen auf offene Ohren.

42

8. Januar 2012

Lina wollte bei ihrer Reise wieder das Angenehme mit dem Nützlichen verbinden, und so hatte sie sich für eine Fachkonferenz in London angemeldet. Sie verließ den Zug und suchte die geeignete Buslinie. Den Fahrer fragte sie vorsichtshalber noch einmal nach dem Fahrpreis und stieg dann ein. Sie musste zwar nur fünf Stationen fahren, aber mit dem Koffer war der Bus eindeutig einer halben Stunde Fußweg vorzuziehen.

Auch im Bus richteten die Fahrgäste fast ausnahmslos ihre Smartphones auf sie. Manche hielten das Gerät höher, manche tiefer, doch alle auf ihren, Linas, Körper. Unheimlich, fand Lina. Und dann noch die Schmerzen im Fuß.

Das Hotel lag angenehmerweise direkt an der Bushaltestelle. Lina stieg aus und ging zur Rezeption. Als sie dort ihren Namen nennen wollte, brachte sie keinen Laut heraus. Sie räusperte sich, doch ihre Kehle blieb stumm.

Lina war fassungslos. Sie musste sofort an ihre Beobachtungen im Bus denken, wie die Leute die Geräte auf sie gerichtet hatten. Doch außer den Schmerzen im Fuß hatte sie nichts gespürt. Wie im Flughafen. Doch nun hatte man ihr die Stimme genommen.

Die Dame an der Rezeption schob Lina kurzerhand das Formular zum Ausfüllen hin und reichte ihr den Stift dazu. Dann gab sie ihr den Zimmerschlüssel und nannte ihr die Frühstückszeiten.

Lina ging erst einmal duschen. Dabei überlegte sie, was sie tun sollte, wenn bis morgen ihre Stimme immer noch nicht zurückgekehrt war.

Ihr Handy klingelte. Es war Kazuhiro. Lina wartete, bis das Handy aufhörte zu klingeln. Dann simste sie Kazuhiro »Hab keine Stimme mehr, kann nicht mehr sprechen.« Deshalb konnte sie auch sein Erschrecken nicht bemerken, als er die Zeilen las. Ebenso wenig ahnte sie, dass Kazuhiro den Vorfall sofort meldete.

43

10. Januar 2012

Linas Stimme war immer noch nicht wiederhergestellt. Ein Krächzen brachte sie heraus, doch eine Unterhaltung wäre zu anstrengend für sie. Also schrieb sie einen Zettel, um ihn den Kolleginnen und Kollegen zu zeigen, die sie ansprechen wollten. Ein paar bekannte Gesichter hatte sie gestern Abend gesehen.

Zunächst sah Lina sich die Poster-Vorträge an. Da konnte sie zuhören, musste selbst nicht sprechen, wenn es nicht ging. Sie merkte, wie sich drei offenbar Deutsche zu ihr stellten. Sie schaute hin und sah, dass der Mann ein Gerät auf sie richtete. Im nächsten Moment spürte sie, wie ihr Augapfel sich verschob. Vor Schreck war Lina wie gelähmt. Sie erwartete Schmerzen, doch die blieben aus. »Jetzt bloß nicht die Nerven verlieren«, war der einzige Gedanke, den sie fassen konnte. Wenn ich jetzt schreien könnte, würde ich das auch tun. Den beiden Frauen, die den Mann begleitet hatten, stand der Schrecken ins Gesicht geschrieben. Sie suchten möglichst unauffällig das Weite. Der Mann, der geschossen hatte, machte sich ebenfalls aus dem Staub. Lina blieb wie angewurzelt auf ihrem Platz stehen und versuchte zu denken. Sie wartete bis zum Ende des Vortrags und verließ dann die Konferenz. Sie wollte einfach nur fort von diesem Ort und von dem Täter. Nachdem sie eine Weile gegangen war, gelangte sie zu einem kleinen Geschäft, ein Schmuckladen, in dem um diese Zeit noch keine Kundschaft war. Dort erzählte sie, so gut es ihre Stimme erlaubte, was vorgefallen war und bat, man möge die Polizei rufen. Der Mann war dazu nicht bereit, erklärte Lina aber den Weg zur Polizeistation. Es

58

war ein ganzes Stück, doch Lina war es die Sache wert. Eine gute halbe Stunde sei es zu Fuß, hatte der Mann gemeint. Lina schaute sich um. Gerade bog ein Taxi um die Ecke. Es war besetzt. Sie lief weiter. Da kam ihr ein Taxi entgegen. Es war leer. Schnell winkte Lina den Fahrer heran und erreichte wenig später die Polizeistation. Dort erzählte sie von den beiden Vorfällen in Frankfurt und eben hier auf der Konferenz in London. Erleichtert stellte sie fest, dass man ihr ganz offensichtlich glaubte. Ein Polizist wollte sogar wissen, ob sie in Laser-Discos ginge. Sie verneinte das, wusste gar nicht, ob es so etwas in Japan überhaupt gab. Was er wohl damit meinte? Laserstrahlen, die aus einem Smartphone geschossen wurden?

Wie im Flughafen in Frankfurt schnappte sie auch jetzt auf der Polizeistation einige Gesprächsfetzen auf.

»Vermutlich ein Laserstrahl. Sitzt gerade hier und hat Anzeige erstattet.«

»Den Herrn vom Schmuckgeschäft nehmen wir uns auch einmal vor.«

Dann nahmen zwei Polizeibeamte in Zivil sie im Wagen mit und fuhren zum Konferenzgebäude. Sie mussten eine ganze Weile suchen, schließlich konnte Lina den Mann, der ihr ins Auge geschossen hatte, in der Menge ausmachen. Die Polizisten erklärten, es sei selten, dass man solche Leute sozusagen in flagranti ertappen und dingfest machen könnte. Zweitausend Euro Schmerzensgeld musste der Täter Lina zahlen, und sie war froh, dass er gefasst und bestraft worden war. Andererseits war sie sehr verunsichert, denn nun begriff sie, dass sie offenbar weltweit eine Zielscheibe war. Die Polizisten beruhigten Lina noch, sie müsse sich um ihr Augenlicht nicht sorgen. Das mochte sie kaum glauben. Was würde Kazuhiro wohl dazu sagen?

44

Immer noch 10. Januar 2012

Sobald Lina auf der Polizeistation in London eingetroffen war, loggte sich Felix Strahlser in Deutschland aus. Er ließ davon ab, sie weiter zu beobachten, um nicht seine langjährige Arbeit zu gefährden. Bislang hatte alles wunderbar funktioniert. Und so erfuhr er nicht, dass Lina den Beamten erklärte, sie würde von Maschinen haltenden Menschen regelrecht verfolgt.

Ein paar Stunden wartete Strahlser, dann schaltete er Lina wieder zu sich. Sehr schön, sie war wieder auf der Konferenz, und er und seine Kumpanen konnten sich in Sicherheit wiegen. Aber sein mittlerweile entfalteter krimineller Instinkt befahl ihm, er müsse unbedingt darauf hinarbeiten, Lina weltweit von ihrer Umwelt abzuschotten. Und vor allem musste er die Laserfunktion wieder deaktivieren. Wenn die Londoner Polizei jetzt den Täter dingfest machte, wäre der Rest für die Profis bei der Polizei nur ein Kinderspiel. Wie gut, dass er mit der Laserfunktion nichts zu tun hatte. Sein Name war damit nicht in Verbindung zu bringen, jedenfalls nicht direkt. Kraben hatte lange gebettelt. Schließlich hatte Strahlser eingewilligt und ihm erlaubt, sich einmal mit einer von ihm erdachten Funktion zu versuchen. Dass der quatschen würde, glaubte Strahlser nicht. Weniger gut war indes, dass in absehbarer Zeit nun niemand mehr die Geräte auf Püppi richten würde. Da musste er sich eben etwas Neues einfallen lassen und es dann entwickeln. Die Umstellung auf neue Geräte ging natürlich nicht von heute auf morgen. Aber Lina war sicherlich nicht das letzte Mal in Europa. Und Strahlser hatte viel Zeit, beinahe unendlich viel Zeit.

45

12. Januar 2012

Nach der Konferenz war Lina noch für ein paar Tage zu ihren Eltern gefahren. Ihre Stimme hatte ihren Schwung bisher nicht wiedergefunden. Nun hatte sie einen Termin beim Hals-Nasen-Ohrenarzt in der Nähe ihrer Eltern. Sie hatte Glück, er ließ sie sofort vor, schaute sie jedoch einen Moment entsetzt an. Püppi! war sein einziger Gedanke.

Hoffentlich macht der nicht auch mit, durchzuckte es Lina, die das entsetzte Gesicht richtig deutete. Der Arzt fasste sich jedoch sofort wieder und stellte sachlich neutral eine Kehlkopfentzündung fest und verschrieb Medikamente. Wenn Lina diese eine Woche lang einnähme, würde sie vermutlich wieder normal sprechen können. Wenn nicht, sollte sie in Japan noch einmal zum Arzt gehen. Zum Glück musste sie in den nächsten Tagen nicht viel reden und konnte ihre Stimme schonen.

Natürlich waren ihre Eltern fassungslos, als Lina von den Geräten erzählte. Kaum auszudenken, was noch alles möglich war, wenn die Technik so missbraucht wurde. Und Lina war wirklich erleichtert, dass es zumindest in Deutschland Menschen gab, die ihr glaubten, wenn sie ihr auch nicht helfen konnten.

46

16. Januar 2012

Noch drei U-Bahn-Stationen, dann war sie wieder zu Hause. Am Bahnhof würde Kazuhiro stehen und sie abholen.

Lina war jetzt aufmerksam. Am Flughafen Narita richteten, wie überall sonst auch, wo sie sich aufhielt, die Menschen ihre Geräte auf sie. Und überall sahen diese Geräte wie Smartphones aus. Was hatten sich die Computerhersteller da wohl wieder einfallen lassen?

In der Bahn machte Lina fast impulsiv eine Probe aufs Exempel. Sie drehte der Frau, die ihr gegenübersaß, ihr wie ein Smartphone aussehendes Gerät in der Hand um, sodass es auf die Eigentümerin zurückgerichtet war, nachdem diese auch nach wiederholter Aufforderung nicht aufgehört hatte, Lina zu fokussieren. Das Gesicht der Frau verriet blankes Entsetzen, und dann bäumte sich ihr Körper auf. Lina hatte den Beweis, dass diese Geräte den Menschen körperlichen Schaden zufügen konnten.

Zu Hause berichtete sie ausführlich von ihrem Arztbesuch und der Konferenz. Auch von den Geräten erzählte sie, doch vorsichtshalber schob sie die diesbezüglichen Beobachtungen dem Arzt in den Mund. Kazuhiros Reaktion sagte ihr, dass sie gut daran getan hatte, denn auf der Stelle erklärte ihr Ehemann den Hals-Nasen-Ohrenarzt in Deutschland für verrückt. Das verschlug ihr fast die Sprache. Dann schilderte sie ihren Gang zur Polizei. Kazuhiro hörte gelassen zu. Dass sie sogar Schmerzensgeld erhalten hatte, beeindruckte ihn. Das wäre in Japan sicherlich so nicht ausgegangen, meinte er. Nur als sie ihre Erlebnisse eben in der U-Bahn beschrieb, reagierte ihr sonst so gefasster Mann sofort gereizt. Sie sei offenbar von der Reise überanstrengt, so etwas käme in japanischen Bahnen ganz sicher nicht vor. Sie solle erst einmal ausschlafen. Morgen springe sein Vater noch einmal für sie ein, sie könne unbesorgt sein. Und vor allem solle sie niemandem von ihren vermeintlichen Beobachtungen erzählen. Das könnte ihre Kundschaft vergraulen.

»Oho«, dachte Lina, »vermeintliche Beobachtungen«. Dann kann ich ja nur von Glück sagen, dass ich die entscheidenden Beobachtungen im Ausland gemacht habe. Hoffentlich arbeitet die Polizei anderer Länder mit der japanischen zusammen. Ich kann schließlich nicht jeden Tag zur Polizei gehen, hoffte Lina.

47

Juli 2012

Seit ihren Erfahrungen in England achtete Lina stets auf die Geräte, und im Laufe der Zeit erkannte sie, dass eingetreten war, was sie gehofft hatte. Entweder hielten die Besitzer der Geräte sie nicht länger für attraktiv, oder es war der Polizei gelungen, die Technik unschädlich zu machen. Also hatten deutsche und japanische Behörden tatsächlich zusammengearbeitet. Ein schmerzfreies Leben ohne Verfolgung durch Menschen mit diesen Geräten war hoffentlich keine Illusion mehr, so ihr inständiger Wunsch.

48

12. August 2012

Manche Arbeitstage zogen sich unendlich in die Länge, andere vergingen wie im Flug. Heute erzählte eine Besitzerin, eine Kundin, die ihre Zuneigung zu Lina deutlich zeigte, vielleicht weil diese als ausländische Tierärztin eine Rarität darstellte, sie habe einen Roman gelesen, dessen Lektüre sie Lina wärmstens empfehlen könne. Ob Lina den Roman einmal lesen wolle, es sei die deutsche Übersetzung. Lina nahm mehr aus Höflichkeit das Angebot an. Dabei konnte sie ihr Gähnen kaum unterdrücken. Knapp 200 Seiten. Nun musste sie aufstoßen. Wenn sie querlas, konnte sie schon heute Abend damit fertig werden. Erneutes Gähnen. Und so begann sie nach dem Abendessen die Lektüre und kam aus dem Staunen nicht heraus. Jedenfalls, bis sie der Schlaf übermannte. Und das, obwohl sie gerade noch hellwach gewesen war. Und am anderen Ende der Welt freute sich Strahlser, dass seine Apps so gut funktionierten. Doch davon wussten weder Lina noch ihr Ehemann.

Kazuhiro weckte die schlummernde Lina, da es noch zu früh zum Einschlafen war. Lina fiel sofort wieder ein, womit sie sich vorher beschäftigt hatte. Die Namen sämtlicher Protagonisten des Romans, den sie gerade gelesen hatte, konnte sie auf ihr Leben beziehen, fünfzehn an der Zahl. Das konnte kein Zufall sein. Was sollte sie tun? Erst einmal mit Kazuhiro sprechen. Doch der reagierte wie immer sehr reserviert. Selbst wenn es so wäre, wie Lina sagte, sei das noch keine kriminelle Handlung. Da war Lina aber gänzlich anderer Ansicht, schließlich bedeute das, jemand habe ihr Leben ausspioniert. Denn sie kannte den japanischen Autor nicht persönlich. Zur Polizei zu gehen, sei sinnlos, die würden nichts unternehmen, meinte Kazuhiro. Auf keinen Fall sollte sie das der Kundin gegenüber erwähnen, die ihr das Buch geliehen hatte. Die würde vermutlich aus Angst nicht mehr zu ihnen in die Praxis kommen. Aha, also war der Roman doch nicht so harmlos, wie Kazuhiro sie glauben machen wollte. Von der Meldung, die Kazuhiro wegen des Romans machte, bekam Lina wie immer nichts mit.

Lina spielte häufiger mit dem Gedanken, sich an die Öffentlichkeit zu wenden, in der Hoffnung, damit ihre Peiniger ausfindig zu machen oder zumindest zum Aufhören zu bewegen. Doch dann rief sie sich die Reaktionen ihres Mannes ins Gedächtnis, und der Mut zu diesem Schritt verließ sie wieder. Und ihren Mann wegen dieser Verbrecher zu verlieren, das würde ihr Unglück nur noch um so größer machen. Kommt Zeit, kommt Rat. Das war der Wahlspruch ihrer Großmutter. Und daran würde sie sich halten.

64

49

20. August 2012

Heute unternahm Lina etwas Besonderes. An diesem freien Tag war sie in die Stadt gefahren, wie immer mit der Bahn. Für das Mittagessen steuerte sie auf McDonald's zu. Einmal im Jahr musste das sein, fand sie. Sicherlich hatten ihre Erfahrungen in Japan ihre Toleranz gefördert, denn dort gab es nicht diese grundsätzliche Ablehnung der Schnellrestaurants. Sie ging ans Ende des Raums und setzte sich auf einen Zweierplatz. Ringsherum saßen Schüler in Uniform, vermutlich einer Mittelschule. Sie unterhielten sich angeregt. Lina schaute sich weiter um und entdeckte einen älteren Herrn, der sich inmitten der Jugendlichen offensichtlich wohl fühlte, und ihnen etwas zeigte, was sie begeisterte. Lina hätte zu gern gewusst, was. Dass ihre Kinder ihnen so intensiv zuhören mögen, wünschten sich viele Eltern vergebens. Könnten sie diese Szene hier sehen, würden sie vor Neid garantiert erblassen, ging es Lina durch den Kopf. Doch plötzlich war es ihr, als blitze es um sie herum. Oder waren das nur Reflexe in den Spiegeln, mit denen die Wände über und über bedeckt waren? Ein modernes Design. Doch schon spürte sie wieder diesen unendlichen Schmerz, erst im rechten, dann auch im linken Fuß. Die Jugendlichen jubelten, und der alte Herr war ganz in seinem Element. Lina aß zügig ihren Burger, und als sie fertig war, ging sie. Wie schnell der Burger heute ausgekühlt war. Komisch.

Als sie auf den Ausgang zusteuerte, kam ihr ein offiziell aussehender Mann entgegen, der ihr einen Brief, den er mit beiden Händen gut sichtbar hielt, zeigte. Es war nur ein kurzes Sich-Verstehen, dann verschwand der Mann um die Ecke und ging direkt auf den älteren Herrn zu und zeigte diesem seinen Haftbefehl.

Am Bahnhof angekommen, stellte Lina fest, dass ihre Armbanduhr fehlte. Wo konnte sie die bloß verloren haben? Sie überlegte, dass sie

65

im Nachhinein nicht mehr sicher war, dass sie bei McDonald's nicht zwischendurch eingeschlafen war. Der plötzlich ausgekühlte Burger ließe das vermuten. Und die überschwängliche Freude der Jugendlichen über die Ausführungen des alten Mannes kam ihr immer seltsamer vor. Schließlich hatte der einen Haftbefehl erhalten. Und das hatte man ihr gesteckt. Vielleicht sollte sie den Verlust melden. Ob man ihr die Uhr geklaut hatte, als sie schlief? Erst einschläfern und dann beklauen? Das ergab schon Sinn. Dann wären die Geräte möglicherweise nur ein Ablenkungsmanöver gewesen. Doch dann dachte Lina wieder an die Schmerzen in den Füßen und war sicher, dass das mehr als nur ein Ablenkungsmanöver war. Die Schmerzen waren echt und die verbogenen Zehen auch. Gedankenverloren schaute Lina in ihr Portemonnaie. Nein, Geld hatte man ihr offenbar nicht entwendet, und auch die Kreditkarten schienen unberührt. Zum Glück hatte sie heute die alte Armbanduhr getragen. Vorsichtshalber ging Lina zum *Kōban*, dem Polizeihäuschen, das im Stadtbild nirgendwo fehlte, um den Verlust der Uhr zu melden. Der diensthabende Polizist erklärte ihr, Uhren seien Zeitmesser. Hocherfreut nahm er jedoch zur Kenntnis, dass Lina den Verdacht hatte, die Uhr sei ihr entwendet worden, und dass sie die Situation auch genau beschreiben konnte. Vermutlich saßen die Jugendlichen noch mit dem alten Mann bei McDonald's. Er schickte sofort zwei Kollegen hin. Es war ja unmittelbar in Bahnhofsnähe, also auch in unmittelbarer Nähe des *Kōban*. Könne Lina so lange im Nebenzimmer warten, bis die Kollegen zurückkehrten? Allzu lange musste sie sich nicht gedulden, denn die Beamten kehrten mit zwei der Jugendlichen zurück. Doch die beiden bestritten, an der Tat beteiligt gewesen zu sein, und die Uhr hatten sie nicht dabei. Vermutlich hatten sie die rechtzeitig an einen Dritten weitergereicht. Mehr könne man leider nicht für sie tun. Damit entließ der Polizist Lina.

66

50

Immer noch 20. August 2012

Beim Abendessen berichtete Lina ihre Erlebnisse bei McDonald's. Noch bevor sie zum Haftbefehl kam, unterbrach Kazuhiro ihre Rede und sagte, ihre Beobachtungen seien nur Produkte ihrer übersprudelnden Fantasie.

»Das glaubt dir doch niemand. So etwas passiert doch nicht, schon gar nicht am helllichten Tage.«

»Aber, wenn ich es dir doch sage. Warum sonst hätte man mir, als ich fertig war mit Essen …«

»Vergiss es. Das meine ich ernst. Am besten du spannst erst einmal aus. Vielleicht solltest du eine Weile mit der Arbeit pausieren. Mein Vater vertritt dich auf unbestimmte Zeit.«

Linas Gefühle drehten sich wie in einem wildgewordenen Karussell. Wut übermannte sie. Sie schilderte wahrheitsgetreu, was ihr widerfahren war, und ihr Mann erklärte das als Überspanntheit und drängte sie aus ihrer Arbeit.

Noch ehe Lina weitererzählen konnte, rief Kazuhiro seinen Vater an und vereinbarte mit ihm, dass der in den nächsten Wochen für Lina einspringen sollte. Seine Frau benötige eine Phase der Ruhe, denn sie erzähle seltsame Geschichten von Geräten, die auf sie gerichtet würden.

An Kazuhiros Antworten konnte Lina unschwer erkennen, dass er offenbar Familienalarm ausgelöst hatte, eine ganz neue Seite an ihm, doch nun erhob sich in Lina eine kämpferische Stimme und verschaffte sich sofort Gehör. Sie nahm dem vollkommen überrumpelten Kazuhiro das Handy aus der Hand und erklärte ihrem Schwiegervater, wenn er sie vertreten sollte, dann höchstens eine Woche. Und für die Zukunft verlangte sie, dass nur sie selbst berechtigt sei, ihn darum zu bitten, sie zu vertreten.

Erstmals standen Lina und Kazuhiro kurz vor einem Ehekrach ungeahnten Ausmaßes.

Sobald Kazuhiro das Telefonat beendet hatte, nahm er wieder das Gespräch mit Lina auf. In der Woche, die sie nun frei habe, solle sie bitte zum Psychiater gehen. Niemand richte Geräte auf sie, so etwas komme nicht vor. Insgeheim flehte Kazuhiro, Lina möge nicht wirklich ein Fall für die Psychiatrie werden. Noch war es nicht so weit, doch wenn sie sich in die Sache hineinsteigerte – nein! – gar nicht auszudenken, welche Auswirkungen für seine Praxis drohten. Zuweilen erinnerte sich Kazuhiro daran, dass er Lina damals, bei seinem Heiratsantrag, versprochen hatte, ihr die Andersartigkeit der Sitten zu erklären, und er hatte ein schlechtes Gewissen. Doch genau genommen wusste er selbst ja ebenso wenig, wer oder was genau dahintersteckte. Und natürlich wollte er seiner Frau helfen, deshalb hatte er sich ja an die Justiz gewandt. Es würde noch etwas dauern, aber dann, so war er sich sicher, müsste der stete Fluss seiner Meldungen Wirkung zeigen.

51

30. August 2012

Bis zum Ende dieses langen Arbeitstages hatten Lina und Kazuhiro wieder einmal ohne Pause gearbeitet, Spritzen gesetzt und Hundenasen gekrault. Lina fiel es immer noch schwer, diese Form der Liebkosung von Hunden zu akzeptieren. Die Schnauze eines fremden Hundes fasst man nicht an, so war sie erzogen worden. Doch in Japan wurde gerade die Schnauze selbst von fremden Hunden getätschelt und gekrault.

Heilfroh darüber, sich ein wenig ausstrecken zu können, ließ Lina sich aufs Sofa fallen. Beide Füße waren gepeinigt. Es waren zum Teil kaum zu ertragende Schmerzen. Dieser stechende und wahrhaft irre machende Schmerz. Zunächst war der Mittelfuß drastisch gesenkt worden, dadurch verdrehten sich die äußeren Zehen. Lina war sicher, dass dies mit den Geräten zusammenhing, denn sie hatte ihre Beobachtungsgabe inzwischen geschärft, und ihr Erlebnis bei McDonald's ließ ebenfalls Ähnliches vermuten. Und der Schmerz trat grundsätzlich dann auf, wenn etwa im Wartezimmer eine Kundin oder ein Kunde das Gerät auf sie richtete. Sie bemerkte auch, dass einige dieser Personen nicht mehr in die Praxis kamen. Wie konnte sie ahnen, dass ihr Mann sie vor ihnen beschützte, indem er bei Verdacht auf kriminelle Handlung am Ende des Tages den beiden Richtern die Vorfälle meldete?

Wenn Lina ihre Füße anschaute, musste sie oft an Dantes *Göttliche Komödie* denken. Diese Gliedmaßen erinnerten sie an die dort beschriebene Pein und die Schilderungen der verkrümmten Gestalten. War sie nun in der Hölle oder im Fegefeuer? Das Paradies war es ganz bestimmt nicht.

52

Immer noch 30. August 2012

Der deutschen Polizei war zeitgleich ein gigantischer Fahndungserfolg gelungen. Ein paar Jahre hatte es gedauert, nun war es so weit. Die Spuren der Fahnder führten über die neuesten Computerspiele zu einigen Computerfreaks, die bei der Vernehmung aussagten, sie hätten auf einer Sylvesterveranstaltung einen Mann namens Felix Strahlser kennengelernt. Das sei der Initiator gewesen. Ein Mann dieses Namens war zudem Linas Vermieter in ihrer Studienzeit gewesen. Offenbar handelte es sich um eine Person. Und dieser Strahlser würde das nötige technische Wissen besitzen. Der Verdacht, Felix Strahlser habe seine Firma missbraucht, um mit deren Technologie kriminelle Computersteuerungen herzustellen, die er im Darknet über die Firmenrechner verbreitete, erhärtete sich zusehends. Doch zwei Punkte konnten die Fahnder nicht klären. Sie hatten bisher nur Computerspiele beschlagnahmen können, die sich nicht zu Felix Strahlser zurückverfolgen ließen. Mit ihnen konnte Lina Kobara zudem nicht gesteuert werden, selbst dann nicht, wenn sie sich in Deutschland aufhielt. Nun war sie schon seit vielen Jahren in Japan sesshaft. Und die anderen Verantwortlichen in Strahlsers Firma waren offenbar ahnungslos. Zumindest ließ sich keinem der Mitarbeiter eine Mitwisserschaft nachweisen. Auch Strahlsers Ehefrau war offenbar vollkommen ahnungslos und zudem technisch nicht im Geringsten versiert, weshalb man auch bei ihr auf eine Vernehmung verzichtete. Des Weiteren fehlte den Beamten das Tatmotiv. Ein wie auch immer geartetes engeres Verhältnis hatte Lina Grienzer, spätere Kobara, oder im Strahlser-Jargon *Püppi*, offenbar niemals zu ihm gehabt. Während des Studiums, also als Strahlser ihr Vermieter war, hatte sie sich in einen Japaner verliebt, der ebenfalls in einer Wohnung in Strahlsers Immobilie lebte. Ob Eifersucht eine Rolle spielte? Andererseits gab es keinen Hinweis darauf, dass Strahlser seine Frau betrogen hätte. Der einzige Misston in ihrem sonst offenbar harmonischen Eheleben war der Verlust ihres Cockerspaniels Fox. Wie der ums Leben kam, war in der Tat sehr ungewöhnlich. Und da die Ehefrau den Tod des Hundes in gewisser Weise verlangt hatte, wäre es logisch gewesen, etwaige Racheaktionen auf sie zu richten. Doch das war nicht der Fall. Warum also Lina Kobara? War sie Opfer einer Ersatzhandlung eines psychisch Gestörten? Diese Rechercheergebnisse reichten dem Richter nicht. Zudem solle man die japanische Polizei erst einschalten, wenn der Verdacht stichhaltiger sei. Sollte Strahlser beschattet werden? Selbst dafür reichten die Indizien noch nicht aus. Ihn entlastete auch, dass er nachweislich noch nie in Japan gewesen war. Also Fehlanzeige.

70

Teil II

1

1. Oktober 2013

Strahlser, der aus der Ferne das Geschehen bei Mac Donald's mitverfolgt hatte, gefiel die Idee, Lina zu signalisieren, ihre Zeit sei abgelaufen.

»Ihre Armbanduhr? Wissen Sie vielleicht, wo Sie sie verloren haben?«, fragte der Polizist im *Kōban*.

»Es muss in Akihabara gewesen sein, als ich mir einen neuen Computer gekauft habe.«

»Haben Sie in dem Geschäft einmal nachgefragt?«

»Ja, aber dort ist nichts abgegeben worden. Und ganz sicher kann ich es natürlich nicht sagen, dass es dort war. Doch am Bahnhof Akihabara, als ich nach Hause zurückfahren wollte, war meine Armbanduhr nicht mehr da. Irgendwann vorher muss ich zum letzten Mal auf die Uhr geschaut haben.«

»Dann füllen Sie bitte einmal dieses Formular aus.«

Lina sah aus dem Augenwinkel zwei weitere Polizisten zurückkommen und ihre weißen Polizeifahrräder sorgfältig neben dem *Kōban*häuschen abstellen. Der eine musterte beim Eintreten das Formular, das sie ausgefüllt hatte, und meinte dann, während er mit seinem Kollegen ins Hinterzimmer ging, Uhren seien bekanntlich Zeitmesser, in jedem Sinne. Dann schloss er die Tür.

Lina merkte, wie ihr Mund sich leicht öffnete. Beim Schließen biss sie sich heftig in die Wange. Sie schmeckte Blut.

»Und hier ist die Homepage, auf der Sie nachsehen können, ob Ihre Uhr wiedergefunden wurde. Mehr kann ich im Moment leider nicht für Sie tun.«

Schade, aber immerhin eine minimale Hoffnung für Lina. Im Gegensatz zu der alten Uhr hing sie sehr an dieser, denn es war das erste Geschenk ihres Mannes, das Geschenk, mit dem er ihr das *Puropōzu*, den Heiratsantrag, gemacht hatte. Doch seltsam, sie konnte ihre Uhr gar nicht genau beschreiben. Jeden Tag hatte sie zigmal darauf geschaut, und jetzt, als es darauf ankam, wäre ihr beinahe nicht einmal der Herstellername eingefallen. Eine silberne Uhr mit einem hellblauen Zifferblatt. Keine digitale, deren Design gefiel Lina nicht. Diese Uhr bedeutete ihr so viel, da sie ihr symbolischen Wert beimaß, der Bund für das Leben, der Bund für die Ewigkeit, also eine unbegrenzte Zeit. Das war schon wieder Vergangenheit. Und dieser kleine Zeitgott war ihr in all den Jahren stets treu gewesen. Was Kazuhiro wohl zu dem Verlust sagen würde?

Wieder öffnete sich Linas Mund, und beim Schließen biss sie sich nochmals heftig in die Wange. Auf dieselbe Stelle wie zuvor. Und wieder schmeckte sie Blut.

Zu Hause beim Abendessen beichtete Lina den Verlust. »Du, Kazuhiro, ich habe heute meine Armbanduhr verloren.«

»Waaas?«

»Es tut mir leid, die war ja von dir. Aber ein so entgeistertes Gesicht musst du nun auch wieder nicht machen.« Sie konnte ja nicht ahnen, dass ihrem Mann der Symbolcharakter der Uhren als Zeitmesser des Lebens durch den Kopf schoss. Dafür kannte sie sich in der japanischen Denkweise noch immer nicht gut genug aus.

»Warst du beim *Kōban*?«

»Ja, noch in Akihabara. Ich glaube, dass ich sie dort verloren habe. Sie haben mir eine Homepage genannt, auf der ich regelmäßig nachsehen kann, ob sie schon gefunden worden ist.«

»Uhren bekommt man nicht wieder. Der Finder wird sich nicht melden.«

»Wie? Ich dachte, in Japan bekäme man Gegenstände wieder.«

72

»Aber keine Uhren.«

»Ach so. Und warum nicht?«

»Das ist halt so.« Mehr getraute sich Kazuhiro nicht zu sagen.

»Na ja, vielleicht habe ich ja trotzdem Glück, und sie findet sich wieder.«

»Das hoffe ich auch.« Damit war das Thema beendet.

Als sie später im *Futon* lagen, dachte Lina noch lange über das Erschrecken ihres Mannes nach. Ob der Verlust dieser Uhr wohl auch für ihn symbolische Bedeutung hatte? Normalerweise nahm er Hiobsbotschaften wesentlich gelassener hin. Aber heute hatte er ja wieder Überstunden machen müssen und war erst zwei Stunden später als geplant zum Abendessen gekommen. Das war es möglicherweise. Aber Lina merkte, dass sie insgeheim von dieser Möglichkeit nicht überzeugt war. Leise stand sie noch einmal auf und schaute auf die ihr vom Polizisten genannte Homepage. Nichts. Aber hatte sie wirklich etwas anderes erwartet?

2

2. Oktober 2013

Das Telefon klingelte. Die Polizei? Vielleicht hatte jemand die Uhr gefunden. Voller Hoffnung ging Lina ans Telefon. Aber es war nicht die Polizei, es war ihre Freundin Kana. Ihr erzählte Lina vom Verlust ihrer Armbanduhr und auch von dem Roman, den ihr die Kundin geliehen hatte. Zum Schluss sagte Kana etwas, das Lina aufhorchen ließ, »Uhren sind Zeitmesser des Lebens.« Lina fragte, wie das gemeint sei, überlegte, ob das gar eine Morddrohung sein sollte, doch mehr sagte Kana nicht zu diesem Thema oder dazu, dass im Roman sämtliche Namen der Protagonisten in Linas Leben eine Rolle gespielt hatten. Nichts! Stille! Lina ärgerte sich über sich selbst. Wieder hatte sie gegen ihren Vorsatz verstoßen und von den Vorfällen erzählt. Da ein Gespräch darüber ohnehin unmöglich war, konnte sie es sich im Grunde genommen auch schenken, solche Vorfälle zu thematisieren.

»Warum schaust du so trübsinnig?«, wollte Kazuhiro am Abend wissen. »Sonst lachst du so schön.«

»Mir geht der Verlust der Uhr nicht aus dem Kopf. Kana meinte, Uhren seien Zeitmesser des Lebens. Was sie damit meinte, verriet sie mir jedoch nicht.«

»So, hat sie das gesagt?«

Lina ahnte nicht, dass dieses die letzten Worte ihrer Freundin an sie gewesen sein würden. Denn Kana meldete sich fortan nicht mehr bei ihr. Sie deutete die Schilderungen als massive Bedrohung für Lina, die sie jedoch nicht beeinflussen konnte. Ihr selbst blieb nur die Möglichkeit, sich von ihrer Freundin abzuwenden, um nicht mit in diesen Abgrund hineingezogen zu werden, so glaubte sie. Dies würde sie ihr via *Nengajo* mitteilen, indem sie ihr fortan nie wieder Neujahrskarten schrieb. Doch auch davon ahnte Lina noch nichts.

3

12. Oktober 2013

Heute war wieder Treffen mit den Nachbarinnen zum Teeklatsch. Es war wieder die Zeit der Teeernte, doch Leia hatte noch etwas Tee von der ersten Ernte im Jahr, von dem besonders leckeren und als gesund geltenden *Shin-cha*. Es war *Sayama-cha*, also Tee aus der Präfektur Saitama. Das letzte Mal hatten sie *Uji-cha* aus der Präfektur Kyoto gemeinsam getrunken.

Natürlich berichtete Lina vom Verlust ihrer Armbanduhr vor einigen

Tagen und von ihrer Meldung beim *Kōban*. Und sie schaute wieder auf die Homepage, täglich. Doch hatte noch niemand die Uhr abgegeben.

Als Lina beim Abendessen von dem Treffen mit den Nachbarinnen erzählte, war sie überrascht vom Verhalten ihres Mannes. Denn Kazuhiro hörte, anders als sonst, ihr nicht nur schweigend zu, sondern fragte sehr gezielt nach. Über jede einzelne Nachbarin sollte sie berichten, wie sie konkret reagiert und auch was sie gesagt hätte. Lina fand das irgendwie beunruhigend, ohne dass sie es sich genau erklären konnte. Ihr Mann verhielt sich anders als sonst. Und sie kannten sich jetzt schon so lange, und immerhin seit elf Jahren waren sie verheiratet.

»Soll ich mir vielleicht doch eine neue Uhr kaufen?«, fragte sie.

»Das ist noch zu früh. Noch besteht ja die Möglichkeit, dass sie gefunden wird. Manch ein Finder überlegt vielleicht etwas länger, bevor er so ein Stück bei der Polizei abgibt«, sagte Kazuhiro heute. Er hatte offenbar seine Meinung, verlorene Uhren bekäme man nicht zurück, geändert.

In Wirklichkeit wollte Kazuhiro seine Frau nur beruhigen, damit sie sich den Verlust nicht so zu Herzen nahm. Er wollte nicht, dass sie zu viel darüber grübelte und etwa den Symbolcharakter des Verlusts erkannte.

»Ja, da kannst du Recht haben. Und ich hätte natürlich auch gern diese Uhr wieder und nicht irgendeine neue.«

»Du hast ja auch das Handy. Da brauchst du im Grunde genommen gar keine Armbanduhr mehr.«

»Ja, das ist richtig. Aber die Uhr war halt von dir zu unserer Verlobung, und das macht sie so besonders.«

»Dann hoffen wir, dass du sie wiederbekommst.« Damit beendete Kazuhiro das Gespräch.

4

Immer noch 12. Oktober 2013

In dieser Nacht war Lina sehr unruhig. Schon das Einschlafen fiel ihr schwer. Als sie dann endlich schlummerte, machten sich die Bilder vor ihrem inneren Auge selbständig. Ihre Uhr, die verlorene Uhr drängte sich überall hinein, bis sie schließlich in Linas Mund verschwand und in ihrem Magen landete. »Wer seine Armbanduhr leichtsinnig verliert, muss schlucken«, sprach wieder und wieder eine bedrohlich klingende Stimme. Lina stöhnte leise. »Hört auf, hört auf!«, rief sie im Traum. Schließlich vernahm sie einen Rettungswagen und fuhr im Bett hoch. Sie war schweißgebadet. Den Rettungswagen hörte sie jedoch immer noch. Das war also kein Traum. Doch, was hatte sie eigentlich geträumt, sodass ihr der Schweiß aus allen Poren trat? Sie suchte sich zu erinnern, doch der Traum wollte nicht wiederkehren.

Leise erhob sie sich und schaute aus dem Fenster. Der Rettungswagen stand ein paar Häuser weiter. Bestimmt hatte sich der Zustand der Großmutter, die dort mit ihrer Familie wohnte, verschlechtert. Das würden sie dann morgen wohl erfahren.

Sie legte sich wieder hin, aber an Einschlafen war nicht zu denken. Erst im Morgengrauen sagte die Stimme alias Strahlser ihr, sie solle wieder einschlafen, und als Lina das endlich gelang, kehrte sie umgehend in den Traum zurück, und wieder wurde sie von der Stimme verhöhnt, weil sie die Uhr verloren hatte. Und immer noch schwang in deren Worten der bedrohliche Unterton mit.

5

24. Dezember 2013

Tatami-Matten als Fußbodenbelag verlangten besondere Pflege, jedenfalls die traditionellen. In diese Naturfaser nisteten sich stets Zecken ein, die man nur durch regelmäßiges Absaugen vom Beißen abhalten konnte. Sobald die neue Generation geschlüpft war, musste man die *Tatami* absaugen – also regelmäßig alle zwei bis drei Tage. Das war zwar lästig, aber die Vorteile eines *Tatami*-Zimmers lagen auf der Hand. Die Reisstrohmatten ließen sich abends als Grundlage für die Schlafstätte nutzen, und tagsüber, wenn die *Futon*, also die Oberbetten und weichen Matratzen, in den Einbauschrank geräumt wurden, entstand so ein Allzweckraum. Neue *Tatami* aus Kunststoff und deshalb für Zecken unbewohnbar, waren zwar seit einiger Zeit auf dem Markt. Aber ihr Mann und sie fanden, die neuen *Tatami* verdienten eigentlich diesen Namen gar nicht. Sie waren hart und gaben beim Laufen nicht nach. Auf den traditionellen lief es sich fast wie auf Waldboden, schön weich. Auch heute saugte Lina wieder gründlich, mit dem *Tatami*zimmer fing sie an. Dann kam das Wohnzimmer an die Reihe. Kurz vor Jahresende machte auch sie den traditionellen Großputz. Und so nahm sie auch die Sofakissen beiseite und wollte gerade das Sofa absaugen, als ihr Herz einen Sprung tat: Ihre Uhr lag unschuldig zwischen den Sofakissen und rührte sich nicht. Lina jubelte, sie hatte das wertvolle Stück wiedergefunden. Eine echte Weihnachtsüberraschung. Aber wieso hatte sie die Uhr nicht eher gefunden? Schließlich benutzten sie und ihr Mann das Sofa und die Kissen täglich. Egal, Hauptsache, die Uhr war wieder da. Kazuhiro würde sich bestimmt mit ihr freuen. Als der Abend zu dämmern begann, war Lina zufrieden mit ihrem Werk.

Sie übersah hingegen das kleine rote Fädchen, das sich offenbar in der Uhrkette verfangen hatte. Lina löste es in Gedanken und achtete auch weiter nicht darauf, dass weder die Kissen noch der Sofabezug rot waren.

Nach dem glücklichen Fund dachte Lina noch viel über ihre Armbanduhr nach. Sie hatte sie schon einmal verloren, allerdings damals sofort wiedergefunden. Mit ihrem Mann hatte sie eine Freundin in Deutschland besucht und auf dem Weg vom Parkplatz zur Wohnung dieser Freundin das gute Stück verloren, den Verlust jedoch umgehend bemerkt. Und als sie zum Auto zurückging, lag die Uhr mitten auf der Straße. Lina hatte sie sofort gefunden. Damals war die Uhr total verbogen, es musste ein Auto darübergefahren sein. Doch das Glas hatte keinen Schaden genommen. Wie lange mochte das wohl zurückliegen? Sie überlegte und vermutete, seither wären mindestens zehn Jahre vergangen. Hier in Japan hatte sie nach ihrer Rückkehr die Uhr wieder richten lassen, sodass die Spuren dieser rohen Behandlung nicht mehr zu sehen waren. Gleich morgen würde sie zum *Kōban* gehen, um den Fund zu melden. Heute würde sie den Hausputz erst beenden. Doch dann setzte Strahlser sie auf das Sofa, und es überkam sie überraschend eine wohlige Wärme, die sie einschlafen ließ.

6

25. Dezember 2013

»Guten Tag. Vor einigen Wochen hatte ich bei Ihnen den Verlust meiner Armbanduhr gemeldet. Ich habe sie gestern wiedergefunden.«
»Das freut mich für Sie. Wo haben Sie sie denn wiedergefunden?«
»Bei uns zu Hause zwischen den Sofakissen. Da haben wir sie natürlich nicht vermutet.«
»Nein, natürlich nicht. Vielen Dank, dass Sie extra noch einmal

vorbeigekommen sind. Wissen Sie noch genau, wann Sie den Verlust bei uns gemeldet haben?«

»Ja, das war am ersten Oktober.«

»Sind Sie in der Zwischenzeit umgezogen?«

»Nein.«

»Vielen Dank nochmals.«

»*Shitsurei shimasu.* Auf Wiedersehen.«

Lina wollte eben das *Kōban*häuschen verlassen, da fragte der Polizist ganz wie nebenbei:

»Ach ja, hat außer Ihnen und Ihrem Mann noch jemand einen Schlüssel zu Ihrer Wohnung?«

»Nur meine Schwiegereltern. Die wohnen im Nachbarhaus. Wir haben ein gutes Verhältnis.«

»Wie lange sind Sie schon in Japan?«

»Seit Dezember 2001.«

7

Immer noch 25. Dezember 2013

Zu Hause suchte Lina sich noch einmal das Gespräch mit dem Polizisten zu vergegenwärtigen. Warum wollte der wohl plötzlich wissen, wer noch einen Schlüssel für ihr Haus besaß? Wollte er damit etwa andeuten, jemand habe womöglich die Uhr zurückgebracht und zwischen den Kissen auf ihrem Sofa versteckt? – Moment!, durchfuhr es Lina. Da hatte sich doch ein Fädchen an der Uhr verhaspelt. Das hatte sie zunächst überhaupt nicht weiter beachtet. Doch jetzt wollte sie sich vergewissern. Sie ging zum Mülleimer und holte das Fädchen wieder hervor. Wie seltsam! Es war rot. Vom Sofa oder den Kissen konnte es also nicht stammen. Aber das rote Fädchen sah aus wie eines, das beim Nähen übrigbleibt, und hatte auch die Stärke von normalem Nähgarn. Merkwürdig. Sie hatte in letzter Zeit nicht genäht. Woher also stammte das rote Fädchen an ihrer Uhr? Lina spürte eine leichte Gänsehaut auf ihren Armen und, wie ein unheimliches Gefühl sich unangenehm neben der Freude ob des Wiederfindens ihrer bemächtigte. Ihre Uhr, da war sie sicher, würde sie fortan wie ihren Augapfel hüten. Wie würde Kazuhiro wohl reagieren, wenn sie ihm das rote Fädchen zeigte? Oder dachte sie jetzt zu weit, und alles war ganz harmlos, niemand war unbemerkt in ihre Wohnung eingedrungen, und das Fädchen hatte sich schon in der Uhr verfangen, bevor diese auf dem Sofa zwischen die Kissen gerutscht war? Manchmal verhielt sich Kazuhiro sonderbar, wenn sie nach logischen Erklärungen suchte.

8

Immer noch 25. Dezember 2013

»Stell dir vor, Kazuhiro, ich habe heute Nachmittag beim Putzen meine Armbanduhr wiedergefunden! Ist das nicht toll?«

»Na, das freut mich auch! Wo war sie denn?«

»Hier auf dem Sofa, zwischen den Kissen hatte sie sich versteckt.«

»Na, da haben wir aber sehr nachlässig gesucht.«

»Ja. Das kann der Fall sein, doch ist mir auch etwas Seltsames aufgefallen.«

»Wie meinst du das?«

»An der Uhr hing ein rotes Fädchen. Das habe ich sofort entfernt. Aber im Nachhinein habe ich mir gedacht, dass unser Sofa und die Kissen darauf doch gar nicht rot sind.«

»Was willst du damit sagen?«

»Ich weiß, dass es unwahrscheinlich ist, aber könnte nicht vielleicht jemand in unser Haus eingedrungen sein und die Uhr hier auf dem Sofa platziert haben?«

Kazuhiro schwieg.

»Wie gesagt, es ist bloß eine vage Möglichkeit.«

»Und was sollen wir deines Erachtens angesichts dieser vagen Möglichkeit jetzt tun?«

Oh je, Kazuhiro drohte böse zu werden, und Lina verstand wieder einmal nicht, warum.

»Ich habe noch nicht weiter überlegt, ich habe die Uhr ja sozusagen gerade erst wiedergefunden«, wich sie aus.

»Wenn du ernsthaft meinst, jemand war in unserem Haus, ohne uns um Erlaubnis zu fragen, wie soll er denn hereingekommen sein? Wir haben niemals Spuren eines Einbruchs gesehen. Das hätten wir doch bemerken müssen.«

»Da hast du natürlich Recht«, suchte Lina ihren Mann zu beschwichtigen.

»Oder willst du das Türschloss austauschen lassen, weil du glaubst, jemand sei mit einem passenden Schlüssel hier eingedrungen?«

Jetzt wurde es brenzlig, fand Lina, da das den Verdacht auf ihre Schwiegereltern lenken könnte. Und dass die damit nichts zu tun hatten, davon ging auch sie aus.

»Nein, das glaube ich nicht, denn dann hätte uns ja ein Schlüssel fehlen müssen. Aber die Schlüssel sind alle an ihrem Platz, davon habe ich mich überzeugt. Und deinen Eltern ist unser Schlüssel doch auch nicht abhandengekommen, oder?«, rutschte es ihr dann doch heraus.

»Nein, bestimmt nicht. Das hätten sie uns doch sofort gesagt«, entgegnete Kazuhiro mit einem leicht tadelnden Unterton.

»Und wenn sie es gar nicht bemerkt haben?«, entschloss sich Lina doch beim Thema zu bleiben.

»Ja, aber dann hätte bei ihnen jemand einbrechen müssen. Sie tragen unseren Schlüssel schließlich nicht ständig mit sich herum.«

Beide schwiegen eine Weile.

»Na, dann sind wir uns ja einig, dass es Zufall war und wir einfach nicht gründlich genug nach der Uhr gesucht haben.«

Damit beendete Kazuhiro das Gespräch, bevor es ins vollständig Disharmonische abrutschte. In seinem Inneren erschauderte er jedoch, denn für ihn als Japaner hatten selbst kleinste Veränderungen symbolischen Charakter. Man verständigte sich vielfach ohne Worte, benutzte stattdessen Nonverbalik, also Gestik, Mimik und andere symbolische Handlungen zur Verständigung. Wer hatte ihnen mitteilen wollen, dass entweder Linas oder auch ihre gemeinsame Zeit abgelaufen sei? Und wer hatte ihnen dann symbolisch mitteilen wollen, dass dem nicht mehr so sei?

Kazuhiro war froh darüber, dass Lina das rote Fädchen erwähnt hatte. Und es tat ihm leid, dass er ihr die symbolische Dimension der Uhren nicht erklären konnte. Nein, nicht durfte. In Japan sprach man über derartige nonverbale Verständigung nicht. Das hatte er bereits als Kind verinnerlicht. Einmal wollte er seine Mutter ärgern und versuchte, die negative Symbolik der Zahl »Vier« in Worte zu fassen. Daraufhin hatte sie ihm einmal heftig auf den Mund geschlagen. Seither hatte er nie wieder solch einen Versuch unternommen, jedoch stets sehr genau darauf geachtet, dass die Menschen um ihn herum zwar Symbole verwendeten, aber niemand dieses Verhalten auch nur annähernd in Worte fasste.

9

Immer noch 25. Dezember 2013

Am anderen Ende der Welt konnte Felix Strahlser es kaum glauben. Alles hatte perfekt funktioniert. Das Verschwindenlassen und die Wiederentdeckung von Lina Kobaras Uhr war für ihn ein erstes größeres Experiment gewesen. Zunächst hatte er vorgehabt, Lina die Uhr für

82

immer zu entwenden, doch da sie sich von dem Verlust nicht bedroht fühlte, hatte er es sich anders überlegt.

Auf seinen Befehl aus weiter Ferne hin hatte Lina einer Nachbarin einen Chip eingepflanzt, ohne dass eine der beiden Frauen irgendetwas bemerkt hätte. Nicht das Geringste hatte die Nachbarin gespürt. So wie auch Lina selbst vollkommen ahnungslos blieb. Sie hatte wie unter Hypnose agiert, vollkommen ihrer Sinneswahrnehmungen beraubt. Die Nachbarin war damit für ihn, Strahlser, genauso steuerbar geworden wie Lina Kobara. In diesem Zustand war sie gleichzeitig mit Lina nach Akihabara gefahren und hatte ihr unter seiner Führung ihre Armbanduhr entwendet und sie eine Weile in ihrem eigenen Haus versteckt. Als er, Strahlser, die Zeit für reif hielt, leitete er ein weiteres Treffen der beiden ein, verstellte Lina erneut den Blick, wie er es nannte, und bewegte sie dazu, der Nachbarin die Haustür zu öffnen, sodass diese ihr die Uhr sozusagen wiedergeben konnte. Beim Putzen sollte Lina sie wiederfinden. Bei all seinen Anweisungen hatte Strahlser vor allem Wert daraufgelegt, dass seine Taten den Agierenden vollkommen verborgen blieben. Sobald die Nachbarin in ihre eigenen vier Wände zurückgekehrt war, konnte Lina ihren Großputz beginnen. Alles lief nach Plan. Strahlser klopfte sich selbst auf die Schulter. Anfangs war ihm etwas mulmig zumute, wenn er daran dachte, wie wohl Linas Ehemann auf das überraschende Wiedererscheinen der verlorenen Uhr reagiere. Doch hatte er ihn offenbar richtig eingeschätzt, der würde nichts weiter unternehmen.

Aber hier irrte Strahlser. Kazuhiro war innerlich zutiefst aufgewühlt. Er spürte, dass der Fall für seine Frau mit dem Wiederfinden der Uhr abgeschlossen war. Doch für ihn bedeutete der Fund in ihren eigenen vier Wänden eine nonverbale Bedrohung. Diesmal hatte man Lina den Zeitmesser für die Zeit mit ihm zurückgegeben, beim nächsten Mal könnte es kritisch werden. Wenn dem so kommen sollte, müssten sie womöglich das Land verlassen. Und so beschloss Kazuhiro, unabhängig von Lina und ohne ihr Wissen, selbst bei der Polizei vorzusprechen. Er ging direkt auf die Polizeistation, nicht zum *Kōban*. Doch der diensthabende Polizist beharrte darauf, dass Kazuhiro und Lina beim Suchen die Uhr einfach übersehen haben müssten. Fremdverschulden sei auszuschließen. Und, da Kazuhiro keine konkrete Person, die in ihr Haus eingedrungen sein sollte, benennen konnte, musste er unverrichteter Dinge wieder nach Hause gehen. Noch nicht einmal zur Spurensicherung konnte er den Polizisten überreden. Es dauerte eine geraume Zeit, bevor Kazuhiro innerlich wieder etwas ruhiger wurde. Dann erstattete er vorsichtshalber wie üblich Bericht bei den beiden Richtern.

Strahlser lehnte sich entspannt zurück und träumte mit offenen Augen von Fox. Einen weiteren Hund hatte er nicht mehr haben wollen. Fox war für ihn einmalig, durch keinen anderen Hund zu ersetzen.

Dann dachte er wieder an seinen gelungenen Coup, und ihn überkam Selbstzufriedenheit in einem Ausmaß, das er bisher nicht gekannt hatte. Dennoch gebot ihm sein Verstand, sich von diesem Gefühl nicht davontragen zu lassen. Auf keinen Fall durfte er unvorsichtig werden. Und wieder strömten seine Gedanken der Vergangenheit entgegen, in die Zeit hinein, als Fox noch sein Ein und Alles war. Er sah den Hund klar vor sich, und ihn beschlich wieder die unendliche Einsamkeit seines Lebens ohne Fox.

10

17. Januar 2014

Strahlser hatte Püppi fest im Griff. Da war er sich ganz sicher. Freisig, Kraben und die anderen hatten sich nie wieder gemeldet. Wunderbar! Vermutlich war ihnen die Sache zu heiß geworden. Strahlser ahnte nicht, wie recht er hatte. Freisig und Kraben waren im Zusammenhang mit den Ermittlungen zu den Computerspielen polizeilich vernommen worden und dann ausgestiegen. Beide hatten zu Strahlser geschwiegen, doch ihr Vertrauen in Strahlsers Spiel mit der steuerbaren Technik war nachhaltig erschüttert. Auch mit dem Darknet wollten sie nichts mehr zu tun haben.

Und Strahlser würde ebenso wenig nochmals andere Personen einweihen. Diese eine Panne reichte ihm. Dafür war sein Spiel zu riskant. Doch allmählich musste er zum Ende kommen. Mittlerweile konnte er seine Arbeit nur noch sehr schwer für sein Spiel nutzen. Also war jetzt der Zeitpunkt gekommen, Püppis Rückhalt in der Gesellschaft zu zerstören. Dann hätte er gewonnen. Ihr Mann lebte klar schon mit der Panik, seine Frau könne, ohne es zu wollen und aus ihm unerfindlichen Gründen, seine Praxis ruinieren. Wie sehr er doch damit richtig lag. Noch wehrte Püppi-Lina sich dagegen, wenn er sie aus der Praxis drängen wollte, doch es war nur eine Frage der Zeit, bis sie aufgab. Immer häufiger vertrat ihr Schwiegervater sie in der Praxis auf Wunsch ihres Mannes. Von den Meldungen, die Kazuhiro machte, ahnte Strahlser indes nichts.

11

Immer noch 17. Januar 2014

Heute hatte Lina wieder einmal gegen ihren Willen frei, da ihr Schwiegervater an ihrer Stelle arbeitete. Auch dieses ständige Hin und Her zehrte ungemein an ihren Nerven. Einen offenen Streit in der Familie wollte sie jedoch nicht riskieren, denn ihre Erfahrung sagte ihr, dass ihr Schwiegervater immer dann einspringen musste, wenn sie wieder eine ihrer Beobachtungen gemacht hatte, wenn also wieder jemand sein Smartphone in der Praxis auf sie gerichtet hatte. Und Lina merkte, dass sie jedes Mal Schmerzen verspürte, wenn sich ein solches Gerät mit ihr verband. Zwar hatte die Zahl derer, die sich so verhielten, inzwischen abgenommen. Doch verging kein Tag, an dem Lina schmerzfrei blieb.

An ihren freien Tagen verabredete sie sich zunächst mit ihren Freundinnen, doch die hatten auch nicht immer Zeit. Zudem waren völlig spontane Verabredungen auch nicht jedermanns Sache. Hinzu kam, dass ihre Freundinnen sehr schnell auf Linas Gähnen, Niesen *et cetera* aufmerksam wurden und sich vorsichtshalber von ihr zurückzogen. Das war Lina jedoch nicht klar. Wenn sie niemanden fand, der Zeit für sie hatte, wusste Lina nicht so recht, was sie mit sich anfangen sollte. Sie blieb dann zu Hause und kochte für ihren Mann das Mittag- und Abendessen. Das Mittagessen bestand meist aus einer Suppe mit Nudeln, *Soba, Sōmen, Udon* oder *Kishimen,* manchmal auch chinesischen Nudeln. Im Sommer aßen sie zu Mittag stets ein kaltes Nudelgericht. Reis und Misosuppe gab es nur abends bei der Hauptmahlzeit des Tages.

Heute setzte sie sich vor den Fernseher, konnte sich jedoch auf nichts konzentrieren. Schließlich schweiften ihre Gedanken ab, die Bilder auf dem Monitor verloren ihre klaren Konturen, und so glitt sie in eine Welt der Träume.

Am anderen Ende der Welt aktivierte Strahlser zufrieden eine App, während Lina sich behaglich auf dem Sofa ausstreckte. Im nächsten Moment sah sie vor ihrem inneren Auge, wie sie mit einem Hund spazieren ging. Genau, das konnte eine Lösung sein. Wenn sie schon nicht arbeiten sollte, dann wollte sie wenigstens einen Hund haben. Strahlser drückte erneut auf eine App, und Lina verstand, dass sie nur träumte. Doch der Traum war zu schön, um ihn nicht weiterzuträumen. Sie sah sich mit ihrem Traumhund über weite Wiesen streifen. Ob das wohl Hokkaido war, wovon sie da träumte? Strahlser drückte weitere Apps, bis Lina schließlich eine Stimme vernahm, die ihr Anweisungen gab.

»Heute kochst du nicht. Du musst deinen Mann dafür bestrafen, dass er dich aus dem Job kickt.«

»Und wenn er aber Recht hat und ich unsere Praxis ruiniere?«, hörte Lina sich in der Ferne sagen.

»Vertrau mir, ich kenne deinen Mann und dein Problem besser.«

»Woher kennen wir uns?«

»Das kann ich nicht sagen, versprich mir nur, dass du immer tust, was ich dir sage.«

Lina stand auf und schüttelte sich. Was war denn das gewesen? Am helllichten Tag vernahm sie eine Stimme, obwohl sie allein zu Hause war? Sie schaute auf die Uhr und begann zu kochen.

12

Immer noch 17. Januar 2014

Kazuhiro kam pünktlich zum Essen. Das war schön, denn die Nudeln schmeckten nur, wenn sie nicht zerkocht waren. Eben wollte Lina ihrem Mann die Suppenschale auftischen. Doch sie wandte sich blitzschnell ab, da sie so heftig niesen musste, dass ihr fast die Schale entglitten wäre.

»Vorsicht, Vorsicht«, sagte die Stimme, und Lina ahnte, dass sie womöglich auf Befehl dieser Stimme so heftig wie nie zuvor hatte niesen müssen. Kazuhiro blickte sie erschrocken an, sagte aber nichts. Und das verriet Lina alles. Sie war fremdgesteuert, und Kazuhiro hatte es begriffen. Wenig überrascht war Lina, dass ihr Mann bald schon andeutete, sein Vater werde gern noch einen Tag aushelfen. Und damit hatte sie auch am nächsten Tag nicht wirklich etwas zu tun.

Als Lina mit der Zubereitung des Abendessens beginnen wollte, meldete die Stimme sich wieder.

»Du sollst doch nicht kochen, dein Mann verdient es, bestraft zu werden. Das hatte ich doch heute Mittag schon gesagt.«

Lina versuchte, die Stimme zu ignorieren. Und vor allem wollte sie sich nicht auf ein Gespräch einlassen.

Auch zum Abendessen kam Kazuhiro heute pünktlich. Doch danach ging er, was ungewöhnlich war, noch einmal in die Praxis, um, wie er Lina erklärte, dort aufzuräumen. Ihre Hilfe lehnte er jedoch ab. Tatsächlich brauchte er Ungestörtheit, um Meldung zu machen. Linas Niesen heute hatte ihn sehr verschreckt.

13

13. Oktober 2014

Wieder hieß es für Lina, einen Tag totzuschlagen. So langsam war sie mit ihrer Geduld am Ende. Ob sie sich einfach bei einem anderen Tierarzt bewerben sollte? Oder eine Umschulung auf Hundedresseur machen? Oder einen Moxalehrgang für Tiere? Die Idee gefiel ihr ausgesprochen gut. Dann wäre sie in der Praxis auch nicht mehr so leicht zu ersetzen. Dieses Hin und Her, wo sie heute nicht wusste, ob sie morgen arbeiten durfte, ja, durfte – das war genau das richtige Wort – ärgerte und schmerzte sie. Aber überstürzen wollte sie auch nichts.

Wieder saß Strahlser in Deutschland am Steuer, und Lina machte es sich erneut auf dem Sofa gemütlich.

»Hallo Lina!«

»Was soll das?«, fuhr es Lina durch den Kopf. »Will die Stimme jetzt jeden Tag kommen?«

»Genauso ist es, Püppilein. Püppi ist doch ein schöner Name, oder? Ich werde dich ab jetzt so nennen. Das ist unser kleines Geheimnis.«

Lina schaltete den Fernseher an, um sich abzulenken.

»Du brauchst keine Ablenkung, Püppi. Ich lenke dich noch genug ab.«

Und schon schwanden Lina die Sinne, und sie konnte sich vor Müdigkeit kaum halten. Schließlich schlief sie ein. Strahlser war einmal mehr sehr zufrieden mit sich.

14

13. November 2014

Die ersten Kunden sagten zu Kazuhiro, sie sähen seine Frau kaum noch in der Praxis. Er entgegnete stets, die Praxis gehöre immer noch seinem Vater, und für drei Ärzte sei sie zu klein.

Lina war nun fest entschlossen, sich eine Alternative für die Arbeit in der Praxis zu suchen. Sie studierte immer häufiger in der ausländischen Presse die Angebote und suchte auch im Internet. Vor allem bei der Deutschen Industrie- und Handelskammer Tokyo und dem DAAD waren häufig Stellen ausgeschrieben. Doch bislang hatte sie nichts Passendes gefunden. Eine Tierärztin wurde nicht gesucht. Es ging ihr die Idee einer Moxafortbildung nicht aus dem Kopf. Oder sollte sie vielleicht doch besser einen Computerkurs machen? Dann hätte sie mehr Chancen. Kompetenzen in Microsoft Office waren häufig in den Ausschreibungen als Anforderung genannt. Also suchte sie im Netz mithilfe dieser Stichworte. Vielleicht hatte die Stadt ja entsprechende Angebote. Hier war etwas, das klang, als sei es von der Stadt: »Bürgerkurs Internet«. Lina klickte sich weiter durch die Seiten, und schließlich rief sie unter der angegebenen Telefonnummer an. Der Preis erschien ihr als sehr hoch für einen Bürgerkurs, und so erfuhr sie, dass nicht das Stadtamt, sondern eine private Firma der Anbieter war. Lina bedankte sich und legte erst einmal auf. Dreißigtausend Yen für zehn Stunden à sechzig Minuten. Vermutlich war das ein völlig normaler Preis. Auf der Homepage der Stadt fand sie schließlich die gewünschte Synopse der dort angebotenen Computerkurse. Doch leider waren die Themen für sie nicht so attraktiv. Erstellen einer Postkarte, etc. Das konnte sie, hatte schon viele Male eine Postkarte selbst gestaltet. Interessant wurde der Kurs gegen Neujahr, wenn das Erstellen von Adressaufklebern gelehrt wurde. Vielleicht war der Kurs doch nicht so unattraktiv, wie sie zunächst gedacht hatte. Allerdings fand die Veranstaltung der Stadt nur zweimal pro Monat statt, während man bei privaten Anbietern einmal pro Woche zwei Stunden anwesend sein musste. Also vielleicht doch lieber professionell? Während Lina über das Für und Wider nachdachte, wurde sie wieder von dieser unendlichen Müdigkeit überwältigt. Strahlser klopfte sich auf die Schulter und legte seine Püppi auf das Sofa. Heute sollte sie wieder träumen.

Lina schlummerte selig, bis dann diese Stimme einsetzte.

»Na, Püppi, wie fühlst du dich heute? Du bist doch nicht etwa müde?«

»Doch, ich bin unendlich müde.«

»Nein, du bist nicht müde, ich habe dich müde gemacht. So schläft es sich doch viel schöner, oder etwa nicht? Komm, träum' mal wieder.«

Lina räkelte sich behaglich auf dem Sofa. Dann träumte sie wieder von einem Hund, der ständig bei ihr war. Ein schöner Traum. Doch er endete abrupt, als es an der Haustür klingelte. Lina schreckte hoch. Hatte es jetzt wirklich geklingelt, oder hatte sie das nur geträumt? Vorsichtig lugte sie aus dem Fenster. Nein, sie hatte nicht geträumt, ein Bote eines Zustelldienstes hatte geklingelt. Lina öffnete und nahm das Paket entgegen. Das Etikett verriet ihr den Absender, eine Cousine von Kazuhiro hatte an sie gedacht und ihnen deutschen Honig geschickt. Der sah bereits superlecker aus.

15

Immer noch 13. November 2014

»In Zukunft gehst du nur zur Tür, wenn ich dir das erlaube«, erhob sich tadelnd die Stimme in ihr, kaum dass sie zurück im Wohnzimmer war. Erschrocken fuhr Lina herum. Niemand war zu sehen. Woher kam diese Stimme bloß?

»Du kannst mich nicht sehen. Oder sagen wir so, du könntest mich sehen, wenn ich das wollte, aber ich will nicht.«

Eben wollte Lina fragen, »Wer sind Sie?«, da begriff sie, dass die Stimme nur in ihrem Kopf sprach. Stimmen zu hören, die von Menschen stammten, die sie im Moment nicht sehen konnte – das war etwas, das Lina überhaupt nicht behagte. Mit wem könnte sie darüber sprechen? Sollte sie vielleicht noch einmal in Japan zur Polizei gehen? Schließlich konnte auch Kazuhiro nicht wissen, woher diese Stimme kam, selbst wenn sie es ihm ausführlich schilderte. Und sie würde ihm damit weitere Sorgen bereiten. Das war klar. Und vermutlich dürfte sie fortan nicht einmal mehr einen Schritt in die Praxis tun. Das war noch klarer.

16

15. November 2014

Lina schloss hinter dem letzten Patienten die Praxistür, und wandte sich um, um aufzuräumen.

»Hallo Püppi!«, grüßte die Stimme, kaum, dass Lina ihre Arbeit begonnen hatte. In den letzten Wochen war kein Tag vergangen, ohne dass sie von der Stimme geplagt worden wäre. Deshalb hatte sie es akzeptiert, dass Kazuhiro verlangte, sie solle die Arbeit bis auf Weiteres aufgeben. Nur gegen Abend ging sie noch regelmäßig in die Praxis, etwa um beim Aufräumen zu helfen.

»Hallo Püppi!, habe ich gesagt!«

Lina fuhr zusammen. Sie hatte die Stimme durchaus schon bemerkt, doch wollte sie den Fremdling einfach ignorieren. Genau das wollte der aber offenbar verhindern. Lina blieb stumm.

»Ach, du weißt nicht, wie du mich nennen sollst? Dann sag doch einfach ›Stimme‹ zu mir. Das trifft es doch gut, oder meinst du nicht?«

Lina verabschiedete sich nach dem Aufräumen schnell und ging nach Hause. Zunächst sah sie sich systematisch im ganzen Haus um. Vielleicht fand sie ja doch eine Spur, die zu der Stimme führte. Auch wenn der Klang ihr neutral erschien, stellte Lina sich doch einen Mann dahinter vor. Neutral. Nein, nicht neutral, es war eine Stimme ohne Eigenschaften, die sie vernahm. Es waren nur ihre Gedanken, in denen die Stimme sich zu Worten und Sätzen formte. Und das machte sie neutral. Es war also gar nicht so, dass sie die Stimme hörte, nein, die Stimme machte sich ungebeten in ihren Gedanken breit. Und das nicht nur in der Wohnung, sondern auch nebenan in der Praxis.

Lina rief das Internet auf. Zunächst klickte sie sich wahllos durch die Seiten, dann hatte sie die Idee, ihr Haus einmal auf Abhörgeräte untersuchen zu lassen. Wenn solche Geräte in ihrer unmittelbaren

Umgebung installiert wären, würde ihr das vielleicht weiterhelfen, um herauszufinden, wer sie derart in Angst und Schrecken versetzte. Dann kamen ihr wieder Bedenken, denn sie durfte Kazuhiro unter keinen Umständen einweihen. Es musste also ein Tag sein, an dem er eine Fortbildung besuchte und ihr Schwiegervater in der Praxis arbeitete.

»Hallo Püppi, jetzt wollen wir mal sehen, ob du nicht endlich verstehst, dass ich dich fest im Griff habe«, vernahm sie plötzlich wieder die Stimme. »Du gehst jetzt in den Garten und setzt dich dort auf einen Stein.«

»Einen Teufel werde ich tun«, durchfuhr es Lina. Trotzdem begab sie sich sofort zur Haustür, und dann saß sie auch schon auf dem Stein, wie es ihr befohlen worden war.

Eine Gänsehaut schüttelte sie, sie wollte wieder ins Haus gehen, doch es war, als klebe sie an dem Stein. Sie konnte sich nicht rühren.

Wie lange sie so auf dem harten Stein gesessen hatte, wusste sie nicht zu sagen. Aber irgendwann meinte die Stimme, es reiche jetzt erst einmal, und ließ Lina wieder zu sich kommen. Sie kehrte benommen zurück ins Haus und begann, das Abendessen zu kochen. Doch sie war keinesfalls völlig bei der Sache, sondern grübelte. Wenn die Stimme sie heute so gelenkt hatte, was würde dann morgen passieren, was übermorgen, in einer Woche, in einem Monat? War sie dabei, die Marionette dieses Menschen zu werden? Oder war sie es bereits?

»Du hast recht, du bist es bereits, meine Püppi ist meine Marionette.«

Lina erschrak zu Tode und hätte beinahe den Topf mit der Miso-Suppe fallen lassen, den sie gerade vom Herd genommen hatte. Entschlossen stellte sie den Topf wieder zurück und schaltete den Computer an. *Wanzensucher* lautete ihr Suchbegriff. Dann griff sie zum Telefon. Welch Glück, der Termin, den Lina ihrem Gesprächspartner nannte, passte ihm. Ein weiteres kleines Geheimnis gegenüber Kazuhiro.

17

Immer noch 15. November 2014

Lina hörte den Schlüssel im Schloss und begann, den Tisch zu decken. Kazuhiro hatte pünktlich Feierabend gemacht. Doch in der Praxis brannte noch Licht, was bedeutete, dass ihr Schwiegervater noch arbeitete. Seltsam, das war sonst nicht Kazuhiros Art. Normalerweise verließ er die Praxis als letzter.

Bald nach dem Essen sollte Lina den Grund dafür erfahren.

»Was hast du heute im Garten gemacht?«, fragte Kazuhiro unvermittelt.

»Was meinst du?«, fragte sie, innerlich fassungslos, zurück.

»Du warst doch heute im Garten. Was hast du gemacht?«

»Och, nur ein bisschen nachgedacht, mehr nicht.«

»Dann suche dir dafür bitte einen anderen Platz aus, nicht gerade dort, wo jeder dich sehen kann.«

Oje, daran hatte Lina überhaupt noch nicht gedacht. Sie wartete noch etwas, doch von Kazuhiro kam nichts mehr, also legte auch sie das Thema *ad acta*.

Kazuhiro ging wie immer zuerst ins Bad. Lina atmete auf, ihr Mann würde gleich zu Bett gehen. Sie selbst war innerlich zu aufgewühlt, wollte noch etwas aufbleiben.

»Na, nun sind wir beiden ganz allein, nicht war«, kommentierte die Stimme Kazuhiros Schritte.

Was sollte das jetzt? Würde sie die Stimme heute überhaupt nicht mehr los?

»Natürlich wirst du mich nicht los«, kam es prompt von oben. Lina schaute automatisch an die Decke. Im nächsten Moment ärgerte sie sich über sich selbst.

»Nein, nein, ich sitze nicht an der Decke. Ich bin doch keine Lampe, sondern nur die Erleuchtung für dich, meine Püppi.«

94

Lina verging die Lust auf das tägliche Bad. Damit Kazuhiro nichts merkte, stellte sie die Dusche kurz an und wieder aus.

»Das ist gut, dass du heute nicht duschst. Die Zeit können wir beiden ganz anders verbringen. Gehe wieder in den Garten und setze dich auf den Stein.«

»Nein«, durchfuhr es Lina.

»Na gut. Heute lasse ich dir das noch einmal durchgehen. Beim nächsten Mal nicht mehr.«

Nun ging Lina doch duschen. Dann merkte sie, dass das vielleicht ein Fehler war, wenn Kazuhiro genau auf die Geräusche gehört haben sollte, müsste er den Eindruck gewonnen haben, sie hätte zweimal geduscht. Als sie hochging, war sie jedoch beruhigt. Ihr Mann gab sanfte Schnarchtöne von sich.

18

21. November 2014

Kazuhiro stand heute etwas früher auf als sonst, denn er wollte eine Tagung besuchen. Lina stand mit ihm auf. Sie konnte es kaum erwarten, dass ihr Mann aus dem Haus ging. Schließlich sollte heute der Wanzensucher kommen. Sie war gespannt, ob der ihr weiterhelfen konnte.

Es war elf Uhr, als es an der Haustür schellte. Lina öffnete, und der Wanzensucher stellte seine Straßenschuhe am Eingang ab. Er begann sofort mit der Arbeit. Sämtliche Steckdosen und Geräteanschlüsse im Haus überprüfte er, aber sein Gerät blieb stumm. Schließlich sagte der Mann:

»Nein, Sie sind nicht verwanzt. Dieses Haus wird nicht abgehört. Ich kann nichts finden.«

Lina hatte sich überlegt, dass sie dem Mann reinen Wein einschenken würde, falls er zu diesem Ergebnis käme. Und so erzählte sie ihm von der Stimme, die sie verfolgte, von der sie sich sogar bedroht fühlte.

»Das tut mir sehr leid, aber das ist nicht mein Metier. Ich kenne solche Geschichten nur aus der Psychiatrie.«

Pech gehabt, dachte Lina, bedankte sich und bezahlte ihn in bar.

19

Immer noch 21. November 2014

Selbstzufrieden lehnte Strahlser sich zurück. Er verspürte ein unendliches Glücksgefühl, gerade so, als sei sein Fox wieder zu ihm zurückgekehrt. Sein Fox. Sein Ein und Alles. Der Wanzensucher hatte seiner Püppi nicht weiterhelfen können. Das hatte er, Strahlser, natürlich vorausgesehen. Doch noch wollte er nicht, dass Püppi wusste, dass er sie auf Schritt und Tritt beobachten konnte, wenn er das wollte. Er war schon gespannt, was sie sonst noch unternehmen würde, um sich der Stimme zu entledigen. Diese Frau könnte für ihn zu einer echten Herausforderung werden. Doch seine Anweisungen befolgte sie mittlerweile widerspruchslos. Das beruhigte ihn sehr. Offenbar hatte sie eingesehen, dass Widerstand ihm gegenüber zwecklos war. Oder aber er hatte es geschafft und sie willenlos gemacht. Noch war er sich nicht ganz sicher. Und solange er nicht ganz genau wusste, was von beidem der Fall war, musste er immer noch mit Bedacht vorgehen. Als großen Erfolg verbuchte er indes, dass Püppi nicht mehr in der Praxis arbeiten durfte, denn so hatte sie Zeit für ihn. Vom Endziel der gesellschaftlichen Ausgrenzung war er jedoch noch weit entfernt. Doch Strahlser hatte Geduld. Bloß nichts überhasten. Und vor allem kein neues Computerspiel mehr, das war nicht mehr nötig. Sollte sich damit befassen, wer wollte. Er lancierte im Darknet das Gerücht, er habe

96

das *Game* beendet. In Wahrheit jedoch nutzte er die Apps und stellte immer neue Verbindungen zu Püppi her. Jemand fragte sie auf der Straße nach dem schnellsten Weg zur Takeshita-Straße in Harajuku? Kein Problem. Parallel dazu überfiel Püppi ein Juckreiz in ihr bisher unbekannter Intensität. Sie kratzte, bis das Blut floss. Jemand anders bat sie um Auskunft für das nächste Café? Kein Problem. Parallel dazu stolperte Püppi zweimal hintereinander. Und so weiter und so fort. Zudem wusste Strahlser, dass Lina wieder einen Deutschlandaufenthalt plante. Da konnte er sie wiedersehen und ihr einen neuen Chip einsetzen. Er hatte schließlich wieder technische Fortschritte gemacht. Seine Überstunden hatten sich gelohnt.

20

20. Dezember 2014

Wie immer holten Linas Eltern ihre Tochter vom Flughafen Frankfurt mit dem Auto ab. Sie war heilfroh, endlich mit jemandem sprechen zu können. Doch kaum dachte sie das, dröhnte es in ihrem Kopf

»Untersteh dich. Ein Wort, und du erlebst dein blaues Wunder!«

Lina war entsetzt. Die Stimme war ihr bis nach Deutschland gefolgt! Das konnte doch nicht wahr sein.

»Ja, ja, so wenig weiß meine Püppi, dass sie mich derart unterschätzt hat.«

Ok, die Stimme redete von sich im Singular. Das nahm Lina erleichtert zur Kenntnis.

Mist verdammter, durchzuckte es Strahlser. Er hatte die Chance versäumt, diesbezüglich eine falsche Spur zu legen.

»Vielleicht sollte ich so fair sein, dir zu sagen, wer Stimmen hört, die niemandem gehören, der gilt aus Sicht der heutigen Mediziner als manisch-depressiv oder schizophren. Nur der Fairness halber.

Schließlich möchte ich dich nicht an irgend so einen Psychiater verlieren.«

Lina zwang sich zur Ruhe.

»So ist es recht. Immer ruhig bleiben. Und ja kein Wort zu niemandem!«

»Lass mich in Ruhe«, zischte Lina innerlich, doch schon im nächsten Moment gähnte sie, dass es ihr fast den Kiefer ausrenkte. Dann stolperte sie und bekam einen heftigen Schluckauf. Die Message von Strahlser war angekommen.

Zum Glück hatten sie jetzt das Parkhaus erreicht. Bis zu ihrem Auto konnte es nicht mehr weit sein.

21

1. Januar 2015

In Deutschland besuchte Lina nicht nur ihre Familie, sondern auch einige Freunde. Bei Cornelia und Klaus blieb sie über Sylvester. Sie freute sich schon sehr auf die beiden und ihre drei Kinder im Teenageralter.

Wie immer fuhr Lina, wenn sie in Deutschland war, mit dem Leihwagen. Zum Glück wohnten Cornelia und Klaus auf dem Land, und sie konnte den Wagen ohne Probleme parken. Nach dem gemeinsamen Essen setzten die Kinder und Lina sich ins Wohnzimmer, wo die Älteste sie über das Neueste im deutschen Fernsehen informierte.

»Kennst du *Der Nesthocker* mit Francis Fulton-Smith?

»Nein.«

»Kennst du *Die Chefin* mit Katharina Böhm?«

»Nein. Tut mir leid, meine Kenntnisse im deutschen Fernsehen sind bei Thomas Gottschalk stehengeblieben. Und der hat inzwischen auch schon einen grauen Schopf.«

»Mutti, können wir *Die Chefin* sehen? Die Lina kennt Katharina Böhm nicht.«

»Ist ok, aber danach machst du den Kasten wieder aus.«

Sie setzten sich alle in Fernsehpositur, da bemerkte Lina, wie die Älteste sie plötzlich ganz erschrocken anschaute. Dann wechselte der Gesichtsausdruck in Wut. Sie stand auf und ging zu ihrer Mutter.

Oho, irgendetwas stimmt mit meinem Gesicht nicht! Lina war kaum überrascht. Aber was sollte sie jetzt machen? Würde sie jetzt ihre Freundin verlieren, der natürlich ihr eigenes Kind näher stand als eine Freundin. War sie jetzt eine Gefahr für ihre Freundin und deren Familie? Lina geriet in Panik. Sie wartete noch eine Weile, dann kam die Älteste auch schon wieder und setzte sich auf ihren Platz, als sei nichts gewesen.

Lina blieb noch eine Weile, dann ging sie in die Küche, wo Cornelia und Klaus standen.

»Das sind die Kollegen«, sah sie ihre Freundin ihrem Mann zuraunen.

Na, das wäre ein Ansatzpunkt, über den Lina nachdenken wollte. Die beiden glaubten also, dass Kollegen von ihr sie derart traktierten. Ob sie wohl das ganze Ausmaß ihrer Pein kannten?

In ihrem Beruf hatte sie ganz sicher Neider, denn ins Ausland zu gehen und sofort eine gut gehende Praxis übernehmen zu können, das konnte durchaus Anlass zu Missgunst sein.

Gerne hätte sie die beiden direkt auf das Thema angesprochen, doch traute sie sich nicht. Denn womöglich schädigte das ihre Freundschaft unwiederbringlich. Kazuhiros Verhalten hatte sie ziemlich geprägt, wie sie sich selbst gestand. Lieber einmal mehr schweigen, als durch Reden, dem die anderen vielleicht nicht folgen konnten, einen Stimmungsumschwung herbeizuführen.

22

2. Januar 2015

Die zwei Tage waren wie im Flug vergangen. Und schon saß Lina wieder hinter dem Steuer und fuhr weiter Richtung Nordosten, wo sie in Berlin Freunde besuchen wollte. Auch Celsea und Rüdiger hatten Kinder, einen Jungen und ein Mädchen, Zwillinge, beide gerade erst auf das Gymnasium gekommen. Auch hier blieb Lina über Nacht.

»Stell dir vor, gestern war es hier wie im Krimi!«

»Wieso, was ist passiert?« Lina war sehr gespannt.

»Ich habe einen Unbekannten dabei beobachtet, wie er unseren Haustürschlüssel fotografieren wollte, als Celsea die Haustür aufschloss. Als ich dazugesprungen kam, suchte er das Weite. Ich habe aber zuvor ein Foto von ihm gemacht. Deshalb waren wir bei der Polizei.«

»Na, hier ist wirklich Großstadt. Kommt so etwas öfter vor?«

»Der Polizist meinte, das sei eine neue Masche, dazu benötigte man jedoch einen sehr guten Fotoapparat. Doch eine Serie von Einbrüchen sei auf diese Masche zurückzuführen. Wenn sie Glück hätten, könnten sie die mit den Fotos von unserem Schlüssel beenden.«

Strahlser konnte es nicht glauben. Er hatte sich in Berlin auf der sicheren Seite gewähnt und wollte Linas Freunde dort präparieren, damit sie und die Kinder Schmerzen verspürten, wenn er Lina in bestimmter Weise steuerte. Das Präparieren hatte zwar perfekt funktioniert, doch anschließend war er durch diesen Erfolg so unvorsichtig geworden, sich in den Besitz eines Wohnungsschlüssels bringen zu wollen. Dazu hatte er sich einen Passanten, der zufällig des Weges kam, hörig gemacht. So hörig, wie Lina Strahlser ihm war. Doch das Fotografieren kam den Freunden von Lina verdächtig vor, und sie gingen zur Polizei. Der Mann, der ihren Haustürschlüssel fotografiert hatte, bestritt die

100

Tat zwar, aber die Beweise gegen ihn lagen auf der Hand. Strahlser war nur froh, dass die Polizei die Spuren nicht zu ihm zurückverfolgen konnte. Jedenfalls hatte sich niemand bei ihm gemeldet. Nie wieder so leichtsinnig sein, schwor er sich. Sein Herz raste jetzt noch, wenn er an den Vorfall dachte.

Beim Abendessen rutschten die Zwillinge unruhig auf ihren Stühlen hin und her. Schließlich stand das Mädchen auf und ging entschlossenen Schrittes zum Smartphone, das auf seiner Station stand.

»Nix da!« Mit einem Satz war Rüdiger bei dem Apparat und nahm ihn seiner Tochter wieder aus der Hand. Er wusste, dass es hieß, dass man mit dem Smartphone auf alles schießen konnte, was sich bewegte. Und er ahnte, dass seine Zwillinge Schmerzen verspürten und deshalb das Smartphone auf Lina richten wollten, denn auch er verspürte Schmerzen in der Seite, seit Lina bei ihnen war.

»Aber …«, widersprach die Tochter und nickte Richtung Lina.

»Hinsetzen und weiteressen!«

Lina war wieder einmal entgeistert. Aber sie hatte auch dazugelernt. Auch in dieser Familie wusste man offensichtlich Bescheid über das, was man ihr antat, erzog die Kinder jedoch nicht im Sinne ihres Peinigers, sondern zu Mitgefühl und schränkte Strahlsers Erfolge in diesem Haushalt ein.

Aber auch hier traute Lina sich nicht, das offen zu thematisieren. Umgekehrt sprach auch niemand sie darauf an. Allen fehlten die passenden Worte.

Nach Ende dieses Besuchs fuhr Lina zum nächsten Autoverleih und gab den Wagen ab. Dabei beobachtete sie einen weiteren Wagen, der ebenfalls zu derselben Autovermietung fuhr. Als sie schließlich aus dem Auto stieg, stieg aus dem anderen Wagen ein Mann. Er trug eine Mütze und eine Sonnenbrille und stellte sich für einen Moment neben sie. Lina sah aus dem Augenwinkel, dass er ein Smartphone in der Hand hielt. Doch da sie keine Schmerzen verspürte, beachtete sie ihn nicht weiter. Das Jucken im Augenlid setzte erst später ein, da war der Mann schon nicht mehr zu sehen. Er hatte sich lediglich Informationen zur Autovermietung geben lassen. Lina vergaß diese Beobachtungen auf der Stelle, und Strahlser blieb ein weiteres Mal unerkannt.

23

16. Januar 2015

Die Tage in der Heimat waren schnell vorüber. Wie immer hatte Lina eine möglichst billige Airline gewählt. Diesmal ging es über Abu Dhabi. Der Flug war ein einziger Albtraum, denn die Stimme ließ sie nicht eine Minute in Ruhe.

Kaum war sie an Bord, als Strahlser auch schon loslegte. Lina hatte wieder einen Fensterplatz. Durch das Fenster sah sie, wie sich eine Mauer direkt neben dem Flugzeug erhob, eine Stahlmauer offenbar. Die Stimme beschrieb ihr, was sie sah. In Wahrheit soufflierte die Stimme ihr, was sie sehen sollte, eine technische Neuerung von Strahlser im Chip der neuesten Generation. Er konnte damit jederzeit vor Lina Illusionen errichten, die nur sie sah.

Die Stahlmauer erstreckte sich neben dem Flugzeug, während der Pilot Vollgas gab.

»Wenn der Pilot nicht schnell genug beschleunigt, hält die Mauer das Flugzeug fest«, belehrte die Stimme Lina. »Dann habe ich vermutlich keine Püppi mehr. Ich weiß nicht, was ich mir wünschen soll.«

Das Flugzeug beschleunigte, Lina hoffte inständig, es möge bald abheben, denn die Stahlmauer dehnte sich endlos, verlief parallel zum Flugzeug, oder sie beschleunigte gar im selben Tempo und wuchs stets ein wenig höher. Schließlich verspürte Lina das bekannte kurze Ruckeln der Räder. Endlich! Endlich! Das Flugzeug hob ab.

Sie war sehr erleichtert, dass der Start ohne weitere Zwischenfälle verlaufen war. Doch was, wenn sich die Stimme während des Fluges wieder meldete?

Kaum hatte Lina das gedacht, aktivierte Strahlser die App, sodass sein Opfer umgehend einschlief. Im Moment war ihm die schlafende Püppi lieber, befand der Peiniger. Schade nur, dass so viele freie Plätze unbesetzt waren, sodass Lina allein in ihrer Reihe saß. Weiter vorne waren gar ganze Reihen leer. Wer sich dorthin setzen wollte, musste einen Aufpreis zahlen. Die Praxis war erst unlängst eingeführt worden, früher durften sich die Passagiere im gesamten Kabinenraum nach Wunsch verteilen. Lediglich war ihnen Zugang zum vorderen Bereich, der Business Class, verwehrt.

»Hallo Püppi, träumst du schön?«, meldete sich die Stimme, als die Essensverteilung begann.

Das kann ja wohl nicht wahr sein, selbst im Flugzeug, obwohl beim Check-in derart strenge Sicherheitsbestimmungen herrschen, durchfuhr es Lina.

»Sieh mal, dort geben sie schon das Essen aus. Das macht doch hungrig, oder etwa nicht?«

Lina zwang sich, nicht zu denken.

»Wer essen will, sollte sich nicht auf den Fensterplatz setzen, sondern an den Gang.«

Ich habe aber den Fensterplatz reserviert und nicht den Platz am Gang, durchfuhr es Lina.

»Ich habe dich nicht nach deiner Meinung gefragt. Wenn du nicht freiwillig gehst, setze ich dich eben dorthin.«

Und schon begann Lina, ohne es zu wollen, Decke und Kopfkissen auf den mittleren Sitz zu legen, dann schnallte sie sich ab und setzte sich auf den Platz am Gang.

Die Flugbegleitung kam näher, schließlich war Lina an der Reihe.

»Welchen der Plätze haben Sie reserviert, Madame?«, sprach sie Lina an.

»Den Fensterplatz.«

»Dann setzen sie sich bitte wieder dorthin. Es ist nicht gestattet, einen anderen Platz einzunehmen.«

»Entschuldigung, das wusste ich nicht. Bisher war das auf meinen Flügen nie ein Problem.«

»Bei uns ist es nun einmal so. Was möchten Sie essen, Hühnchen oder Fisch?«

»Hühnchen, bitte.«

Was würde wohl passieren, wenn sie der Flugbegleiterin erklärte, dass sie es gar nicht gewesen war, die sich dorthin gesetzt hatte? Vermutlich würde die Frau sie für verrückt halten. Ob ihr Peiniger wohl auch im Flugzeug saß?

Als Lina so grübelte, fiel ihr plötzlich auf, dass die Flugbegleiterin sie ständig wieder betrachtete, etwa so, als wollte sie etwas sagen. Schließlich kam sie auf Lina zu und forderte sie nochmals auf, sich auf den Fensterplatz zu setzen. Lina erschrak. Sie hatte gar nicht bemerkt, dass sie sich wieder auf den Platz am Gang gesetzt hatte, nein, dass die Stimme sie dorthin gelenkt hatte. Schnell setzte sie sich mit einer Entschuldigung wieder um.

24

Immer noch 16. Januar 2015

Bei der Zwischenlandung in Abu Dhabi absolvierte Lina die Kontrollen und suchte dann vorsichtshalber den Abflugschalter, damit sie nicht etwa vor lauter Tagträumen den Anschlussflug verpasste.

»So, Püppi, willkommen in Abu Dhabi!«

Lina blickte möglichst unauffällig um sich. Es deutete nichts darauf hin, dass es hier anders zuging als an allen anderen Flughäfen der Welt, die sie kannte. Nur, dass diesmal die Stimme mit dabei war.

»Ein höflicher Mensch, der in Japan lebt, kauft für seine Mitmenschen *Omiyage*, Mitbringsel. Vielleicht solltest du dich hier einmal danach umsehen.« Das hatte Strahlser noch von den Sitten in Japan behalten, von denen Kazuhiro ihm damals als Student erzählt hatte. Nun traktierte er dessen Frau mit diesem Wissen.

Lina hatte sich eben hingesetzt, und ihr war keinesfalls nach einem Spaziergang mit der Stimme im Kopf zumute.

Für Abu Dhabi hatte sich Strahlser etwas ganz Besonderes einfallen lassen. Er hatte die Apps, die mit Informationen zum Flughafen in Verbindung zu bringen waren, auf das Emirat eingestellt. Und so sah Lina vor ihrem geistigen Auge den Scheich auf sich zukommen.

Wieso kommt der Herrscher dieses Landes auf mich zu? Wie muss ich mich jetzt verhalten? Außerdem ist er ohne sein Gefolge, das kann nicht sein, ein Herrscher ist ständig in Begleitung.

»Ja Püppi, so ist das.«

Dass ihre Mitreisenden nicht auf die Figur reagierten, zeigte Lina, dass offenbar nur sie die Gestalt sehen konnte, nein, musste, weil die Stimme das so wollte.

»Püppi, mach den Mund zu, wie sieht denn das aus?«

Sie schloss ihren Mund. Kurz darauf war der Scheich verschwunden.

Dann lenkte Strahlser Lina in den *Duty-free-Shop*, wo sie Süßigkeiten aus dem Emirat gegen ihren Willen erstand. Schließlich hatte sie schon in Deutschland ausreichend *Omiyage* gekauft.

25

Übergang zum 17. Januar 2015

Passagiere mit der Flugnummer EY878, bitte begeben Sie sich zum Abflugschalter.

Sehr schön. Hier wurde noch aufgerufen, an manch anderem Flughafen war das außer Mode gekommen.

Lina war angespannt. Sie hoffte, ohne die Stimme weiterzufliegen. Ihr Unterbewusstsein sagte ihr jedoch, dass diese Plage sie nicht so einfach loslassen würde.

Wieder hatte sie einen Fensterplatz, und wieder waren die Sitze neben ihr frei. Und wieder setzte die Stimme sie um, und wieder wies das Flugpersonal Lina mehrfach darauf hin, sie solle bitte auf dem von ihr reservierten Platz bleiben.

Vor der Essensausgabe lenkte die Stimme Lina in den vorderen Bereich und ließ sie ins Cockpit schauen. Lina traute ihren Augen kaum, die Tür stand sperrangelweit offen, aber sie schaute nicht in das echte Cockpit, sondern in eine Attrappe. Das hatte sie noch nie gesehen. Ob das die neueste Anti-Terror-Abwehr war? Dann bemerkte Lina, dass die Flugbegleiterin sie ungehalten ansah. Natürlich, die Stimme hatte sie wieder auffällig werden lassen. Schnell ging sie zurück zu ihrem Platz.

»Wer hat dir befohlen, dich wieder auf deinen Platz zu begeben? Hier wird gemacht, was ich sage. Ich wiederhole mich nicht gerne.«

Und im nächsten Moment erhob sich Lina wieder.

Nein! Diesmal nicht, durchzuckte es Lina, und sie setzte sich mit aller Macht wieder auf ihren Sitz.

Bis Narita musste sie noch viereinhalb Stunden aushalten, Stunden, in denen die Stimme zum Glück nicht mehr in Erscheinung trat.

106

Als Lina in Narita aus dem Flugzeug stieg, kamen zwei Flughafenpolizisten auf sie zu. »Wir müssen Sie bitten, mitzukommen.«

Weiter fiel kein Wort. Doch Lina schwante, dass die Stimme ihr das eingebrockt hatte, weil sie fortwährend ihren Sitzplatz verlassen hatte.

In den Räumen der Polizeistation schließlich fragte einer der Beamten sie nach der Telefonnummer ihres Mannes, dann war sie allein in dem Raum.

Du liebe Güte, jetzt rufen sie auch noch Kazuhiro an. Das kann ja wohl nicht wahr sein.

Erst nach zwei Stunden, Lina hatte vor Schreck vergessen, auf die Uhr zu sehen, stand Kazuhiro vor ihr, um sie abzuholen. Details nannte die Flughafenpolizei nicht. Die Beamten durchsuchten noch Linas Gepäck, doch sie hatte ein reines Gewissen. Und zudem lenkte die Stimme sie ab, indem sie ununterbrochen auf Lina einredete.

»Siehst du diese ollen Möbel? Die sind nur auf alt getrimmt, das ist in Wirklichkeit die Folterkammer des Flughafens. Die Federn ragen ja schon fast aus dem Bezug heraus. Und hinter dir, das ist keine feste Wand, sondern ein Wurfgerät. Wenn du hier den Beamten Stress machst, wirst du damit an die Wand gedrückt.«

Kazuhiro sagte nur »Steig ein«. Dann schwiegen beide, Lina wusste nicht, was sie sagen sollte, und Kazuhiro ging es vermutlich genauso. Zudem meldete sich die Stimme wieder.

»Nein, Püppi. Du musst nicht so auf die Straßenbeschilderung achten. Das ist Sache des Fahrers. Schlaf lieber, dann bist du erholt, wenn du ankommst.«

Und im nächsten Moment fiel Lina in Tiefschlaf.

»Wir sind da. Steig aus«, hörte sie Kazuhiro plötzlich sagen.

Lina schlug die Augen auf und sah ein dreigeschossiges Gebäude vor sich, das nicht beschriftet war. Dort standen sie auf dem Parkplatz.

»Wo sind wir?«, fragte sie und musste im nächsten Moment aufstoßen.

»Steig aus! Wir sind da.«

»Wo sind wir, habe ich gefragt.« Das Aufstoßen wurde heftiger.

»Steig aus, dann erfährst du es.«

Irgendetwas in Lina schlug Alarm. Doch spürte sie, dass sie gegen das, was sie hier erwartete, nicht ankam. Also stieg sie aus und ging hinter Kazuhiro her.

Ein Mann in weißem Kittel erwartete sie. Niemand sprach mit Lina, aber alle sprachen über sie. Dann wurde sie in den Aufzug gebeten, und sie hörte Kazuhiro sagen, er hole jetzt das Gepäck.

Im Aufzug fuhr Lina mit zwei Begleiterinnen in den zweiten Stock. Dort wurde sie in ein Zimmer geführt. Darin stand ein Bett, sonst nichts. Auf dem Bett lag etwas, das Lina vom Fernsehen her kannte, Krankenhauskleidung.

Wo war sie?

»Wo bin ich hier?«, fragte sie ihre Begleitung.

»Hier ist das Neptun-Krankenhaus. Hier bekommen sie psychiatrische Hilfe.«

Lina konnte es nicht fassen. Und das wegen der Stimme, gegen die sie momentan noch nicht ankam.

»Wie lange werden Sie mich hier festhalten?«

»Das kann ich nicht sagen, ich bin nicht der Arzt. Aber längstens drei Monate, länger dürfen wir gesetzlich Patienten nicht hierbehalten.«

»Aber ich habe doch gar nicht eingewilligt!« Die Empörung in Linas Stimme war nicht zu überhören.

»Das brauchen Sie auch nicht. Es war ja Ihr Mann, der Sie hat einweisen lassen. Jetzt ziehen Sie sich bitte um.« Eine der beiden Begleiterinnen wies auf die Krankenhauskleidung.

Als sie umgezogen war, kam Kazuhiro. Er brachte einen einfachen Stuhl mit, auf den er sich setzte.

»Was geht hier vor?« Lina war sehr aufgebracht.

»Du brauchst Hilfe. Hier habe ich dir Zahnputzzeug und Kleidung mitgebracht. Die ersten Tage brauchst du die zwar nicht, aber ...«

»Aber keine Hilfe dieser Art!«

»Die Flughafenpolizei war auch dieser Ansicht.«

Kazuhiro war froh gewesen, dass die Polizei ihn beauftragt hatte, Lina für ein paar Wochen in eine psychiatrische Anstalt einzuweisen. Er würde später Meldung machen, jetzt war er erst einmal damit beschäftigt, Lina aus dem Verkehr zu ziehen. Hoffentlich war sie danach für die Geräte weniger empfänglich.

Lina verstummte. Sie rekapitulierte noch einmal. Einer der beiden Polizisten hatte ihr direkt in die Augen geschaut und dann zu seinem Kollegen gesagt, den Fall übernehme er. Das wäre ja unfassbar, wenn man hierzulande jemanden für verrückt erklärte, und damit dem Steuerer in Form einer Stimme Tür und Tor öffnete. Oder vielleicht musste sie eine gewisse Zeit von allem ferngehalten werden, damit die Stimme nicht mehr an sie herankam? Das wäre zumindest eine logische Erklärung. Aber dann hätte es auch jeder andere Aufenthaltsort getan. Oder aber die japanische Bezeichnung *Seishinbyō* war nicht mit Psychofall im Deutschen wiederzugeben, wie es im Wörterbuch stand. Oder, oder. Lina erschien es auf jeden Fall als sehr fragwürdig, dass alle ihr nur mit Schweigen begegneten, und ihr Mann beauftragt worden war, sie einfach wegsperren zu lassen.

Kazuhiro ging, den Stuhl nahm er wieder mit, und sie war wieder allein. Sie setzte sich auf das Bett. Wofür dienten wohl die Riemen, die überall am Bettgestell angebracht waren?

Jedenfalls blieb die Stimme erst einmal ruhig, immerhin etwas.

»Nein, nein, ich wollte dich nur nicht beim Denken stören, Püppi«, schaltete sich die Stimme prompt wieder ein. »Und noch etwas, mit der Zeit ziehe ich mich von dir zurück, solange du hier bist. Das ist sicherer für mich. Sonst bereitest du mir Ärger, und das willst du doch auch nicht.«

»Ob du meinetwegen Ärger bekommst oder nicht, ist mir absolut egal. Ich will hier wieder raus«, dachte Lina.

»Ja, ja, längstens drei Monate, hast du doch gehört. Danach arbeiten wir wieder schön zusammen.«

»Wir haben nie zusammengearbeitet.«

»Doch, doch, und das werden wir wieder tun. Und jetzt bin ich erst einmal weg, die Lage peilen.«

26

Immer noch 17. Januar 2015

Lina schaute sich in dem Raum um. Er war sehr klein, gerade das Bett und ein Stuhl für Besucher passten hinein, erfasste Lina die Größe des Raumes. Jetzt war dort wieder ein freier Platz. Der Raum war des weiteren mit einer Toilette ausgestattet, die jedoch nicht abgeschirmt war. Durch ein Fenster ließ sich vom Flur aus auch diese Ecke einsehen. Ebenso besaß die Tür ein Guckloch. Zudem war die Decke gespickt mit elektrischen Geräten. Eines davon war garantiert eine Kamera. Es klopfte. Lina hörte, wie jemand die Tür aufschloss.

Sie öffnete die Augen und staunte nicht schlecht, dass man ihr Essen brachte. Um diese Uhrzeit war noch etwas organisiert worden. Doch sie verspürte nicht den geringsten Hunger. Aber irgendwo hatte sie einmal gelesen, dass es in Krankenhäusern ungern gesehen wurde, wenn die Patienten nichts aßen. Also bedankte sie sich und nutzte gleich die Chance zu fragen, was die Riemen am Bett zu bedeuten hätten.

»Oh, das war nur eine Vorsichtsmaßnahme, falls Sie hier Theater machen sollten. Bei Ihnen scheinen sie unnötig zu sein. Aber wir haben auch andere Patienten. Ich sage Bescheid, dann wird man die Fesseln wieder entfernen.«

Lina hörte noch, wie die Krankenschwester von außen die Tür wieder abschloss. Ihre Schritte hallten auf dem Gang.

So, so, Fesseln waren das, falls sie Theater machte. Das konnte nur

110

bedeuten, dass auch andere Patienten unfreiwillig hierhergebracht wurden. Wie lange sie hier wohl würde bleiben müssen?

Lina widmete sich ihrem Essen. Zum Glück schmeckte es nicht schlecht. Nur die Portion war viel zu groß, so viel Hunger hatte ihr Körper gar nicht entwickeln können, schließlich hatte sie im Flugzeug schon gegessen.

27

18. Januar 2015

Das Frühstück ist bereit zur Austeilung. Bitte kommen Sie, soweit Sie dies können, in die Südhalle, ertönte es aus dem Lautsprecher an der Decke.

Mann, war Lina froh, dass sie so viel Japanisch verstand. Nicht auszudenken, wenn ihr der Sinn dieser Durchsage unklar geblieben wäre. Das hätte sicher Angstzustände ausgelöst. So blieb sie im Bett, und kurz darauf hörte sie, wie der Schlüssel im Schloss gedreht wurde, das Frühstück. Auf dem Tablett lag ein Zettel mit ihrem Namen und dem aktuellen Datum. Zudem stand darauf, dass dies das Frühstück sei.

Wenigstens kommt so das Zeitgefühl nicht durcheinander. Darüber war Lina sehr froh. Im nächsten Moment entdeckte sie eine kleine Uhr hinter einer Glasscheibe. Die hatte sie bislang nicht wahrgenommen. Ob die zuvor möglicherweise noch nicht dort platziert gewesen war?

Kaum war das Frühstück abgeräumt, hörte Lina erneut, wie der Schlüssel im Schloss gedreht wurde.

»Guten Tag, Mizuka. Ich bin der behandelnde Arzt. Sie werden ab heute therapiert. Abends um 20 Uhr erhalten Sie Ihre Medikamente, Lina-*san*.«

Wie kommt der dazu, mich mit Vornamen anzusprechen? Lina war empört.

»Könnten Sie mich bitte mit meinem Nachnamen anreden?«, wies sie den Arzt vorsichtshalber darauf hin, dass sie Gleichbehandlung mit den japanischen Patienten wünschte.

Der Arzt sagte zunächst nichts. Doch bei der nächsten Visite am folgenden Tag sprach er sie wie gewünscht mit ihrem Nachnamen an.

Lina bekam nun Psychopharmaka, jeden Abend 10 Milliliter. Die machten angeblich müde. Aber davon spürte sie nicht das Geringste. Sie konnte nur sehr schlecht einschlafen. Ihr Aufgewühlt-Sein wollte sich einfach nicht legen.

28

25. Januar bis 24. Februar 2015

Es klopfte, dann sah sie Kazuhiro, der durch das Fenster in der Tür hereinschaute. Er besuchte sie so gut wie jeden Tag. Dabei sprachen sie über vieles, nicht jedoch über ihre angebliche Krankheit. Und jeden Tag brachte ihr Mann ihr Süßigkeiten und Getränke mit, von denen er wusste, dass sie sie gern mochte.

Dennoch zogen sich die Tage endlos in die Länge. Ab und zu gab es eine Bastel- oder eine Kalligraphiestunde, wo die Patienten aufgefordert waren, japanische Schriftzeichen so auf ein Blatt Papier zu bringen, wie sie es jeweils gerade für schön hielten. Eine Anweisung zum Schönschreiben gab es nicht. Und natürlich kam täglich ein Ärzteteam vorbei, fragte sie, wie es ihr gehe, und das war es dann auch schon. Die meisten Patienten wirkten eigentlich ganz normal, fand Lina. Manche lallten beim Sprechen, weil sie Medikamente in hoher Dosis einnehmen mussten, wie Lina mit der Zeit erfuhr.

Mittlerweile war Lina ein anderes Einzelzimmer mit freiem Zugang zum Flur zugewiesen worden. Dort spielte sich das Krankenhausleben hauptsächlich ab. Zwei Stunden am Tag durfte auch sie auf den Flur

112

hinaus. Seitdem wusste sie, dass sie vollkommen von der Außenwelt abgeschnitten war. Die Türen, die vom Flur zu den anderen Gebäudeteilen führten, waren doppelt und durchweg verschlossen. Den Rest der Zeit verbrachte sie in ihrem Zimmer, das hinter ihr verschlossen wurde.

Auch wenn Lina Kazuhiro seine Entscheidung, sie hier einsperren zu lassen, sehr übelnahm, wunderte sie sich über sich selbst, dass sie nicht an Scheidung dachte. Vielleicht lag es daran, dass sie sich bislang bis auf die durch die Stimme verursachten Probleme sehr gut verstanden hatten. Doch Lina litt sehr darunter, mit Kazuhiro nicht offen über ihre Erlebnisse auf dem Flug sprechen zu können. Denn er würde das alles als krankhafte Äußerungen deuten. Und auch die Flughafenpolizei hatte ihm offenbar keine Einzelheiten genannt, ihr übrigens ebenso wenig. Kein Wort darüber, warum sie mitkommen musste.

Lina begriff, dass sie zwar die Patientin war, die Ärzte sich jedoch hauptsächlich mit ihrem Mann über ihren Krankheitsverlauf austauschten, als sei sie selbst entmündigt. Doch das sei nicht der Fall, wie ihr Kazuhiro nachdrücklich versicherte.

In den ersten Tagen benötigte sie hier noch keine Wäsche, da sie die Krankenhauskleidung trug, eine Hose mit einem Oberteil, das man übereinanderschlug und mittels Bändchen mit einer Schleife befestigte. Einhundert Yen pro Tag wurde den Patienten dafür in Rechnung gestellt.

»Steht dir gut, die Krankenhauskleidung«, so nahm die Stimme wiederholt Kontakt auf.

Lina ignorierte sie und versuchte wieder einmal, nicht zu denken.

»Geh möglichst viel unter die anderen Patienten. Du verhältst dich hier zu schüchtern«, stellte die Stimme im Befehlston fest.

Lina fuhr fort, diese Eingebungen zu ignorieren. Doch plötzlich ging sie auf die Tür zu. Inzwischen durfte sie frei aus ihrem Zimmer ein- und ausgehen, bis zu der verschlossenen Flurtür. Offenbar wusste das die Stimme.

»Püppilein, du hast immer noch nicht begriffen, dass ich alles von dir weiß, dass ich stets und ständig bei dir bin, egal, wo du dich aufhältst.«

»Du wolltest dich zurückziehen«, dachte Lina unwillkürlich und erschrak im nächsten Moment, als ihr klar wurde, dass sie dabei war, sich auf ein Gespräch mit der Stimme einzulassen. Das durfte sie auf gar keinen Fall. Denn das wäre der Anfang vom Ende, der Anfang verrückt zu werden, dachte Lina. Ob das wohl das Ziel der Stimme war? Was bezweckte sie eigentlich? Lina begann zu grübeln, doch alles wollte keinen Sinn ergeben, solange sie nicht wusste, mit wem sie es zu tun hatte.

Lina beschloss, mit niemandem über diese Stimme zu sprechen und zu allen Mitpatienten und dem Personal freundlich zu sein. Vielleicht führte das zu ihrer baldigen Entlassung. Sie hoffte es inständig. Tatsächlich meldete sich die Stimme mehrere Wochen nicht mehr. Außer den Besuchen von Kazuhiro einer der wenigen Lichtblicke in dieser Zeit.

29

25. Februar 2015

Die Tür öffnete sich, und Mizuka-*sensei*, der Arzt Herr Mizuka, trat ein. Lina hatte schnell herausgefunden, dass der Doktortitel, der auf ihrem Einweisungsformular hinter seinem Namen stand, keineswegs ein akademischer Titel war. Er wurde, so eine Krankenschwester, nur verwendet, damit klar war, dass es sich um einen Arzt handelte und nicht etwa um einen Pfleger oder Betreuer. So war das eben, auch dieser akademische Titel war nur ein Importobjekt, eines, dem man auf diese Weise den Stempel *japanisiert* aufdrückte.

»So allmählich können wir über eine Entlassung nachdenken«, begann Mizuka-*sensei* das Gespräch. Dann begann er den Zeitplan zu erläutern, in etwa zwei Wochen stellte er sich vor, werde es so weit sein. Zuvor sollte Lina über Nacht ab und zu nach Hause dürfen.

Endlich! Ihr Krankenhausleben sollte ein Ende haben. Lina konnte sich kaum halten vor Freude, auch wenn ein konkreter Termin noch nicht vereinbart worden war. Was Kazuhiro wohl dazu sagen würde? Als er am Nachmittag kam, sprudelte es nur so aus Lina heraus.

»Mizuka-*sensei* hat gesagt, er denke über meine Entlassung nach! Ist das nicht super?«

Kazuhiro schaute seine Frau mit undefinierbarer Miene an. Schließlich meinte er,

»Das ist noch zu früh. Du kannst noch gar nicht wieder gesund sein.«

Lina verschlug es wieder einmal die Sprache. Sie hatte sich dermaßen gefreut, und kaum tat sie ihrem Mann gegenüber den Mund auf, da gab es schon die erste Abreibung.

»Ja, so ist das, meine Püppi. Halte dich lieber an mich, nicht an deinen Mann«, meldete sich die Stimme wieder.

»Schnauze!«, raunzte Lina im Geiste.

Moment. Was war das? Sie hatte jetzt einen uniformierten japanischen Polizisten vor ihrem inneren Auge.

»Frau Kobara, wir sind bei Ihnen, wir haben eine Sondergenehmigung und dürfen Sie so überwachen. Bitte haben Sie keine Angst«, richtete dieser das Wort an sie.

Lina schaute auf ihre Arme. Die Gänsehaut war echt.

Die japanische Polizei hatte sich bei ihr gemeldet? Sollte, konnte sie das glauben? Andererseits war die ursprüngliche Stimme jetzt verstummt. Und zwar schlagartig, als die Polizeistimme in Erscheinung trat.

»Wenn du mir nichts weiter zu sagen hast, kann ich ja wieder gehen.« Kazuhiro war ungehalten, dass seine Frau nicht mehr mit ihm sprach, weil er ihren Jubel nicht teilte. Woher hätte er auch wissen sollen, dass sie gerade an äußerst vielen Fronten kommuniziert hatte, jedoch nicht mit ihm?

»Entschuldige, das war nicht so gemeint. Vielen Dank auch für die leckeren Sachen. Die esse ich dann später.«

Als Lina wieder allein war, dachte sie lange über die Stimmen nach. Vielleicht wusste die japanische Polizei ja von ihrem Geheimnis und hatte als Gegenmaßnahme eine Kontrolle ihrer Person angeordnet, und zwar eine umfassende. Wenn das zur Ermittlung des Täters oder der Täter beitragen sollte, soll es mir recht sein, dachte sie noch, dann legte sie sich auf das Bett und schlief am helllichten Tag fest ein.

30

Immer noch 25. Februar 2015

In Deutschland hatte Strahlser jetzt ein Problem. Wie konnte er, wenn das wahr war, was er gerade erlebt hatte, seine Püppi weiter sein Eigen nennen, wenn die mit der Polizei kooperierte? Denn nach allem, was er von ihr wusste, würde sie das sicher tun. Warum gerade jetzt, wo er ihr eine Schussvorrichtung eingebaut hatte? Für das menschliche Auge unsichtbare Partikel, die Püppi in seinem Auftrag auf andere Menschen abschießen konnte. Durch seine Kommandos würde Püppi Ahnungslose ihm zugänglich machen. Sie hatte das Potenzial, dreitausend Mal in dieser Form andere zu infizieren. Diese Opfer könnte er fortan mit seinen Geräten genauso steuern wie Lina. Und er, Strahlser, war seinem Ziel, der sozialen Ausgrenzung von Lina, einen Schritt nähergekommen. Eine infizierte Person, die mit Lina Kobara sprach oder anders sich in ihrer unmittelbaren Nähe aufhielt, würde schreckliche körperliche Schmerzen erleben. Das würde so lange der Fall sein, bis

116

sie begriff, dass es besser sei, sich von Lina fernzuhalten. Über diesen Erfolg hätte er laut jauchzen mögen. Und nun das. In diesem Moment war Strahlser todunglücklich. Anstelle eines Triumphs, an dem er lange gearbeitet hatte, musste er plötzlich fürchten, Lina werde mit der japanischen Polizei so weit kooperieren, dass er fortan nur noch Püppi verstand, wenn sie dachte, aber nicht, wenn sie im Geiste Selbstgespräche führte. Und zudem konnte er nun nicht länger ausschließen, dass die Spuren doch zu ihm zurückverfolgt werden konnten. Panik ergriff ihn. So musste sich Püppi ständig fühlen, überlegte er. Ein für ihn vollkommen ungewohntes Gefühl zeigte sich in Andeutungen, und er empfand eine Spur von Mitleid für die von ihm Gepeinigte. Sofort unterdrückte er diesen Gedanken wieder. Mitleid mit Püppi würde ihm seine Arbeit unmöglich machen. Doch unbedingt musste er sich vorerst zurückziehen und auf Einflussnahme mithilfe der Stimme verzichten. Nun gut, er begriff es als Glück im Unglück, dass sein Rückzug relativ zeitgleich mit Püppis Entlassung stattfand. Die letzten Wochen hatte er sie ja bereits in Ruhe gelassen. Vielleicht glaubte Püppi dann ja, sie sei wirklich verrückt. Da sie auch noch nach der Entlassung Medikamente nehmen müsste, konnte er getrost warten, bis sie das nächste Mal nach Deutschland flog. Länger als ein halbes Jahr ließ sie ihn bestimmt nicht warten. Dann würde er weitersehen.

31

2. März 2015

Der Tag von Linas Entlassung war gekommen. Endlich, endlich, endlich! Auch wenn das Essen gut war und das Personal freundlich – diese Erfahrung wollte Lina keinesfalls wiederholen. Ein zweites Mal durfte es nicht geben.

Da offenbar das Ziel vor allem lautete, sie für eine Weile von der

Allgemeinheit abzuschirmen, war Lina auch nicht verwundert darüber, dass der behandelnde Arzt sich kaum für sie interessiert hatte. Einmal pro Woche kam er, um sich nach ihrem Befinden zu erkundigen. Auf ihre Antwort »Mir geht es gut« wandte er sich auch schon wieder zum Gehen. Ein Gespräch mit einem Psychiater, wie es ihres Erachtens in Deutschland üblich war, kam nicht ein einziges Mal zustande.

Die Stimme, so rekapitulierte Lina, hatte, wie nach der Einweisung von ihr angekündigt, sie nicht mehr heimgesucht. Ob sie wohl nach der Entlassung wiederkäme? Lina hoffte inständig, dies möge nicht der Fall sein.

Um sich die Zeit zu vertreiben, in der sie eigentlich arbeiten wollte, aber nicht durfte, weil ihr Mann sie nicht arbeiten ließ, googelte sie ein wenig nach einem passenden Zeitvertreib und wurde direkt fündig. Nächstes Wochenende fand an der Tokyo Universität eine Fortbildung *Geburtshilfe, Gynäkologie und Andrologie* für Veterinäre statt. Sie suchte weiter und fand einen Kurs *Moxibustion*. Das wäre eine interessante Sache als Ergänzung zu ihren herkömmlichen Behandlungsmethoden. Sie schaute, wer den Vortrag hielt und besuchte dann dessen Homepage, um seine Telefonnummer zu notieren.

Dann ließ sie diese Eindrücke erst einmal auf sich einwirken und ging einkaufen.

Wieder zurück zu Hause war es genau die richtige Uhrzeit, um den Kollegen anzurufen.

»Sie interessieren sich für Moxa-Behandlung bei Tieren? Da kann ich Ihnen natürlich weiterhelfen. Aber Sie können auch gerne erst einmal bei mir in der Praxis eine Woche hospitieren, um zu entscheiden, ob Sie das wirklich machen möchten. Die Ausbildung ist nämlich sehr zeitaufwändig.«

Gern nahm Lina das freundliche Angebot an. Schon am nächsten Tag durfte sie kommen.

32

3. März 2015

Bereits nach dem ersten Tag ihrer Moxa-Hospitation wusste Lina, dass sie sich hier weiterbilden wollte. Ihr Herz war sozusagen für Moxibustion entflammt. Zwar teilte Kazuhiro ihre Begeisterung nicht. Aber er wusste auch seit Jahr und Tag, dass Zu-Hause-Hocken keinesfalls zu den Lebenszielen seiner Frau zählte.

Der Kollege war so freundlich, ihr die Institution zu nennen, bei der er selbst sich weitergebildet hatte. Und laut seiner Aussage hatte er seither mit Moxa zum Beispiel bei Hautleiden grandiose Erfolge erzielt und ebenso bei vergrößerter Prostata. Die würde sich durch Moxibustion wieder verkleinern, sodass eine Operation nicht mehr notwendig wäre. Auch gutartige Knoten tendierten dazu zu schrumpfen, wenn man sie regelmäßig über einen längeren Zeitraum mit Moxa behandelte. Lina jubelte innerlich. Gegen die Meinung eines erfahrenen Kollegen redete ihr Mann so schnell nicht an, soweit kannte Lina Kazuhiro. Und der Veterinär, bei dem sie hospitierte, arbeitete schon fast zwanzig Jahre mit Moxa.

33

4. März 2015

Auch heute ging Lina wieder hospitieren. Es machte ihr großen Spaß, denn sie durfte unter Anleitung die Metallstäbchen mit dem Moxakraut halten. Anders als bei der direkten Moxa-Behandlung, die man bei Menschen zumeist anwandte, bei der das Moxakraut direkt auf der Haut abgebrannt wurde, war diese indirekte Moxa-Behandlung auch für Unerfahrene leicht anwendbar.

Am Ende des Tages empfahl ihr der Kollege noch, sie solle sich wegen der Aufnahmetests möglichst bald bei der Schule anmelden und den Termin auf keinen Fall verpassen. Auch erklärte er ihr, dass das Schütteln der Hand über der Haut, wie er es praktiziere, um die mit Moxa zu behandelnde Stelle zu finden, nicht in der Schule gelehrt würde. Deshalb sollte sie das bei Interesse bei sich zu Hause einüben. Am besten mit einem heißen Wasserglas. Vier bis fünf Gläser mit Wasser füllen, einige mit heißem Wasser, die übrigen mit kaltem. Dann die Gläser gut umwickeln, sodass bei Berühren kein Temperaturunterschied mehr zu spüren sei. Wenn sie die Hand leicht über die Gläser halte, werde sie mit der Zeit ein Gespür dafür entwickeln, in welchem Glas sich heißes und in welchem sich kaltes Wasser befinde. Mit dieser Sensibilität könnte sie dann die Körpertemperatur ihrer Patienten besser erspüren, und die erhöhte Temperatur verrate ihr stets, wo im Körper sich eine zu behandelnde Stelle befinde.

Lina staunte nicht wenig. Aber ihr leuchtete ein, dass der Körper kranke Stellen durch erhöhte Temperatur zu heilen versuchte. Das war medizinisches Allgemeinwissen. Und sie hatte Zeit genug, um zu üben, denn der Kurs sollte erst im April beginnen. Zeit genug, sich auf die Aufnahmeprüfung vorzubereiten. Sie hatte jetzt genug Tipps erhalten. Und ihre Veterinärausbildung kam ihr hierbei auch zugute. Die einzelnen Knochen wusste sie zu benennen und ebenso die Krankheitsnamen, die Funktion der inneren Organe wie auch vieles mehr.

34

10. März 2015

Heute war der letzte Tag ihrer Hospitation. Lina freute sich, denn dieses Zusatzwissen würde auch ihren Schwiegervater wieder stärker von der Notwendigkeit ihrer Mitarbeit in der Praxis überzeugen. Wenn sie die Prüfungen bestanden hätte, so seine Andeutungen, stehe ihrer regelmäßigen Mitarbeit nichts im Wege.

Auch an ihrem letzten Tag durfte Lina wieder einen Hund mit Moxa beglücken. Beglücken deshalb, weil fast alle Tiere mit Sympathie auf Moxa reagierten.

»Hallo Püppi, hier sind wir beiden die einzigen, die von uns wissen.«

Lina nahm alle Kraft zusammen und konzentrierte sich auf ihre Arbeit. Sie schaute den Hund gütig an und strich mit den Moxa-Stäbchen über die Schwanzwurzel, hin und her und wieder zurück. Plötzlich jaulte der Hund auf.

»Das war vermutlich zu heiß«, lautete der Kommentar ihres Mentors.

»Das tut mir leid.«

»Ist schon gut. Wir haben Glück, dieser Besitzer hat immer auch seinen anderen Hund dabei, den lässt er im Auto. Er selbst bleibt während der Behandlung selten hier dabei, weil er Angst hat, das zweite Tier könne im Auto irgendwelchen Blödsinn anstellen. Da ist eine kleine Panne nicht ganz so arg.«

Lina spürte diese Maßregelung. Wäre der Eigentümer dabei gewesen, hätte es ein schlechtes Licht auf die Praxis geworfen. Zum Glück war heute ihr letzter Tag. Sie nahm gerade noch wahr, dass der Kollege nach den Moxastäbchen greifen wollte, die sie noch in der Hand hielt, dann aber zurückzuckte, gerade so, als verspüre er Schmerzen.

»Püppi, du hast gar nichts falsch gemacht«, dröhnte es plötzlich in ihrem Kopf.

»Das Aufjaulen habe ich bewirkt. Ich wollte dir damit zeigen, dass ich über alles bestimme, was du tust, egal, wo und bei wem du bist. Ich freue mich schon auf deine Fortbildung. Schließlich habe auch ich noch nicht ausgelernt. Und zudem solltest du dir darüber im Klaren sein, dass du eine Gefahr für die Menschheit darstellst. Die Schmerzen, die dein Gegenüber gerade verspürt hatte, das war auch ich.«

Lina wurde schlecht. Dass Derartiges möglich war. Sie hatte die Stimme doch schon abgeschrieben. Zum Glück spüren Tiere sehr wohl, ob ein Mensch ihnen gezielt Schmerzen zufügt, und so beließ auch dieser Pudel es bei einem einmaligen Aufjaulen. Dann war er wieder ruhig und entspannte sich.

35

30. Juni 2016

Lina war überglücklich. Sie hatte die Zwischenprüfung mit Bravour bestanden. Zwar hatte die Stimme immer wieder versucht, Lina zum Aufgeben zu bewegen, doch letztendlich hatte sie ihr Opfer weiterlernen lassen. Und Zwischenfälle wie im Flugzeug hatte es nicht mehr gegeben.

Mit dem Zertifikat in der Hand ging Lina nicht nach Hause, sondern in die Praxis. Kazuhiro und ihr Schwiegervater waren überrascht, denn Lina hatte vorher nichts von dem wichtigen Termin verlauten lassen. Natürlich freuten sich beide mit ihr. Mit dem Zertifikat durfte Lina schon bestimmte Krankheiten behandeln, aber natürlich nur bei Tieren. Fortan ging sie regelmäßig zweimal pro Woche in die Praxis, fragte gar nicht erst, ob das Kazuhiro und ihrem Schwiegervater recht sei. Letzterer zog sich schon in der zweiten Woche etwas zurück. Lina merkte, dass das Kazuhiro nicht besonders behagte. Doch zunächst schwieg er über diese so plötzliche wie unvorhergesehene Veränderung.

In einem Jahr würde Lina die Ausbildung zur Moxa-Tiertherapeutin abgeschlossen haben, dann würde sie wieder jeden Tag in die Praxis gehen, hatte sie sich vorgenommen.

Doch kaum hatte sie den Gedanken formuliert, da meldete sich auch schon die Stimme.

»Noch ist nicht das letzte Wort gesprochen. Dein Kazuhiro will nicht, dass du in der Praxis bist, das weißt du ganz genau. Und auch ich werde ein Mittel finden, um dir diesen Zahn zu ziehen.«

Lina erschrak, weil sie das Problem mit der Stimme bereits überwunden glaubte. Doch war ihr Peiniger offenbar noch immer gegenwärtig. Lina, der Mensch, war seine Marionette. Dieses Problem war weiterhin ungelöst. *XY ungelöst*. Vielleicht sollte sie sich bei dem Fernsehsender einmal melden. Unlängst hatte sie einen Artikel in einer ausländischen Zeitung gelesen, der davon berichtete, dass in Italien eine Geistheilerin für Furore sorgte. Sie half Menschen, die Stimmen hörten, indem sie diese verjagte oder anderweitig vertrieb. Vielleicht konnte diese Frau sie ja auch von ihrer Stimme erlösen und vielleicht sogar sagen, woher diese Stimme kam. Wie ein Ertrinkender, der nach dem berühmten Strohhalm greift, wandte Lina sich an die Redaktion, um die Kontaktdaten der Heilerin zu erfahren. Dann googelte sie. Bei ihrem nächsten Deutschlandaufenthalt ein Abstecher nach Italien? Das konnte sie sich gut vorstellen, und das würde sie auch Kazuhiro problemlos vermitteln können. Ihre Absicht jedoch, eine Geistheilerin zu konsultieren, verschwieg sie ihm lieber. Ein solches Ansinnen würde er garantiert als verrückt ablehnen. Aber noch waren diese Pläne ohnehin Zukunftsmusik, denn vor Ende der Ausbildung konnte sie keine Reise planen. Sie musste drei Tage pro Woche die Schule besuchen. Und Ferien gab es in dem Kurs nicht.

Beruhigt über diese Andeutung einer Lösung strich Lina in Gedanken weiter mit dem Moxagerät über die entzündete Hautstelle bei ihrem Patienten, einem Hamster.

123

36

10. März 2017

Seit sie Moxibustion anboten, schickten die Kollegen aus der näheren Umgebung die Kundschaft mit ihren Patienten bei unlösbaren Problemen gerne zu ihnen in die Praxis, zu Lina. Heute war ein betagtes Meerschweinchen mit Magenproblemen an der Reihe, bei dem eine Operation zum sicheren Tod führen würde.

Lina konnte nicht sagen, warum, aber aus irgendeinem Grund dachte sie an den Tag, an dem die Stimme sie letztmalig heimgesucht hatte. Das war, als sie den Hamster von Marumiyas therapiert hatte. Seither war sie verschont geblieben. Hatte die Polizei den Täter gefasst? Wenn die Polizeistimme, die sich damals in der Klinik eingeschaltet hatte, echt gewesen sein sollte, könnte das sehr wohl der Fall sein. Auch hatten die Menschen aufgehört, ihre Geräte auf sie, Lina, zu richten. Was es damit auch auf sich gehabt haben mochte, das Problem schien gelöst zu sein. Vermutlich zeigten auch deshalb Kazuhiro und ihr Schwiegervater keine Widerstände, dass sie wieder in der Praxis arbeitete, wenn auch nur für zwei Tage in der Woche. In drei Monaten sollte die Abschlussprüfung sein. Davor hatte sie einige Angst, nicht vor dem Test selbst, sondern davor, dass ihr Japanisch nicht ausreichen könnte. Bei der Zwischenprüfung durfte sie ein elektronisches Wörterbuch benutzen. Würde ihr das auch diesmal erlaubt werden?

Lina ahnte nicht, dass Strahlser in der Zeit dieser Stille keineswegs untätig geblieben war. Sämtlichen Mitmenschen, die Lina berührte, hatte sie einen Chip in Nanometergröße unter der Haut implantiert. Und die ersten Opfer erkannten bereits, dass ihnen Schmerzen entstanden, sobald sie Lina Kobara begegneten. Auch Kazuhiro und ihr Schwiegervater hatten das erkannt. Der Ehemann hatte das bereits

124

gemeldet. Doch hatte das nichts an seiner buchstäblich schmerzlichen Situation geändert.

Sechs Uhr am Abend. Lina konnte heute pünktlich nach Hause gehen. Das Aufräumen in der Praxis überließ sie, seit sie wieder neu in der Praxis angefangen hatte, ihrem Ehemann.

»Hallo Püppi! Schön, dass du den Kurs so bravourös meisterst. Natürlich wird man dir ein elektronisches Wörterbuch für die Prüfung zugestehen. Dafür werde ich notfalls sorgen. Ich hatte mich jetzt länger zurückgezogen, weil ich mit dir lernen musste. Schließlich muss ich die Schwachstellen meines Püppchens kennen.«

Püppchen!, dachte Lina. Für den bin ich ein Spielzeug.

Kaum hatte sie diesen Gedanken ausgedacht, stach es ihr wieder in den Fuß. Ein unbeschreiblicher Schmerz durchzuckte sie.

»Siehst du, ich bin es wirklich«, meldete sich die Stimme erneut. »Und du denkst zu viel. Zu viel und zu schlecht über mich.«

Dann hörte Lina, wie Kazuhiro den Schlüssel im Schloss drehte. Sie wusste nicht, ob sie sich freuen oder in Panik geraten sollte. Gerade jetzt, wo die Stimme ihr wieder Probleme bereitete.

»Du hattest dich schon vor mir in Sicherheit geglaubt, stimmt's, Püppi? Aber so einfach wirst du mich nicht los. Einfach mit der Polizei kooperieren, so lasse ich mich nicht behandeln.«

»Gibt es heute keine *Miso*suppe?«

Kazuhiros Stimme klang überrascht und tadelnd zugleich. Jeden Abend gab es bei ihnen *Miso*suppe.

Nur heute hatte die Stimme Lina derart abgelenkt, dass sie daran nicht mehr gedacht hatte.

»Tut mir leid, die habe ich völlig vergessen.«

Schon sprang sie auf und lief zum Herd.

»Nein, ist schon gut, heute geht es einmal ohne.«

Lina ärgerte sich, weil sie sicher war, dass genau das das Ziel der

Stimme gewesen war, Spannungen zwischen ihr und ihrem Mann zu verursachen.

Aber warte nur, wenn ich nach Italien komme …

»Oho, meine Püppi ist eine Kämpfernatur. Das höre ich gerne. Das gibt mir erst den richtigen Kick.«

»Lina, was ist los? Du schaust so giftig.«

»Tut mir leid. Ich bin in Gedanken gewesen. Habe an die bevorstehende Prüfung gedacht.«

»Ach so. Diesmal solltest du entspannter sein als das letzte Mal, als du den Termin vor uns verheimlicht hast. Ich bin sicher, dass du das erfolgreich abschließen wirst. Die Praxis läuft, seit du Moxa anbietest, besser denn je.«

»Danke. Das ist lieb, dass du das sagst.«

»Ehre, wem Ehre gebührt«, sagte Kazuhiro. Er liebte deutsche Redensarten und Sprichwörter. Auch deshalb sprach er zu Hause so gerne Deutsch. Das hatte er Lina einmal gestanden.

Wie gewöhnlich ging Kazuhiro auch heute zuerst ins Bad und dann sofort zu Bett. Lina war erleichtert, denn das bedeutete Normalität. Doch sie hatte sich zu früh gefreut. Kaum war sie fertig mit dem Duschen, wies die Stimme sie an, nicht den Schlafanzug anzuziehen, da sie gleich in den Garten gehen müsse. Lina war wie gelähmt. Doch vorsichtshalber tat sie, wie ihr geheißen. Oder war es gar nicht sie, die diese Entscheidung traf? Kaum hatte sie sich im Wohnzimmer auf dem Sofa niedergelassen, da ließ die Stimme sie auffahren und hieß sie, leise hochzugehen, um nachzusehen, ob Kazuhiro schon fest schlafe. Das war der Fall, und Lina musste wieder die Treppe hinabsteigen, Straßenschuhe anziehen und hinausgehen. Von außen schloss sie die Haustür ab.

Was soll das?, durchfuhr es Lina.

»Vielleicht solltest du direkt mit mir sprechen. Ich bin schließlich kein Unmensch. Lauf einfach mal die Straße hinunter.«

126

Obwohl keine weiteren Anweisungen folgten, spürte Lina, dass sie die Kontrolle über ihren Körper verloren hatte. Sie lief und lief und lief. Nun war sie schon am Bahnhof. Ja, der Bahnhof. Sie erinnerte sich an das erste Mal, als sie hier ausgestiegen und zu Kazuhiro gelaufen war. Lina hatte das Gefühl, jeder Fahrgast, der durch die Sperre hinaustrat, starre sie an. Sie hoffte, es möge kein Bekannter darunter sein. Und jeder, den sie anschaute, kratzte sich, wie ihr schnell klar wurde.

»Siehst du, auch das kann ich. Aber dafür brauche ich dich.«

Einhundertfünfundsiebzig Schuss hatte Strahlser Lina auf ihre Mitmenschen abschießen lassen. Das waren also einhundertfünfundsiebzig ahnungslose Menschen, die Strahlser fernsteuern konnte, wenn er das wollte, und die Schmerzen empfinden würden, wenn sie Lina Kobara das nächste Mal trafen. Weitere knapp dreitausend Geräte im Nanometerformat trug Lina in sich, ohne das zu ahnen. Winzige Steuerungsgeräte, von denen nur er, Strahlser, wusste. Nur das Wissen über die Auswirkungen würde er nach und nach mit Püppi teilen, hatte er sich vorgenommen.

Lina entfernte sich wieder vom Bahnhof, und die Stimme lenkte sie zurück nach Hause. Leise zog sie sich um und schlich nach oben. Gott sei Dank, Kazuhiro schlief immer noch tief und fest. Gar nicht auszudenken, wenn er das mitbekommen hätte und sie womöglich so kurz vor der Prüfung wieder in eine Anstalt steckte.

»Du verstehst mich besser, als ich dachte. Schlaf schön!«

Dann überkam Lina eine wohlige Wärme und sie spürte, dass sie eingeschläfert wurde.

37

Immer noch 10. März 2017

Strahlser konnte sein Glück kaum fassen. Die Steuerung und die Implantation von Chips in vielen weiteren Menschen hatten gleichermaßen reibungslos funktioniert. Nur wusste er noch nicht, ob er Lina bei der Prüfung scheitern lassen sollte. Diese rückte täglich näher, ohne dass er sich entscheiden konnte. Was wäre günstiger für ihn, Lina in der Praxis oder in einer psychiatrischen Anstalt? Zwischen dem Für und Wider hier abzuwägen, fiel ihm schwer. Schade, dass Freisig und Kraben schon zu Beginn gequatscht hatten. Nun konnte er mit niemandem mehr seine Freude direkt teilen. Sein Plan hatte einen teuflischen Zusatz erhalten. Nur als letzte Absicherung, wie er sich immer wieder sagte. Strahlser hatte ein Gerät entwickelt, mit dem er aus der Entfernung einen Menschen töten konnte. Dieser Todesstrahl durchdrang auch Mauern, denn er funktionierte ebenso mittels einer App. Die Bezeichnung *Todesstrahl* war eigentlich irreführend. Doch um derartigen Kleinkram kümmerte sich Strahlser nicht, denn schließlich war er der Alleinherrscher in seinem Spiel. Nur die Steuerung via Satellit wollte bisher noch nicht ganz reibungslos funktionieren. Und zu viel Herumprobieren sollte er unterlassen, damit nicht etwa die NASA ihm auf die Schliche kam. Und sein Ziel war zudem nicht der Massenmord, sondern die totale Marginalisierung von Lina Kobara. Und die flog regelmäßig nach Deutschland zurück, sodass er sie hier mit nur minimalem Risiko aus direkter Nähe mit weiteren Chips bestücken konnte. Jeder einzelne von Linas Deutschlandaufenthalten stärkte Strahlsers Selbstbewusstsein.

38

17. März 2017

Jede neu entwickelte Technik muss ausprobiert werden. Das war eine Binsenweisheit. Und auch Strahlser verspürte das dringende Bedürfnis, seinen Todesstrahl auszuprobieren. Am besten an Menschen, die noch nie etwas mit Lina Kobara oder Püppi zu tun gehabt hatten. Aber die Sache musste gut überlegt sein, denn der Tod dieser Personen musste natürlich aussehen.

Seit geraumer Zeit suchte Strahlser im Internet nach kleinen Betrieben, die er problemlos in wenigen Autostunden erreichen konnte. Ein Lackierbetrieb war ihm aufgefallen, der auch Auszubildende beschäftigte. Und Lacke konnten Gifte entwickeln, sodass die Todesursache nicht vorsätzlich herbeigeführt wirken, sondern den Eindruck eines schrecklichen Unfalls erwecken würde.

Am Donnerstag sollte es so weit sein. Zwei junge Männer arbeiteten in der Grube unter einem Fahrzeug. Wie günstig. Die Grube befand sich am Rande des Betriebes, sodass Strahlser, ohne gesehen zu werden, eine Weile das Gespräch der beiden mithören konnte. Nun wusste er, wie sie hießen, denn sie sprachen sich einmal mit Vornamen und einmal mit Nachnamen an. *Nessun dorma!* fuhr es ihm durch den Kopf. *Keiner darf schlafen!* Nein, nein. In seinem Fall war es genau umgekehrt wie in der Arie aus der Oper Turandot. Alle mussten eine Weile schlafen. Er wollte schließlich keine Zeugen haben. Vorsichtig ging er über das Werksgelände ins Büro. Dort war niemand. Noch besser. Doch plötzlich vernahm er Schritte auf der Treppe. Was tun? Schnell versteckte er sich hinter einem Schreibtisch. Kaum hatte der Chef den Raum betreten, da schoss Strahlser ihm einen Mini-Chip ins Augenlid. Damit steuerte er ihn so, dass er die Adressliste seiner Angestellten auf seinem Computer aufrief. Strahlser wusste, welche beiden Adressen er benötigte. Als die Liste auf dem Bildschirm angezeigt wurde, versetzte er den Chef in den Schlaf, notierte die Anschriften und verließ ungesehen den Hof. Beim Hinausgehen schoss er den beiden Azubis in der Grube planmäßig je einen Steuerungschip unter die Haut. Die Chips waren, wie stets, für das menschliche Auge unsichtbar in Nanometergröße und erlaubten ihm, den beiden jungen Männern jederzeit den Todesstoß zu versetzen, wenn er seine App aktivierte. Und niemand würde ihn mit ihrem Ableben in Verbindung bringen.

39

19. März 2017

Die Lokalzeitung brachte einen großen Artikel. Zwei junge Männer, Auszubildende in einem Autohof, waren am Morgen zuvor tot in ihren Wohnungen aufgefunden worden. Beide standen kurz vor ihrer Gesellenprüfung, und beide wurden vom Chef hochgelobt. Der Tod gab der Polizei Rätsel auf. Die Ermittler schlossen Tod durch Vergiftung nicht aus, da beide am Tag zuvor gemeinsam ein Auto umlackiert hatten.

»Sehr schön«, lobte Strahlser sich. Niemand würde ihm auf die Schliche kommen. Das war ihm ebenso wichtig wie der Funktionsnachweis. Selbst wenn ihn jemand in seinem Wagen gesehen haben sollte, er hatte gar nicht aussteigen müssen, aus dem Auto heraus hatte er einfach die App aktiviert und damit jeweils auf den zuvor eingepflanzten Chip gehalten, und im nächsten Moment hatten beide Lackierer ihr Leben ausgehaucht, erst der eine, dann der zweite. Zum Glück wohnten sie in derselben Nachbarschaft. Eigentlich hätte Strahlser sich nicht in die Nähe ihrer Wohnungen begeben müssen. Doch diesen besonderen Kick wollte er sich nicht entgehen lassen.
Dieser erneute Erfolg gab ihm die Gewissheit, Püppi könne die

130

nächste sein, sobald sie ernsthaft Probleme bereitete. Bis dahin war die Menschheit vor ihm sicher, beschloss der Mörder.

40

Immer noch 19. März 2017

Nachdem also die technische Realisierbarkeit seiner Vorhaben in Bezug auf Lina Kobara bestätigt war, widmete Strahlser sich wieder mehr seiner Frau. Doch die verstand das falsch und sprach in letzter Zeit immer häufiger davon, dass sie gerne wieder einen Hund hätte. Aber davon wollte Strahlser nichts wissen. Zudem meinte sie, sie seien noch jung genug, um eventuell ein Kind zu adoptieren. Diesen Einfall hingegen fand Strahlser gar nicht so übel. Denn ein Kind gäbe ihrer Ehe nach außen hin einen normaleren Anstrich, und nichts war ihm wichtiger, als diesen Eindruck von Normalität zu errichten. Zunehmend ängstigte Strahlser die Vorstellung, seine Mitmenschen könnten ihn für ungewöhnlich oder gar unnormal halten.

Und so erkundigten sie sich nach den Formalitäten für eine Adoption. Sie wollten lieber ein Kind aus dem Inland und möglichst noch in einem Alter, in dem es seine neuen Eltern problemlos akzeptierte. Die Adoptionsvermittlungsstelle war nicht weit von Gießen entfernt. Und auch da mehrere Gespräche mit Fachpsychologen vorgesehen waren, sagte ihnen diese räumliche Nähe zu. Ob sie beide belastbar wären, ob sie finanzielle Sorgen hätten, aus was für Familien sie kämen, ob sie schon einmal psychologische Hilfe in Anspruch genommen hätten, und so weiter und so fort. Und dann kam die alles entscheidende Frage, vor der Strahlser Angst hatte: Wie stellen Sie sich den Tagesablauf mit dem Kind vor? Weder Hannelore noch er wollten den gesamten Tag zu Hause verbringen. Sie könnten doch beide Halbzeit arbeiten, schlug die Dame von der Adoptionsvermittlung vor. Ja, das könne man überlegen, pflichteten ihr beide bei. Also dann, bis zum nächsten Mal. Ihre Gesprächspartnerin sagte noch, ein Kindermädchen werde im Fall einer Adoption nicht akzeptiert. Schließlich schilderte sie die letzte Voraussetzung. Da das Kindeswohl das oberste Anliegen sei, benötigte die Vermittlungsstelle auch ein polizeiliches Führungszeugnis von ihnen. Ein solches Dokument koste nicht viel und lasse sich per Internet anfordern.

Beides war nicht im Sinne des Erfinders, dachte Strahlser. Wenn er nur noch halbtags arbeiten gehen konnte und zu Hause ein Kleinkind oder gar ein Baby hätte, dann müsste er mit der Chipproduktion aufhören. Das heißt, allzu viel Zeit hatte er nicht mehr, um Püppi mit neuester Cyborg-Technologie auszurüsten. Wenn sie das nächste Mal wieder nach Deutschland reiste, müsste das die letzte Begegnung sein. Seine Technologie hatte er bis dahin also zu perfektionieren. Beim Gedanken an die Justiz wurde ihm etwas unwohl, auch wenn er sicher war, sein polizeiliches Führungszeugnis sei tadellos.

41

22. April 2017

Vor dem heutigen Termin bei der Adoptionsvermittlung hatten sie sich darauf geeinigt, dass beide Halbzeit arbeiten würden. Dieser Plan war ihnen auch von ihren Vorgesetzten in jeweils einem Dokument bestätigt worden. Also stand einer Adoption eigentlich nichts im Wege. Trotzdem waren beide aufgeregt und sie hofften, dass diese Nervosität nicht mit ihnen durchging.

Sie hatten Glück, die Dame von der Adoptionsvermittlung war überaus zufrieden, dass das Kind somit in einer modern denkenden Familie aufwachse. Die Bescheinigungen der Arbeitgeber kopierte sie für die Akten und gab ihnen die Originale zurück. Nun hieß es warten, bis ein Kind ihrer Wahl zur Adoption stand. Doch allzu eilig hatten es Strahlsers nicht, die Vorfreude war eine so schöne Freude, dass sie die gerne auskosten wollten. Im Lauf des nächsten Jahres würde sich sicherlich ein geeignetes Kind finden, hatte ihre Ansprechpartnerin ihnen Hoffnung gemacht. Also würden sie schon bald eine ganz normale Familie sein.

Strahlser fand, alles laufe wie am Schnürchen. Doch würde er nach der Adoption kaum mehr Zeit für Püppi haben. Er empfand den Zeitdruck und musste sich beherrschen, nicht sofort wieder ins Labor zu fahren.

42

30. Juni 2017

Sobald sie die Augen aufschlug, wurde sie von der Prüfungsangst übermannt. Doch war es auch ein schönes Gefühl, so fand Lina, selbst wenn sie innerlich zitterte wie Espenlaub. Sie war gut vorbereitet, und ein elektronisches Wörterbuch durfte sie auch benutzen, denn es war kein Japanischtest, hatte man ihr erklärt. Um kurz nach acht Uhr stieg sie schon in die Bahn, und um halb zehn betrat sie den Prüfungsraum. Die Prüfung sollte um zehn Uhr beginnen. Falls der Kandidat oder die Kandidatin das Examen nicht bestand, durfte die Person einmal diese Prozedur wiederholen. Das war beruhigend. Doch ein Scheitern heute, so gestand sich Lina, würde stark an ihrem Selbstwertgefühl kratzen.

Nach drei Stunden legte sie vollkommen erschöpft die metallenen Moxa-Stäbchen aus der Hand. Zuerst waren viele theoretische Testfragen zu beantworten und im zweiten Teil praktische Tests zu bewältigen. Mit ihr zusammen saßen noch etwa zwanzig weitere Prüflinge in dem großen Raum. Allzu viele Menschen interessierten sich offenbar nicht für diese spezielle Art der Moxibustion. Das war Lina nur recht, denn dann würde die Kundschaft aus einem größeren Einzugsgebiet ihre Praxis besuchen. Und sollte sich ihre Form des Heilens herumsprechen, dann reichte das womöglich für eine Selbständigkeit, sollte Kazuhiro wieder Theater machen. Mitnichten eine Wunschvorstellung von Lina, denn sie war sich im Klaren darüber, dass ein solcher Schritt auch auf ihrer Ehe lasten könnte, aber immerhin eine bedenkenswerte Alternative. Doch in alles mischte sich die Angst, die Stimme könne ihr auch in dem Fall die Patienten und deren Besitzer vergraulen.

Jetzt brauchte sie erst einmal ein Mittagessen. Nein, heute nicht das große gelbe M, ihr stand jetzt der Sinn nach einer Schale Reis mit rohem Fisch darauf. Am Bahnhof Shinjuku gab es bestimmt etwas Passendes.

Am frühen Nachmittag ging sie wieder zurück zum Prüfungsort, um das Ergebnis zu erfahren. An der Außentür hing eine Liste mit den Nummern der Teilnehmer, die bestanden hatten. Lina zog ihr Formular aus der Tasche und schaute dann die Liste durch. Wunderbar! Sie hatte bestanden. An der nächsten Tür konnten sich die Teilnehmer die Bescheinigung und den Glückwunsch abholen. Lina klopfte leise an und trat dann ein. Sie brauchte ihren Namen gar nicht zu nennen, sofort hielt man ihr die richtige Urkunde entgegen. Die einzige Ausländerin, da merkte man sich den Namen sofort.

Gegen fünf Uhr am Nachmittag, so ihr Plan, wollte sie wieder zu Hause sein. Doch irgendetwas in ihr hielt sie davon ab, in die Bahn zu steigen. Diesmal meldete Strahlser sich nicht mit der Stimme, sondern er lenkte Lina einfach so, wie es ihm gefiel. Er war gespannt, wann Lina das erkannte und wie sie dann reagierte.

Er ließ sie durch das Bahnhofsviertel von Shinjuku laufen, an der Marunouchi-Bahnlinie vorbei zur Ōedo-Linie, von dort an der Keiō-Linie vorbei bis zur JR-Linie. Dann ließ er los.

Wo bin ich denn hier gelandet?, fragte Lina sich plötzlich. Und es ist

134

auch schon so spät. Ich wollte längst zu Hause sein. Sie musste herzhaft gähnen. Gähnend ging sie weiter bis zu ihrer Bahnlinie, dort stellte sie sich in die Reihe und wartete auf den Zug. Natürlich kam der pünktlich. Lina stieg ein und hatte Glück, sie konnte sich sofort auf einem freien Sitz niederlassen. Doch sobald sie saß, schlief sie ein. Dann vernahm sie wie aus weiter Ferne den Namen ihrer Station. Benommen schlug sie die Augen auf, und im nächsten Moment war sie mit einem Satz auf dem Bahnsteig. Fast hätte sie die Station verpasst, und sie war ohnehin schon so spät dran. Was sollte sie Kazuhiro erzählen? Der war bestimmt schon zu Hause. Ja, was sollte sie erzählen? Was hatte sie eigentlich den ganzen Nachmittag gemacht? Sie war in Shinjuku herumgelaufen. Ja, das war die Wahrheit. Gut. Wer in Shinjuku einen Stadtbummel machte, der durfte schon einmal zu spät nach Hause kommen. Welch Glück, dass die Prüfung nicht in Hintertupfingen stattgefunden hatte.

Zu Hause war die Freude groß. Heute Abend aßen sie zur Feier des Tages bei den Schwiegereltern. Es gab *Unagi*, japanischen Aal – eines von Linas Lieblingsgerichten. Dieser ausgenommene und aufgeschnittene Aal, der nach dem Grillen mit einer süßlichen Soße bestrichen wurde, war nur leider so teuer, dass sie sich diese Köstlichkeit nicht häufiger gönnten. Doch heute war ein Feiertag in der Familie. Lina freute sich riesig über diese Anerkennung.

43

5. Juli 2017

Nach dem Prüfungserfolg wollte Lina möglichst bald nach Deutschland fliegen. Wegen ihrer geplanten Italienreise sollten es insgesamt drei Wochen sein. Kazuhiro und ihr Schwiegervater waren einverstanden.

Heute nun saß Lina im Flugzeug nach Rom. Es traf sich gut, dass Alitalia in der unteren Preisklasse Tickets im Angebot hatte und auch noch einen freien Platz, vermutlich eine Stornierung. Von der Ewigen Stadt ging es dann nach Catania weiter. Mit der Geistheilerin hatte Lina bereits einen Termin vereinbart. Sie würden Englisch miteinander sprechen. Dass die Geistheilerin gut Englisch sprach, hatte Lina beruhigt.

Lina dachte an ihren letzten Flug, und damit an die Stimme, die sie innerlich auch jetzt noch verfluchte. Aua! Genau jetzt kehrte der stechende Schmerz in ihren Fuß zurück. Strahlser war wieder aktiv und gönnte sich und Lina während des Flugs keine Pause. Lina hatte rechtzeitig geplant, auch für den Fall, dass sie die Prüfung nicht bestehen sollte, wollte sie nach Europa fliegen. Nur den genauen Flugtermin hatte sie noch offen gelassen. Den Termin mit der Geistheilerin hatte sie jedoch vorsorglich schon festgemacht. Damit war es für Strahlser leicht, Hannelore zum letzten Urlaub zu zweit in Catania zu überreden. Dort würde er Lina auflauern und ihr einen Chip einschießen, die letzte direkte Begegnung, wie er sich vornahm. Der Chip war so eingestellt, dass sein Opfer bei negativen Gedanken bestimmte Schmerzen verspürte. Zunächst betraf das negative Gedanken über ihn und nach fünfzig derartigen Ereignissen waren dann generelle negative Gedanken betroffen. Die Geistheilerin bereitete ihm etwas Kopfzerbrechen, weil er sich an diese Frau nicht heranwagte, solange er nicht mehr über sie wusste. Aber er würde ja über Lina dem Hokuspokus beiwohnen, wie er sonst auch jede Bewegung und alles, was Lina sprach oder dachte, mitverfolgen konnte. Dann konnte er seinen Plan immer noch ändern und der Geistheilerin einen Chip implantieren. Doch Vorsicht ist die Mutter der Porzellankiste. Und in einer solchen saß er, insbesondere, da er den Urlaub in Catania mit seiner Frau verbringen musste. Und die durfte genauso wenig stutzig werden wie die Geistheilerin. Sollte letztere indes wirklich etwas bei Püppi bewirken, müsste er sie neu präparieren. Aber auch für den Fall hatte er vorgesorgt. Auf jeden Fall musste er, sobald Püppi sich näherte, unter einem Vorwand in ihre Nähe kommen. Doch da würde ihm schon etwas einfallen.

44

6. Juli 2017

Für den Aufenthalt in Catania hatte Lina entgegen ihrer sonstigen Gewohnheit schon von Japan aus ein Zimmer gebucht. Sie wollte keine Zeit mit der Hotelsuche verlieren. Gestern hatte sie sich noch einen Plan von der Ortschaft besorgt, sodass sie problemlos das Domizil der Geistheilerin fand.

An dieses Grundstück grenzte auf der Straße eine Eisdiele, deren Bestuhlung draußen bis fast an das Tor heranreichte. Nur ein kleiner Durchgang lag dazwischen. Bis hierhin konnten sich die Gäste der Eisdiele niederlassen. Viele Menschen genossen den herrlichen Tag dort im Sonnenschein.

Das Anwesen selbst war recht groß, und die Mauern mit Efeu bewachsen, einige Ranken reichten bis ans Dach. Und der Zugang zur Eingangstür am Haus, etwa fünf Meter hinter dem Durchgang, war mit etwa zwei Meter hohen Rosenstöcken dicht gesäumt, der Eingang selbst mit einem Glyzinienbogen bestückt. Alles sah sehr gepflegt aus und sorgte für den nötigen Respekt beim Betreten.

Unter der Geistheilerin hatte Lina sich eine ältere Dame in einem schwarzen Kleid vor einer Kugel sitzend vorgestellt. Sie hatte sich getäuscht. Eine modern gekleidete Frau, Lina schätzte sie auf Mitte dreißig, empfing sie und stellte sich als Signora Domino vor. Lina sollte sich vor sie hinstellen und die Arme ganz locker lassen, einfach ganz entspannt stehen. Lina tat wie ihr geheißen, und im nächsten

Moment griff Signora Domino ein großes Stück trockener Seife und rieb damit Linas Arme und ihre Kleidung ab. Plötzlich zuckte sie unwillkürlich zusammen. Irgendetwas hatte ihr ins Augenlid gestochen. Sie beherrschte sich und kratzte nicht. Sie murmelte weiter pausenlos Beschwörungen auf Italienisch, und es war Lina, als rede das Medium auf sie ein und gebe ihr Befehle mit auf den Weg. Nach etwa einer halben Stunde war Lina um eine Erfahrung reicher und um zweihundert Euro ärmer. Das war zwar viel Geld, doch Lina versprach sich sehr viel davon. Insbesondere, da Signora Domino nach Beendigung der Sitzung ihr eine Zusammenfassung ihrer Sprüche auf Englisch gab, ohne dass Lina extra darum bitten musste.

»Na Püppi, hat's Spaß gemacht?«

Was? Wieder die Stimme? Lina machte auf dem Absatz kehrt und ging zurück zu Signora Domino.

»The voice. It is back!«

»No, impossibile«, entgegnete die Signora auf Italienisch und griff erneut zur Seife. Diesmal verlangte sie kein Geld, nur, dass Lina sie anrufen sollte, sollte die Stimme sich noch einmal melden. Das versprach Lina gerne.

»The voice. It is back!«, höhnte Strahlser in ihr, als er Lina bei der Geistheilerin wieder herauskommen sah. Dann erhob er sich mit dem Vorwand, zur Toilette zu gehen, trat nach draußen und schoss dort den Todeschip auf Lina ab, den er jederzeit, wenn er die Zeit für gekommen hielt, aktivieren könnte, zum Beispiel, während seine Frau gemütlich ihr Eis aß. Doch momentan war er nicht in Eile. Noch hatte er Zeit.

Aus Vorsicht hatte Strahlser darauf bestanden, in der Eisdiele Platz zu nehmen und nicht draußen. Er wollte auf keinen Fall riskieren, dass Lina ihn erkannte. Und ein kurzer Gang vor die Tür, um den richtigen Moment für den Schuss abzupassen, würde auch Hannelore nicht stutzig machen.

Die Stimme ist endgültig zurück, durchfuhr es Lina. Die Geisthei-

138

lerin hatte ihr nicht helfen können. Entschlossen griff sie nach ihrem Handy und verlangte von der Geistheilerin ihr Geld zurück.

»OK, come back and you get your money back«, sagte diese nur.

Kaum war Lina wieder zur Tür hinaus, rief Signora Domino einen guten Bekannten an.

»Ich glaube, ich habe einen Fall für euch. Ich hatte gerade eine Dame aus Japan hier, bei der wirkte meine Entzauberung nicht. Zudem habe ich bei der Therapie einen stechenden Schmerz im linken Augenlid verspürt.«

»Alles klar, bin gleich bei dir. Mach noch ein Foto von ihr, wenn es geht. Name und Adresse hast du dir ja hoffentlich geben lassen.«

»Aber natürlich. Nur für das Foto ist es leider zu spät.«

Den Polizisten in Zivil übersah Strahlser. Und die innerlich völlig aufgelöste Lina lenkte ihn zudem ab. Die Geistheilerin würde er erst einmal in Ruhe lassen. Sollte Lina sie erneut aufsuchen, konnte er sich immer noch mit ihr beschäftigen. Im Moment war sie für ihn uninteressant. Und vorbeugend hatte ihr Püppi ja einen Chip eingepflanzt. Brave Püppi.

45

Immer noch 6. Juli 2017

Ein Tag, wie Strahlser ihn sich wünschte. Püppi war vollkommen aufgelöst von der Geistheilerin aus direkt in ihr Hotelzimmer gegangen und traute sich nicht mehr auf die Straße. Lina war klar, dass die Stimme ein Trick war von jemandem, der sich offenbar mit dem menschlichen Körper sehr gut auskannte. Ob die Geräte, die ihr und den anderen Schmerzen zugefügt hatten, mit der Stimme zusammenhingen?

Strahlser jubelte. Nun hatte er Lina so weit, dass sie ihre Existenz

139

als Marionette erkannte. Dass die Geistheilerin direkt danach den nächsten Kunden empfing, war ihm nur recht. Dann würde auch sie nicht weiter über Püppi nachdenken.

Weswegen nur hatte sie sich zum Besuch einer Geistheilerin hinreißen lassen? Lina schalt sich eine Närrin. Wenigstens hatte sie das Geld für die Sitzung zurückerhalten, doch auf den Reisekosten blieb sie sitzen. Daran hatte sie im entsetzlichen Moment, als die Stimme zurückkehrte, auch nicht gedacht.

»So geht es der, die mir entkommen will«, höhnte die Stimme.

Lina legte sich auf das Bett und versuchte nachzudenken. Welche weiteren Möglichkeiten hatte sie, diese Stimme loszuwerden? Irgendjemand erlaubte sich offenbar grauenhafte und grausame Scherze mit ihr. Und es musste jemand sein, der sicher war, dass ihr Mann diesbezüglich keine Stütze war. Das gebot die Logik.

46

Immer noch 6. Juli 2017

Wieder einmal hatte sich Strahlser geirrt. Denn der Polizist, den er für den nächsten Kunden gehalten hatte, erhielt von der Geistheilerin Linas Personalien. Er war sehr überrascht, dass es nicht um eine Japanerin ging, sondern um eine Deutsche, die in Japan lebte, noch dazu um eine, die im medizinischen Bereich arbeitete. Zum Glück hatte die Heilerin sich die Hoteladresse in Catania und die private Anschrift in Japan geben lassen.

Dann ließ er sich den Schmerz und die Stelle des Auftretens genau beschreiben. Der Heilerin war ebenfalls nicht entgangen, dass Lina ab und zu vor Schmerzen gezuckt hatte. Ihre Behandlung bereitete jedoch keine Schmerzen, und Lina Kobara litt auch nicht an einer Krankheit.

140

Der Polizist bedankte sich für die ausführlichen Informationen und betrachtete immer wieder das Augenlid der Heilerin.

»Am besten, du gehst morgen in das Krankenhaus Zur Heiligen Maria. Sei um 10 Uhr dort. Ich werde auch da sein.«

Dann ging er. Schon vorher hatten Felix und Hannelore Strahlser die Eisdiele verlassen.

47

7. Juli 2017

Um kurz vor zehn Uhr trafen Signora Domino und der Polizist im Krankenhaus ein.

»Komm bitte mit mir, ich habe schon alles in die Wege geleitet.«

Ohne die üblichen Formalitäten führte er die Geistheilerin in den Behandlungsraum. Auch dort kamen sie sofort an die Reihe. Signora Domino brauchte sich nicht umzuziehen, denn nur ihr Kopf sollte mittels Magnetresonanztomographie durchleuchtet werden. Und dieser Polizist würde dann mit den Ärzten im Nebenraum die Fotos auswerten. Etwaige strukturelle Gewebeveränderungen wären nochmals genauer zu untersuchen.

Der Kopf der Signora wurde in die Röhre geschoben, dann verließen die anderen Personen den Raum. Ihr Herz klopfte sehr laut, als das Gerät geräuschvoll zu arbeiten begann. Sie war sicher, dass etwas gefunden würde. Der Schmerz war kein Zufall, zumal er mit dem Versagen ihrer Fähigkeiten zusammenhing. Wer ihr das Geschäft verderben wollte, der sollte wissen, mit wem er es aufnahm. Sie war froh über den Vormittagstermin, denn für den Nachmittag hatten sich weitere Kunden angemeldet.

Das Gerät verstummte wieder, und der Polizist trat in Begleitung der Ärzte wieder in den Raum. Der Chefarzt war es, der als erster zu sprechen begann.

»Wir haben leider nichts gefunden. Das heißt aber noch nicht, dass Ihre Empfindung nicht korrekt war. Wir können mit dem neuesten unserer Geräte auch Gewebeveränderungen im Nanometerbereich identifizieren. Das ist jedoch nicht ganz ungefährlich. Wenn Sie dennoch damit einverstanden sind, müssten Sie hier bitte noch einmal unterschreiben.«

Signora Domino tat, wie ihr geheißen.

»Ich danke dir«, sagte der Polizist, als alle in den nächsten Raum gingen, wo die erwähnte Apparatur bereitstand. Wieder stellte der Arzt das Gerät ein, und wieder verließen alle außer der Patientin den Raum. Auch diese Apparatur verkündete durch Geräusche den Beginn der Untersuchung.

»Das ist des Rätsels Lösung«, sagte der Chefarzt nach der Prozedur, als alle wieder im Raum versammelt waren.

»Wir haben tatsächlich etwas gefunden. Es geht hier um unvorstellbar kleine Objekte, die nur wenige Nanometer messen. Es geht um etwas, das vermutlich nicht in Ihren Körper gehört. Die Anwesenheit dieses Partikels werden Sie kaum empfunden haben, doch haben Sie glücklicherweise den Einschuss gespürt. Vermutlich, weil dabei eine besonders empfindliche Hautpartie getroffen wurde.«

»Und was geschieht jetzt mit mir?«

»Wegen der wirklich winzigen Größe dieses Teilchens würde ich Sie gerne sofort operieren. Für diesen Eingriff reicht eine örtliche Betäubung. In einer halben Stunde, das verspreche ich Ihnen, werden Sie wieder fit wie ein Turnschuh sein.«

»Ja, heute Vormittag habe ich Zeit. Dann machen Sie das bitte umgehend.«

Wieder musste Signora Domino einige Formulare unterzeichnen, dann wurde sie in den Operationsraum auf einer anderen Etage geführt.

Als auch dieser Eingriff ohne Probleme bewältigt war, lud ihr Bekannter, der Polizist, sie auf einen Kaffee in die Cafeteria im Krankenhaus ein.

142

»Danke für deine Hilfsbereitschaft. Das Teil, das sie dir operativ entfernt haben, lasse ich jetzt in unserem Labor untersuchen. Das bleibt aber unter uns, versprochen?«

»Du kannst dich auf mich verlassen! Ich will, dass ihr den oder die Täter schnappt. Glaubst du, dass diese Lina Kobara mit denen unter einer Decke steckt? Ich persönlich hatte einen guten Eindruck von ihr.«

»Das kann ich nicht sagen, ich habe sie ja nicht kennengelernt. Aber dein Urteil ist mir sehr wichtig, und es ist gut, dass wir ihre Personalien ohne großen Aufwand bekommen haben. Die ist, glaube ich, womöglich voll mit diesen Dingern. Aber zunächst muss ich das Teil erst einmal unserem Labor vorlegen. Wirklich vielen Dank. Ich muss jetzt los, bevor die dort ihre Mittagspause beginnen.«

»Ja, ciao, und halte mich auf dem Laufenden, sobald ihr mehr wisst. Ich werde schweigen.«

»Man sieht sich.«

48

10. Juli 2017

»Hanni, dies wird unser letzter Termin bei der Adoptionsvermittlungsstelle sein«, freute sich Strahlser.

»Ja, mein Schatz, es hat endlich geklappt. Wenn wir ausgeschlafen haben, werden wir zu dritt sein. Ich hätte mir nicht träumen lassen, dass wir nicht kinderlos bleiben. Warum haben wir daran nicht schon eher gedacht?«

Strahlser war sehr froh darüber, dass sie als adoptionswürdig galten. Fortan würden sie eine ganz normale Familie sein. Ein weiteres Kind müssten sie nicht adoptieren, denn heutzutage hatten viele Paare nur noch ein Kind. Und nach der Adoption würde er wieder mehr Zeit zu Hause verbringen, was Hannelore sicherlich freuen dürfte. Strahlser mochte sich nur nicht vorstellen, und das trübte seine gute Laune ein wenig, die Püppi-Technologie fortan nun nicht mehr erweitern zu können. Doch er musste sich zusammenreißen, wollte er nichts riskieren. Und den letzten Chip hatte er ihr ja erfolgreich verabreicht. Sei es drum! Dann würde er künftig halt während seiner Arbeit im Labor nur diese Chips nutzen können.

49

Immer noch 10. Juli 2017

Auf der Polizeistation unterrichtete der Beamte seinen Vorgesetzten. Er vermutete, die Geistheilerin habe sie auf eine heiße Spur bei einer neuen Form von Verbrechen geführt. Im Zeitalter von Laserdisco und Co. war solchen Hinweisen dezent, aber beherzt zu folgen. Schließlich sah es so aus, als ob jemand die Geistheilerin zu einer Marionette machen wollte. Morgen würde Lina Kobara Catania verlassen, also vermutlich nach Deutschland und bald darauf wieder in ihre Wahlheimat zurückfliegen. Wenn man sie nur ansprechen dürfte, ließen sich an ihr dieselben Untersuchungen durchführen wie bei Signora Domino. Doch das erlaubte die Gesetzgebung in Italien nicht. Es schien, als sei Lina das Opfer, und dem Opfer durfte seine Rolle nicht offenbart werden. Deshalb war eine offizielle Befragung zu ihrem bisherigen Leben ebenso untersagt. Das Gesetz sollte Opfer schützen, und das war ein höheres Rechtsgut als ein Fahndungserfolg. Da dachten die Juristen anders als die meisten Laien, denen es eher einleuchtete, wenn das Opfer aktiv an der Fahndung beteiligt würde.

Der Vorgesetzte erklärte sofort, er werde ein Sondereinsatzkommando unter Beteiligung von Deutschland und Japan einrichten, dessen wesentliche Aufgabe darin bestand, sich ein Bild von Lina Kobaras Leben zu machen, um so an den oder die Täter zu gelangen. Es hatte

144

offenbar schon einmal einen Polizeieinsatz ihretwegen gegeben, in Japan, als sie sich während eines Fluges sonderbar verhalten hatte. Eine Einweisung in die Psychiatrie war die Folge gewesen. Doch genau vor einer Rückkehr dorthin wollte der Polizeichef Lina bewahren. Sobald das Teil analysiert war, das sie Signora Domino herausoperiert hatten, würden sie auf internationaler Ebene vorgehen. Bis dahin hieß es, Geduld zu haben, die Laborarbeit würde maximal eine Woche dauern.

50

19. Juli 2017

Zu Linas Alltag gehörte es mittlerweile, dass sich Menschen in ihrer direkten Umgebung unvermittelt kratzten, plötzlich zusammenzuckten oder sich merkwürdig versprachen. Und immer wieder verriet ihr die Stimme, dass sie selbst das ausgelöst habe.

Wie schade, dass die Geistheilerin ihr nicht hatte weiterhelfen können. Aber immerhin hatte sie ihr das Geld zurückgegeben.

Lina blieb diesmal nur bei ihren Eltern. Sie hatte sich erstmals nicht bei ihren Freunden gemeldet, obwohl sie ihre Reise rechtzeitig geplant hatte. Wegen der Stimme, wie sie sich gestand.

Heute war sie mit dem Auto ihrer Mutter in die Stadt gefahren. Sie wollte sich ein oder zwei Pullover kaufen und auch eine neue Hose. Derartiges erwarb sie besser in Deutschland. Denn da sie größer als die Durchschnittsjapanerin war, fand sie dort nur selten passende Hosen.

Sie blinkte und schaute in den Rückspiegel. Das Auto hinter ihr blinkte ebenfalls. Lina bog ab und fuhr direkt wieder auf die nächste Abbiegespur. Auch das Auto hinter ihr wechselte dorthin. Als Lina in die Parkgarage am Stadttor einbog, schaute sie wieder in den Rückspiegel. Aha, das Auto, das die ganze Zeit hinter ihr gefahren war, hatte denselben Weg. Noch dachte Lina sich nichts dabei.

Im Kaufhaus herrschte um diese Uhrzeit noch kein dichtes Gedränge, und so machte Lina einen ausführlichen Bummel, bevor sie die Textilien wählte. Eigentlich hatte sie alles gefunden, wonach sie gesucht hatte. Sie stand an der Kasse. Außer ihr waren noch drei oder vier Personen in Sichtweite. Hätte Lina genauer hingeschaut, wäre ihr eine davon als der Fahrer des Fahrzeugs aufgefallen, der länger hinter ihr hergefahren war. Denn im Normalfall war ihre Beobachtungsgabe überdurchschnittlich gut.

Lina bezahlte und ging wieder zur Tiefgarage zurück. Sie achtete nicht darauf, wer sonst noch denselben Weg hatte. Und deshalb bemerkte sie auch nicht, wie das ihr gegenüber geparkte Auto unmittelbar nach ihr losfuhr. Die deutsche Polizei war froh um jeden Tag, an dem Lina sich nicht verfolgt fühlte. An den Moment, in dem sie den ersten Verdacht schöpfte, wollte man lieber nicht denken. Denn wer wusste schon, ob sie ihre Verfolger korrekt einordnen konnte. Womöglich würde sie glauben, eine Bande von Verbrechern lauere ihr auf. Das konnte man nicht vorhersehen.

In der Nachbarschaft ihrer Eltern fand sie nur unter Schwierigkeiten einen Parkplatz. Zum Glück war es noch früh am Nachmittag, gegen Abend wäre die Situation noch erheblich problematischer. Auch nun achtete Lina nicht darauf, wer hier noch parkte. Wieder entging ihr, dass sie beobachtet wurde.

Was sollte sie tun, wenn sich die vermaledeite Stimme jetzt wieder meldete? Ihre Eltern einweihen? Auch die würden ihr nicht helfen können. Und sie unnötig in Aufregung versetzen? Das wollte sie auf keinen Fall. Bei älteren Menschen wusste man nie, ob ihnen Aufregung auf das Herz schlug. Und der Vater ihrer Mutter war tatsächlich an Herzversagen gestorben.

Sie schloss die Haustür auf.

»Soso, nun ist meine Püppi wieder in Sicherheit«, meldete sich die Stimme.

146

Lass mich ja in Ruhe, dachte Lina, und im nächsten Moment biss sie sich so stark in die innere Wange, dass sie Blut schmeckte.

Nun zeigt die Stimme mir, was sie alles kann.

»Genauso ist es!«

Lina versuchte, nicht zu denken.

»Was? Du willst mit mir nichts mehr zu tun haben? Darüber ist noch nicht das letzte Wort gesprochen.«

Die Stimme klang eher amüsiert als ärgerlich.

»Übrigens war ich in Catania die ganze Zeit bei dir. Für mich hast du freundlicherweise die Geistheilerin infiziert. Das hast du sehr gut gemacht. Was? Du warst das gar nicht? Eigentlich hast du recht. Denn das war nur deine Hülle, der Akteur war wieder einmal ich.«

Lina war fassungslos. Sie hatte im Auftrag der Stimme die Geistheilerin infiziert? Was wollte die Stimme ihr damit sagen? Sie konnte sich keinen Reim darauf machen. Schließlich hatte sie keine ansteckende Krankheit. Womit sonst könnte sie andere Menschen infizieren?

51

Immer noch 19. Juli 2017

Es schellte. Es war der Zustelldienst.

»Nein, wir haben nichts bestellt«, hörte sie ihre Mutter sagen.

»Lina? Hast du etwas bestellt?«, wollte die Mutter wissen.

»Nein.«

»Es tut mir leid, aber das Paket kann ich nicht annehmen.«

Ihre Mutter blieb hartnäckig.

Der Mann vom Zustelldienst überlegte kurz, ob er sich als Polizist zu erkennen geben sollte, beschloss dann jedoch, genau das nicht zu tun, damit Lina keine Verbindung zur Polizei erkannte. Wenn sie zu viel darüber nachdachte, würde das die Ermittlungen gefährden. Das hatte der Gedankenleser von der japanischen Polizei den Kollegen eingeschärft. Und auf ihn setzten alle Beteiligten große Hoffnungen. In Deutschland war Gedankenlesen verboten, nicht so hingegen in Italien und Japan, wo die Polizei diese Technik anwenden konnte. Und Lina Kobara war ein Fall für diese Kollegen. Diesbezüglich waren sich alle einig.

52

Noch einmal 6. Juli 2017

Im fernen Japan tat sich einiges, während Lina in Europa war. Was wollte seine Frau in Catania? Kazuhiro musste erst einmal auf der Landkarte nachschauen, wo das eigentlich lag. Auf Sizilien. Catania. Ja, was wollte seine Frau dort, am Ende der Welt? Natürlich hätte er mitfliegen können, doch wollte Kazuhiro genau das nicht. Lina sollte sehr wohl merken, dass er mit ihrem Verhalten nicht einverstanden war. Sie sollte sich aus der Praxis heraushalten. Stattdessen hatte sie eine Fortbildung gemacht, wie sie es nannte und war nun Tierärztin mit der Sonderqualifikation für die Moxibustion. Was wollte sie in Catania? Italien war so groß, grenzte im Norden an deutschsprachige Länder. Warum musste es eine Insel wie Sizilien sein, weit ab vom Schuss? Wie sollte er das herausfinden? Er hatte nicht die geringste Ahnung.

Dann kam ihm eine Idee. Vielleicht hatte Lina ja im Internet recherchiert. Ihr Computer war zu Hause geblieben. Doch heutzutage mussten die Benutzer, so verlangten es die Hersteller, ein Passwort eintragen. Ob sie das irgendwo niedergeschrieben hatte? Sie hatte einmal davon gesprochen. In ihrem Taschenkalender? Den hatte sie garantiert mitgenommen auf die Reise. Vielleicht die Computerunterlagen? Zum Beispiel der Zettel, auf dem sie auch das Passwort für die Emails no-

148

tiert hatte. Ja, super, Volltreffer. Auf dem Zettel stand in Linas Handschrift noch ein Wort. Das war garantiert das Passwort für den PC. Kazuhiro startete Linas Computer und gab das Wort ein. Dann jubelte er. Es war tatsächlich das Passwort.

Nun musste er nur noch das Verzeichnis für Linas Internetrecherchen aktivieren. Ja, genauso. So kam er weiter. Und siehe da, da tauchte auch Catania auf. Ein Hotel, und dann noch eine Seite, eine auf der von Geistheilung die Rede war. Ohne Foto, aber mit Email-Adresse, um Kontakt aufzunehmen. Geistheilung. War Lina von allen guten Geistern verlassen? Was wollte sie denn da? Bestimmt nicht eine alte Schulfreundin besuchen. Kazuhiro war ratlos. Wäre sie wieder reif für die Psychiatrie, ohne dass er es bemerkt hatte? Nach ihrer Rückkehr würde er sie zur Rede stellen, obgleich er nicht wusste, wie er auf das Thema zu sprechen kommen sollte. Sollte er sich mit der Geistheilerin in Verbindung setzen, um sie direkt zu fragen, ob seine Frau bei ihr gewesen war? Sie war schließlich keine Ärztin und unterlag keiner gesetzlichen Schweigepflicht. Einen Versuch war es wert. Er notierte die Email-Adresse. Das Schreiben würde er natürlich von seinem PC aus an sie senden.

53

9. Juli 2017

Kazuhiro blieb heute länger in der Praxis. Er musste nachdenken. Wie sollte er sich an die Geistheilerin wenden? Konnte sie ausreichend Englisch? Am besten bat er sie um ihre Telefonnummer, da war sie bestimmt gesprächiger, als in einer Mail, die Beweise hinterließ.

Nach dem Abendessen verfasste er an seinem PC eine Email, die er an die Adresse der Geistheilerin versandte. Er konnte nur hoffen, dass sie bereit war, sich mit ihm zu unterhalten. Als er zwei Stunden später nachschaute, atmete er erleichtert auf. Sie hatte seine Email beantwortet. Sofort wählte er ihre Nummer, und am anderen Ende meldete sich Signora Domino.

»Sie sind der Ehemann einer meiner Patientinnen? Wie kann ich das überprüfen? Beschreiben Sie Ihre Frau bitte so detailliert wie möglich. Und warum darf Ihre Frau nicht wissen, dass Sie mich kontaktiert haben?«

»Meine Frau hat mir nichts von dem Besuch bei Ihnen erzählt.«

»Wollen Sie auch einmal vorbeikommen?«

»Nein, danke. Ich bin derzeit nicht krank.«

»Nein, Sie wollen nur in Erfahrung bringen, warum Ihre Frau sich nach Catania begeben hat? Nun, offenbar, um mich zu treffen. Ich sollte ihr helfen.«

Kazuhiro war heilfroh, dass er das schon in Erfahrung gebracht hatte. Es war schon jetzt mehr, als er erhofft hatte. Lina hatte tatsächlich einen Termin bei dieser Dame gehabt.

»Wenn die Entfernung nicht so groß wäre, würde ich mich gern mit ihnen unter vier Augen treffen. Doch bitte helfen Sie mir weiter. Meine Frau braucht offenbar Hilfe. Wollen Sie mir verraten, was sie von Ihnen wollte?«

»Hmmm. Eigentlich sollte ich solche Fragen nicht beantworten, aber auch ich denke, dass Ihre Frau Hilfe braucht. Sie hat mir gesagt, sie höre Stimmen. Nein, eine Stimme. Und diese Stimme gebe ihr manchmal Befehle und füge ihr Schmerzen zu, insbesondere, wenn sie negativ über die Stimme dachte. So etwas gehört für mich zu meinem beruflichen Alltag. Ich habe ihr die Stimme nach bestem Wissen und Gewissen ausgetrieben, aber kaum war sie aus der Haustür, kam sie zurück, die Stimme sei direkt wieder in Erscheinung getreten. Mehr weiß ich auch nicht.«

»Das heißt, Ihre Heilmethode konnte sie nicht von dieser Stimme befreien, habe ich das richtig verstanden?«

150

»Ja, so ist es.«

»Haben Sie vielen Dank für Ihre Auskunft. Falls meine Frau sich noch einmal bei Ihnen melden sollte, wären Sie dann bereit, mich darüber zu informieren? Ich möchte schließlich auch, dass meiner Frau geholfen wird.«

»Gut. Geben Sie mir bitte Ihre Telefonnummer. Aber allzu viel Hoffnung kann ich Ihnen nicht machen. Eine unzufriedene Patientin kommt voraussichtlich nicht zurück.«

»Ja, da könnten Sie recht haben. Trotzdem vielen Dank für Ihre Kooperation.«

Signora Domino überlegte noch, jetzt, da sie ihn am Apparat hatte, ob sie dem Ehemann von Lina Kobara nicht klar mitteilen sollte, was ihr selbst durch seine Frau widerfahren war. Er könnte genauso betroffen sein. Und wenn er zustimmte, könnte man Lina Kobara vielleicht durchleuchten, ohne dass sie davon erführe. Aber nein, sie hatte versprochen zu schweigen. Also legte sie den Hörer auf die Gabel und dachte einen Augenblick nach. Dann rief sie ihren Bekannten, den Polizisten, an und berichtete ihm ausführlich von dem Gespräch.

Gleichzeitig machte Kazuhiro Kobara in Japan Meldung, denn nun war er sehr beunruhigt. Seine Frau war einer Stimme hörig. Er konnte das nicht glauben.

54

14. Juli 2017

Im Polizeilabor in Italien standen die Beamten vor einem Rätsel. Das Ergebnis lag nun vor, doch stellte es die ermittelnden Beamten vor viele ungelöste Fragen. Ein Mikrochip war vor ihnen auf dem Labortisch unter dem Spezialmikroskop sichtbar. Er erlaubte offenbar Rückkoppelungen mit dem menschlichen Gehirn. Derart komplexe Cyborg-Technologie hatten sie bisher noch nicht gesehen. Absolut winzig, im Nanometerbereich. Der Polizeichef hatte bereits sämtliche Polizeiakten weltweit von Lina Kobara angefordert und erhalten. Die Vermutung lautete, jemand wolle Lina schaden, indem sie in seinem Auftrag andere Menschen infizierte oder indem der Täter sie durch Falschverhalten anderen gegenüber diskreditierte. Auch Derartiges war bisher mit diesem Instrumentarium noch nicht in der Ermittlungsarbeit vorgekommen. Als das wahrscheinlichste Motiv für dieses Treiben galt persönliche Rache. Doch bisher war das alles nur Spekulation. Steckte gar ein gemeingefährlicher Spinner dahinter, dem alles zuzutrauen war? Vielleicht hatte der Täter aber nur durch Zufall Lina Kobara ausgewählt. Immerhin war jetzt klar, wonach man suchen musste. Das war mehr, als der Polizeichef sich zunächst erträumt hatte. Es war der Chip sozusagen zum Sprechen zu bringen, damit er Auskunft über seine Funktionen erteilte. Ließ sich so auch herausfinden, wer ihn gesteuert hatte? Das war der bei weitem schwierigste Teil der Aufgabe. Solange das ungelöst war, blieb Lina Kobara in der Hand ihres Peinigers und die Tätigkeit der Polizei womöglich nur Sisyphusarbeit.

55

5. August 2017

Seit dem Gespräch mit der Geistheilerin war Kazuhiro gespannt, ob er Veränderungen an Lina feststellen würde. Von seinem Telefonat hatte er ihr natürlich nichts erzählt. Aber er musste Lina zum Sprechen bringen, nur wie? In die Praxis kam sie zunächst wieder täglich, bis er ihr klar machte, dass sie nur noch für die Moxibustion zuständig war. Nur, wenn eine solche Behandlung anstand, sollte sie kommen.

Die anderen Patienten wurden von seinem Vater und ihm behandelt. Lina gab sich geschlagen.

Wieder überlegte sie, ob sie sich selbstständig machen sollte, vielleicht mit einer reinen Moxa-Praxis für Tiere. Das müsste sie auch in ihrer Umgebung nicht weiter erklären. Doch ihr war klar, dass sie aus Angst vor der Stimme diesen Gedanken sofort wieder verdrängte. Ihr Kapital in ein Vorhaben zu investieren, das vermutlich ein Befehl der Stimme in ihrem Kopf vernichten konnte, so leichtsinnig wollte sie lieber nicht sein.

56

20. August 2017

Kazuhiro hatte inzwischen ausreichend Zeit gehabt, um darüber nachzudenken, wie er Lina zum Sprechen bringen wollte. Eine seines Erachtens gute Idee lautete, zu behaupten, sie hätte im Schlaf von einer Geistheilerin in Catania gesprochen. Mal sehen, wie sie darauf reagierte.

Lina reagierte mit Schweigen. Denn sie vermutete auch dahinter die Stimme.

»Nein, Püppi, damit habe ich nichts zu tun«, mischte sich die Stimme ein.

Von allein wäre Kazuhiro aber niemals auf die Idee mit der Geistheilerin gekommen, widersprach Lina.

»Wie er das herausbekommen hat, weiß ich auch nicht, aber du solltest davon ausgehen, dass er gut informiert ist.«

Wie kam sie bloß dazu, sich jetzt mit der Stimme gegen ihren Mann zu verbünden?

»Warum nimmst du das so ernst, wenn ich im Schlaf spreche? Bislang hast du noch nie etwas dazu gesagt?«

»Bislang hast du ja auch noch nie solchen Blödsinn gemacht«, gab Kazuhiro zurück.

»Was meinst du denn mit Blödsinn?«

»Na, dich von einer Geistheilerin besprechen zu lassen.«

Ihr Ehemann war sich seiner Sache offenbar ganz sicher und ließ sich nicht davon überzeugen, das habe sie alles nur im Traum gesprochen. Oder hatte er ihr gar einen Detektiv hinterhergeschickt, der ihr nach Italien gefolgt war, sodass Kazuhiro wirklich von ihrem Besuch bei der Geistheilerin wusste. Dann sollte sie ihn keinesfalls plump belügen.

»Da kann ich dir nichts zu raten, Püppilein.«

Wie sollte sie sich auf das Gespräch mit ihrem Ehemann konzentrieren, wenn die Stimme dauernd dazwischen funkte? Kazuhiro ließ nicht locker.

Schließlich beschloss Lina, ihm die Wahrheit zu sagen.

»Warum hast du mir nicht gesagt, dass du von einer Stimme verfolgt wirst? Was will die Stimme denn von dir?«

»Das weiß ich auch nicht. Das sagt sie mir nur von Fall zu Fall. Und die Geistheilerin hatte mir Mut gemacht, da sie sicher war, sie könne mich von diesem Fluch befreien.«

»Von diesem Fluch?«

»Na, von der Stimme.«

»Na gut, dann lass uns jetzt lieber schlafen gehen. Morgen sehen wir weiter. Auf jeden Fall solltest du wieder Medikamente nehmen. Ich rufe direkt morgen früh in der Klinik an.«

Lina wusste nicht, ob sie lachen oder weinen sollte. Wieder fielen ihrem Mann nur Psychopharmaka als Lösung ein, nicht aber der Gang zur Polizei. Wenn sie doch nur in Deutschland wohnen würden.

57

Immer noch 20. August 2017

»Nun Püppi, du liegst schon im Bett, obwohl ich dir noch gar nicht gute Nacht gesagt habe!«

Schon wieder. Lina konnte kaum glauben, dass so etwas menschenmöglich war.

»Ja, wir Menschen sind eine Spezies, die nur allzu gerne eigene Artgenossen quält. Das ist bekannt. Übrigens gilt das auch für deine Freunde bei der Polizei.«

Von Polizei habe ich bislang nicht viel gemerkt, grübelte Lina. Das konnte sie auch nicht, denn auch in Japan ging die Polizei sehr vorsichtig vor.

»Steh am besten wieder auf, ich bin heute Abend in der Stimmung dazu.«

Lina wollte liegen bleiben, doch die Stimme befahl ihr, sich zu erheben, und lenkte sie. So schritt sie erst einmal die Treppe hinab und zog sich wieder um. Dann ging sie wie aufgezogen zur Haustür und schloss hinter sich ab.

Wieder führte ihr Weg sie zum Bahnhof, doch diesmal sollte sie mit der Bahn fahren. Aber sie war ohne Geld losgegangen.

»Dann spring über die Sperre. In Japan sind die so niedrig, das sollte doch wohl kein Problem sein.«

Die Stimme wirkte ungehalten. Doch wollte Strahlser auch nicht Lina ohne Fahrkarte in die Bahn lenken. Also ließ er sie wieder nach Hause gehen.

Erleichtert schloss Lina die Tür auf und achtete darauf, dass sie sie hinter sich wieder sorgfältig abschloss. Das gab ihr ein Gefühl der Sicherheit zurück.

Im Wohnzimmer saß überraschenderweise Kazuhiro auf dem Sofa.

»Seit wann machst du nächtliche Spaziergänge?«, fragte ihr Mann unumwunden. »Ich habe überall nach dir gesucht. Wärst du jetzt nicht gekommen, hätte ich die Polizei verständigt.«

»Tut mir leid, ich wollte noch ein bisschen an die frische Luft.«

»Aber du hattest bereits im Bett gelegen.«

So ein Mist. Das hatte er mitbekommen.

»Hat dich etwa die Stimme gelenkt?«

»Nein, wie kommst du denn darauf?«, log Lina.

»Ich habe ja nur gefragt. Komm, zieh dich wieder um und geh ins Bett.«

Lina tat, wie ihr geheißen, obwohl ihr klar war, dass sie zu aufgewühlt war, um sofort einschlafen zu können.

»Lass das mit dem Einschlafen mal mein Problem sein.«, sprach die Stimme. Im nächsten Moment durchflutete eine angenehme Wärme Lina, sodass sie sofort in tiefen Schlummer fiel.

Kaum hatte Lina das Zimmer verlassen, griff Kazuhiro zum Telefon und bat seinen Vater um Vertretung für Lina für den nächsten Tag.

»Sie sagt zwar, die Stimme hätte sie nicht gelenkt, aber das glaube ich ihr nicht.«

»Und was willst du tun?«

»Versuchen, sie wieder in der Anstalt unterzubringen. Danach hatte sie ja eine Weile Ruhe.«

58

21. August 2017

»Ich sage eben Vater Bescheid, dass ich dich wieder in die Klinik bringe«, begrüßte Kazuhiro Lina zum Frühstück. Lina blieb fast der Bissen im Halse stecken.

»Diesmal lasse ich mich nicht darauf ein. Auch in der Psychiatrie ist es ihnen misslungen, mich von der Stimme zu befreien. Also mache ich diese Prozedur nicht mehr mit«, parierte Lina selbstbewusst.

»Das heißt, du kommst nicht mit?«

»Genau das heißt es.«

»Würdest du denn die Medikamente nehmen, wenn ich sie für dich besorge?«

»Wie bitte? Du willst für mich Medikamente besorgen, nur weil du glaubst, ich benötigte sie? Würde der Arzt sie dir denn aushändigen?«

»Selbstverständlich.«

»Den Weg kannst du dir sparen, schließlich ist die Stimme jetzt in Japan nicht mehr aufgetaucht«, versuchte Lina ihr Glück.

»Am späten Vormittag müssen wir heute eine komplizierte Operation durchführen. Untersteh dich, in die Praxis zu kommen.«

Mit diesen Worten verließ Kazuhiro das Haus. Es war eine halbe Stunde zu früh, doch Lina war froh, allein zu sein. Was sollte sie nur tun, wenn die Stimme sie wieder lenkte?

Natürlich hätte Kazuhiro in der Praxis seine Frau im Blick, aber er konnte nicht ausschließen, dass sie ihn, womöglich ohne dass sie es wollte, ablenkte, und das ausgerechnet bei einer schwierigen Operation. Und zudem konnte er nicht einschätzen, ob unter den Kunden irgendjemand Linas Gähnen so auffasste, wie er selbst, als ferngesteuertes Verhalten. Das würde den Ruf seiner Praxis dauerhaft schädigen, und das konnte er sich nicht leisten.

59

30. August 2017

Wenn sie schon in der Praxis nur noch für die Moxibustion-Therapie verantwortlich sein sollte, wollte sie wenigstens einen Rhythmus in ihr Leben bringen. Also waren Dienstag, Donnerstag und Samstag fortan die Moxa-Tage, und Montag, Mittwoch, Freitag und Sonntag hatte sie dann frei. Für diese Tage suchte Lina einen Nebenjob und studierte die Stellenanzeigen. Sie fand etwas im Supermarkt, in dem sie regelmäßig einkaufte. Dort wurde jemand für die Kasse gesucht. Noch am selben Tag stellte sie sich vor. Ihren Lebenslauf hatte sie vorsichtshalber mitgenommen.

Lina hatte Glück. Sie bekam den Job, dreimal pro Woche, zunächst für drei Monate. Die zeitliche Begrenzung sei aus steuerlichen Gründen notwendig, erklärte man ihr. Schon am nächsten Tag konnte sie anfangen. Drei Tage pro Woche. Der freie Tag in der Woche variierte. Das Funktionieren der Kasse werde ihr bei Arbeitsantritt erklärt, und die erste Woche stehe ihr jemand zur Seite, um Pannen zu verhindern.

Kazuhiro gefiel diese Idee nicht im Geringsten. Doch ihm war auch klar, dass Lina garantiert nicht auf ihn hören würde, wenn er jetzt den falschen Ton anschlüge. Also redete er mit Engelszungen auf sie ein, damit Lina im Supermarkt anriefe und den Job absagte.

Den Teufel werde ich tun, schimpfte Lina in Gedanken.

»So ist es recht. Lege dich ruhig mit deinem Ehemann an.«

Wieder die Stimme. Der Triumph über den Ehekrach war unüberhörbar. War es das, was die Stimme wollte? Hatte sie wirklich einen persönlichen Feind, von dem sie nichts wusste, der systematisch ihr Leben ruinieren wollte? Wer konnte das bloß sein? Oder galt der Hass gar nicht ihr, sondern ihrem Mann? Dann wäre sie nur das Werkzeug. Das würde erklären, warum Kazuhiro sie lieber in die Psychiatrie einweisen ließe, als ihr einfach einmal zuzuhören und rational zu ver-

158

suchen, das Problem zu erfassen und womöglich auch zu lösen. Wusste er vielleicht, wer dahinterstand? Lina merkte, wie sich ein ungeheuerlicher Verdacht in ihr erhob. Und im nächsten Moment sagte sie sich, genau das könne das Endziel der Stimme sein – ihr, Lina Kobara, alles zu rauben, was ihr im Leben etwas bedeutete.

60

5. September 2017

Um zehn Uhr öffnete der Supermarkt, also mussten um Viertel vor zehn die Kassiererinnen und der Kassierer an der Kasse stehen. Vorher hatten sie sich umzuziehen, denn in diesem Supermarkt trugen die Mitarbeiter Uniformen. Auf dem Rücken trug jeder von ihnen in großen Lettern den englischen Slogan »Happy to help«, um den Kunden Nähe zu signalisieren.

Am Vormittag war noch nicht viel los. Doch gegen Mittag und am Nachmittag von vier bis sieben Uhr war der Andrang groß. Um acht Uhr schließlich wurde der Supermarkt geschlossen. Das kam Lina entgegen, denn Nachtschichten, wie sie etwa in Supermärkten in Bahnhofsnähe angeboten wurden, drohten sie aus dem Rhythmus zu werfen, vor allem wenn sie am nächsten Tag in der Praxis arbeiten wollte.

Lina konzentrierte sich so sehr auf ihre Arbeit, dass sie nicht auf ihre Umwelt achten konnte. Deshalb bemerkte sie zunächst nicht, dass jedes Mal, wenn sie Kundinnen oder Kunden den Bon samt Rückgeld überreichte, diese kurz zuckten, weil sie einen stechenden Schmerz an der Hand verspürten. Natürlich stand die Stimme dahinter, was die Kunden jedoch nicht ahnten. Nach einer Weile wurde Lina zum Stadtgespräch.

»Immer, wenn ich an der Kasse stehe, an der die Tierärztin bedient, habe ich das Gefühl, mir sticht etwas in die Hand.«

»Stimmt, die arbeitet jetzt manchmal in unserem Supermarkt. Bei mir war das gestern genauso. Etwas hat mir in die Hand gestochen, just als sie mir das Wechselgeld gab.« Derartige Gespräche häuften sich im Viertel.

Schließlich vernahm auch der Filialleiter diese Gerüchte über seine Kassiererin und stellte sich inkognito in die Warteschlange an Linas Kasse. In dem Augenblick, da Lina ihm das Wechselgeld mit dem Bon reichte, zuckte seine Hand zurück. Wie seltsam, fand er. Doch so eine Kassiererin war geschäftsschädigend. Und er glaubte, eine Analyse der Ursache sei nicht seine Aufgabe. Und so verlängerte er nach den drei Monaten Probezeit Linas Vertrag nicht. Wenn sie nachfragte, ob er wieder Arbeit für sie hätte, wimmelte er sie stets ab. Als Lina Kazuhiro davon erzählte, entgegnete er nur, er habe ihr ja gleich davon abgeraten, sich zu bewerben. Sie sei krank und deshalb nicht arbeitsfähig.

Lina war fassungslos. Aber sie gestand sich ein, dass sie an der Kasse zu konzentriert arbeiten musste, als dass sie auf Bewegungen ihrer Kunden hätte achten können. In Wahrheit hatte Strahlser ihre Reflexivität und ihre Eigenwahrnehmung manipuliert, um ihre Isolation zu vertiefen. Vielleicht hatte Kazuhiro ja einmal in der Schlange neben ihrer Kasse gestanden, ohne dass sie ihn bemerkt hatte, überlegte Lina weiter. An ihre Kasse direkt durfte er als Angehöriger nicht kommen. Wer weiß, vielleicht hatte er sie bei der Gelegenheit beobachtet, ohne dass sie es bemerkte. Oder er hatte hinter ihrem Rücken ihren Chef über ihre angebliche Krankheit eingeweiht, und der wollte sie deshalb nicht mehr an der Kasse haben. Lina sträubte sich klar gegen diesen Gedanken. Denn so hinterhältig war ihr Mann nicht. Vielleicht sollte sie ihn fragen, er würde sie gewiss nicht belügen.

Beim Abendessen brachte sie allen Mut auf und fragte:

160

»Sage mir bitte die Wahrheit. Hast du mit meinem Chef gesprochen, sodass er mich nicht mehr dort an der Kasse arbeiten lässt?«

»Jetzt schnappst du aber vollkommen über. Wie käme ich denn dazu?«

»Es war ja nur eine Frage. Ich habe mich schließlich nicht falsch verhalten. Und die Kassen sind heutzutage technisch so komfortabel ausgestattet, dass durch Einscannen des Warencodes der Preis automatisch ermittelt wird. Da gibt es kein Vertippen mehr, jedenfalls keines, das zu Lasten der Kassiererin gehen würde.«

»Ich weiß wirklich nicht, was er dir vorzuwerfen hat, aber er wird schon seine Gründe haben. Vielleicht meldet er sich erst in einem halben Jahr wieder, um Ärger mit dem Steueramt zu vermeiden. Vielleicht wartest du einfach einmal ab«, verlegte Kazuhiro sich auf einen sanfteren Ton.

»Aber du wolltest auch von Anfang an nicht, dass ich arbeite.«

Kazuhiro wich seiner Frau aus. »Warte einfach einmal ab«, wiederholte er nur.

Aber natürlich meldete sich der Chef nicht mehr, und natürlich machte Kazuhiro Meldung.

61

2. Februar 2018

Einmal mehr suchte Lina Arbeit. Und wieder fand sie einen Job an der Kasse, diesmal in einer Second-Hand-Boutique, ein paar Bahnstationen von ihrem Zuhause entfernt. Hier war es dasselbe. Strahlser raubte ihr erneut die Tätigkeit. Zwar begriff Lina diesmal, warum sie diese Aufgabe verloren hatte, denn das Zurückzucken der Hände ihrer Kunden war ihr mit der Zeit doch nicht verborgen geblieben. Vielleicht hatte sich ihr Blick geschärft nach der ersten Panne als Kassiererin im freien Berufsleben. Und sie war sicher, dass wieder die Stimme ihr übel wollte.

In der Praxis hatte seit einiger Zeit ihr Schwiegervater die Kasse übernommen. Offenbar hatte er etwas bemerkt. Hoffentlich sprach er darüber nicht mit Kazuhiro.

Nun war Lina wieder viel zu Hause. Bei schönem Wetter machte sie lange Spaziergänge. Aber auch dann bemerkte sie, dass die Menschen ihr aus dem Weg gingen. Wenn sie bekannte Gesichter sah und grüßte, wollte kaum jemand auf ein Schwätzchen stehenbleiben. Offenbar verspürten die Menschen Schmerzen, wenn sie sich ihnen zu sehr näherte.

Lina war mit jedem Tag mehr davon überzeugt, dass die Stimme dahintersteckte, weil sie selbst schließlich auch Schmerzen zugefügt bekam. Doch wie sollte sie Klarheit erhalten? Und diese Unsicherheit hielt sie davon ab, etwa zur Polizei zu gehen. Denn sie wollte keinesfalls nochmals in der Psychiatrie untergebracht werden.

TEIL III

1

1. August 2018

Nun, da ihr so viel Zeit zur freien Verfügung stand, begann Lina ihren Tag damit, die deutschen Abendnachrichten im Internet zu sehen. Sie schaltete den Computer ein, sobald Kazuhiro in die Praxis ging, wo mittlerweile nur noch an zwei Tagen pro Woche die Moxa-Behandlung angeboten wurde. Jedoch vergingen mitunter auch Wochen, ohne dass jemand diesen Dienst für sein Tier wünschte. Zu anderen Zeiten hingegen war derart viel Betrieb, dass sich Lina einen dritten Tag hinzu wünschte. Aber das war nun einmal ihr Job, der einzige, den sie hatte. Und sie war sehr froh, dass sie wenigstens an diesen beiden Tagen in der Praxis sein durfte.

Zudem hatte sie Zeit, weil ihre japanischen Freunde sich überhaupt nicht mehr bei ihr meldeten. Zwar waren sie am Telefon stets freundlich, doch Treffen kamen selten zustande. Lina ahnte, dass das ebenso wenig ein Zufall war wie der Verlust ihrer Jobs. Doch wie sollte sie sich gegenüber der Stimme zur Wehr setzen, wenn sie nicht den geringsten Hinweis dafür hatte, wer oder was dahinterstecken könnte? Zudem war ihr mittlerweile klar, dass sie weder mit ihrem Ehemann noch mit ihrem Schwiegervater über ihr Problem sprechen konnte – also genau genommen, mit niemandem.

Doch die tristen Abläufe ihres Alltags sollten heute durch eine spontane Verabredung unterbrochen werden. Sie würde Leia, eine Bekannte, treffen, die sie vor nicht allzu langer Zeit kennengelernt hatte. Lina war von ihr am Bahnhof angesprochen worden, als die Stimme sie wieder einmal dorthin gelenkt hatte. Lina hatte damals zögernd vor der Anzeige mit den Bahnverbindungen gestanden und Leia hatte ihre

Hilfe angeboten. Wie sollte sie auch ahnen, dass Lina fremdgesteuert vor der Anzeige stand und ein echtes Reiseziel nicht nennen konnte. So deutete Lina die Situation ihrer ersten Begegnung. Sie hatten sich eine Weile unterhalten, und Lina war auch bereit, mit Leia die Email-Adressen auszutauschen. Heute wollten sie zusammen in Shinjuku in ein Café gehen. Es war ihre erste Verabredung. Lina freute sich sehr auf diese Abwechslung. Ihr eigentlich geselliges Wesen litt sehr unter der ständigen Einsamkeit zu Hause.

Jetzt saß sie in der Bahn Richtung Shinjuku, einer zentralen Drehscheibe in der Präfektur Tokyo. Plötzlich blieb die Bahn auf freier Strecke stehen. Dann kam die Durchsage *Jinshin jiko*. Es hatte sich also ein Unfall mit Personenschaden ereignet. Vor wenigen Wochen war die traurige Geschichte eines blinden Mannes durch die Presse gegangen, der vor den fahrenden Zug gefallen und ums Leben gekommen war, weil er die Bahnsteigkante nicht rechtzeitig geortet hatte. Doch dieser Artikel thematisierte auch die hohe Suizidrate in Japan, denn manch einer dieser Verzweifelten warf sich vor einen fahrenden Zug in den sicheren Tod. In den Bahnhöfen wurden auf den Bahnsteigen inzwischen systematisch Stahlwände installiert, deren Türen sich erst per Knopfdruck öffnen ließen, wenn der Zug im Bahnhof zum Stillstand gekommen war. Diese Praxis ließ sich nur etablieren, weil die Nutzer öffentlicher Verkehrsmittel hierzulande sich gewissenhaft und ohne Gedrängel in die Warteschlangen einreihten, hinter denen sich die Wände und auch die Türen der zentimetergenau haltenden Züge öffneten und schlossen. Nun musste sie erst einmal Leia eine SMS schicken, damit die wusste, dass Lina mindestens vierzig Minuten in der Bahn festsaß. So lange dauerte es in der Regel, bis die Strecke wieder freigegeben wurde.

Endlich: Shinjuku. Lina stieg aus und ging zum Treffpunkt. Zum Glück kannte sie sich in der Metropole gut genug aus, sodass sie sich weder verlief noch durchfragen musste.

»Hallo! Endlich! Tut mir leid, dass du warten musstest.«

»Kein Problem, das hätte mir doch genauso passieren können.«

»Wohin wollen wir gehen? Was schlägst du vor?«

»Dann ist es am Einfachsten, wir bleiben gleich hier im Bahnhof. Wenn wir erst lange suchen, müssen wir uns gleich wieder verabschieden, denn ich muss pünktlich zum Abendessen kochen zurück sein.«

»Gut, dann lass uns reingehen.« Leia war gar nicht unzufrieden darüber, in diesem Gewühl zu sein. Während der Unterhaltung musterte sie so unauffällig wie möglich Linas Bewegungen. Und plötzlich, als diese gerade so richtig in Fahrt war und sie, Leia, direkt anschaute, spürte diese einen kurzen Schmerz im Augenlid.

Aha, das war es also, was die Signora in Italien gemeint hatte, als sie dem Kollegen dort den Schmerz beschrieb.

Hey, darauf war ich vorbereitet, also jetzt, wie du mir, so ich dir, dachte Leia und schoss zurück. Schließlich war sie auch technisch sehr gut vorbereitet zu diesem Treffen erschienen. Da Linas Rede ununterbrochen weiter floss, rieb sich Leia innerlich die Hände. Der Coup war geglückt. Fortan würde Lina polizeilich vollständig überwacht, ohne dass sie es ahnte.

Lina achtete nicht auf ihre Umgebung, denn sie war abgelenkt und plante schon das Abendessen. Sie würde auf dem Heimweg kurz bei dem Supermarkt um die Ecke vorbeigehen. Sie hatten keine Mohrrüben mehr, und auch die Zwiebeln waren ihnen ausgegangen. Zudem wollte sie Shrimps kaufen, denn heute stand ihr der Sinn nach Spaghetti, nicht nach japanischem Abendessen.

Schließlich verabschiedeten sie sich,

»Tschüss dann, bis zum nächsten Mal.«

»Ja, gerne, hoffentlich schon bald.«

2

2. August 2018

Auch heute hatte Lina frei. Sie hatte sich einen Großputz vorgenommen. Doch kaum hatte sie den Putzeimer bereitgestellt, hieß es: »Meine Püppi wird doch ihre wertvolle Zeit nicht mit Putzen verbringen! Du hast heute Ausgang, habe ich beschlossen.«

Gleichsam automatisch stellte Lina den Putzeimer wieder zurück, holte ihre Handtasche, schaute nach, ob sie genug Geld und für alle Fälle ihre Kreditkarte eingesteckt hatte, dann zog sie ihre Straßenschuhe an und war im nächsten Moment, an den sie sich erinnerte, auch schon am Bahnhof. Sie stieg in den Zug Richtung Shinjuku. Kaum hatte sie sich gesetzt, da überkam sie eine wohlige Wärme, und im nächsten Moment war sie eingeschlafen. In Shinjuku wachte sie pünktlich auf und torkelte auf den Bahnsteig. Sie schüttelte sich, um die unnatürliche Müdigkeit loszuwerden.

Dann lief sie und lief und lief und lief. Hier konnte sie schon nicht mehr in Bahnhofsnähe sein, es waren nur wenige Menschen auf der Straße. Wo bin ich?, fragte sie sich immer wieder.

»Bei mir natürlich«, verkündete ihr die Stimme.

Also doch, wieder die Stimme. Wie soll ich von hier zurück zum Bahnhof finden?

Die Stimme lenkte sie um weitere Ecken. Lina wollte auf die Adressanzeige an Privathäusern oder an Laternenpfosten schauen, um wenigstens hinterher auf dem Stadtplan die Strecke halbwegs nachvollziehen zu können, doch wann immer sie ihren Blick auf ein solches Schild fokussieren wollte, musste sie heftig niesen, sodass sie nichts lesen konnte.

Weder Lina und ebenso wenig aber auch die Stimme ahnten, dass diesmal jeder Schritt und jeder Blick Linas akribisch genau dokumentiert wurde.

166

»An der nächsten Ecke, meine liebe Püppi, kommt ein Café. Da setzt du dich rein und wartest ab.«

Lina wollte sich dagegen wehren, doch ging sie folgsam bis zur nächsten Ecke. Doch dort war überhaupt kein Café.

Und wieder sagte die Stimme:

»Geh bis zur nächsten Ecke, dort ist ein Café. Setze dich dort hinein.«

Und wieder ging Lina bis zur Ecke – erneut Fehlanzeige. Dieses Spielchen wiederholte sich einige Male. Wie lange sollte das noch gehen? Lina war völlig geschafft. Sie wollte sich ausruhen, setzte sich auf eine Mauer.

»Das macht man in Japan nicht«, befahl die Stimme. Lina musste weiter.

»An der nächsten Ecke ist ein Café. Da setzt du dich hinein und wartest auf weitere Anweisungen.«

Lina war sicher, dass auch an der nächsten Ecke kein Café sein würde. Doch sie kam nicht gegen die Stimme an und lief weiter, immer weiter.

Als sie an der nächsten Ecke ankam, konnte sie es kaum glauben. Dort war tatsächlich ein Café. Sie betrat es und ließ sich erschöpft auf einen Stuhl fallen. Ihre schmerzenden Füße hätte sie am liebsten hochgelegt. In dem Café war kaum Betrieb.

Lina schaute auf die Speisekarte, dann bestellte sie Tiramisu und schwarzen Tee. Sie hoffte, später auf dem Kassenbon die Adresse des Cafés zu finden. Doch hatte sie die Stimme unterschätzt. Die befahl ihr, den Bon liegen zu lassen. Kaum vor der Tür ließ sie Lina weiterlaufen, weiter und weiter und weiter, bis Lina jedes Gefühl für Raum und Zeit verloren hatte.

Plötzlich erblickte sie eine U-Bahnstation. Sie war heilfroh, endlich die Orientierung wiederzufinden. Doch als sie diesen rettenden Hafen erreichte, überfiel sie erneut die wohlige Wärme, und die Sinne schwanden ihr. Das Nächste, woran sie sich erinnern konnte, war, dass sie zu Hause die Haustür aufschloss.

»Na, da staunst du, habe ich recht?«, frohlockte die Stimme. »Ich war noch nie in Japan und vollbringe solche kleinen Wunder. Des Rätsels Lösung errätst du nie, das bleibt mein kleines Geheimnis.«

3

Immer noch 2. August 2018

»Unsere Ermittlungen zeigen erste Erfolge. Immerhin dürfen wir mit an Gewissheit grenzender Wahrscheinlichkeit annehmen, dass die Stimme Lina Kobara systematisch zermürben will. Das heißt, der Täter, derzeit gehen wir von einem Einzeltäter aus, hat möglicherweise ein Interesse daran, dass Lina entweder das Land verlässt oder aber ihren Mann. Dass Kazuhiro Kobara mit der Justiz kooperiert, weiß der Täter vermutlich nicht. Sonst wäre ihm das Eisen vermutlich zu heiß. Lina selbst weiß es übrigens ebenso wenig. Ihr Mann darf es ihr nicht sagen, und wer sonst davon erfahren hat, hat es erfahren, weil er sich eine Anzeige eingehandelt hat, sodass diese Leute sich, so unsere bisherigen Erkenntnisse, von Frau Kobara zurückziehen. Wir prüfen jetzt, ob Spuren in die nächste Nachbarschaft führen. Wir dürfen nichts ausschließen. Nur die Familie Kobara haben wir bereits überprüft. Die sind clean«, gab der Polizeichef auf der Versammlung bekannt.

»Interessant wird es, sobald Lina Kobara wieder ins Ausland reist, die deutschen und die italienischen Behörden glauben wie wir, dass der Täter zumindest zeitweilig in diesen Ländern tatsächlich agiert hat. Das kann sich wiederholen. Unsere italienischen Kollegen vermuten jedoch, dass er von der Polizeiaktion mithilfe der Geistheilerin, die Lina Kobara dort aufgesucht hat, Wind bekommen haben könnte. Er hatte sich danach still verhalten. Dann kann es sein, dass wir es jetzt mit einem neuen Fall zu tun haben. Genau wissen wir es nicht und müssen jede Möglichkeit in Erwägung ziehen. Große Hoffnungen setzen wir auch auf unsere Kollegin Leia, der es gelungen ist, privaten Kontakt zu Lina Kobara aufzubauen. Dafür gebührt ihr jetzt schon ein dickes Lob.«

4

In der Nacht zum 3. August 2018

Lina war vollkommen erschöpft und ging heute früher schlafen als gewöhnlich. Kazuhiro blieb noch auf.

»Das ist sehr schön, dann haben wir beiden Zeit zum Träumen«, begleitete die Stimme sie ins Bett.

In dieser Nacht sollte Lina erleben, was es heißt, zu träumen. Bislang hatte sie sich an ihre Träume kaum erinnern können. Doch diesen Traum sollte sie bis ans Ende ihrer Tage nicht mehr vergessen.

»Lina, bist du wieder zu Hause? Ich bin es, Leia.« Lieber meldete Leia sich, bevor Lina eingeschlafen sein oder eingeschläfert sein würde .

»Was? Du steckst hinter der Stimme?«

»Nein, aber ich habe mir gedacht, dass du für meine Gedankenstimme empfänglich bist.«

»Ist das eine Kunst, die man erlernen kann, so wie Schwimmen oder Radfahren?«

»Nein, jedenfalls nicht in deinem Falle. Aber darüber sprechen wir lieber, wenn wir uns das nächste Mal sehen. Alles klar?«

»Alles klar«, antwortete Lina im Geiste und war vollkommen entgeistert, dass sie jetzt wirklich mit einer Stimme gesprochen hatte. Ein Frage- und Antwortspiel war das gewesen. Mit einem Ruck sprang sie aus dem *Futon* und ging noch einmal nach unten.

»Ich hab's mir anders überlegt, ich bleibe noch eine Weile auf«, erklärte sie dem verdutzten Kazuhiro. Hoffentlich fragte er jetzt nicht, warum, denn was sollte sie ihm nun antworten?

Doch Kazuhiro sah seine Frau lediglich skeptisch an, bevor er ins Bad ging.

Um Mitternacht legte Lina sich erneut in den *Futon*. Kazuhiro schlief schon. Der Blick, den er ihr im Wohnzimmer zugeworfen hatte, weckte Befürchtungen. Stets hatte sie Angst davor, ihr Mann könne wieder von der psychiatrischen Klinik anfangen – kein angenehmes Gefühl. Doch kaum hatte sie es sich im *Futon* bequem gemacht, vernebelte es ihr die Sinne, und sie begann zu träumen. Diesmal schaltete Leia sich nicht ein.

Lina sah sich im Traum auf einem Seil tanzen, das zwischen der Eisdiele und dem Dach des Hauses der Signora Domino gespannt war. Es kostete sie viel Mühe und ihre gesamte Aufmerksamkeit, die Balance zu halten. Wieder und wieder, in schrecklicher Monotonie, spürte sie Stiche, die sie aus dem Gleichgewicht zu bringen drohten. Schließlich sah sie Projektile auf sich zukommen und wollte ausweichen. So rutschte sie schließlich doch ab und fiel. Hart schlug sie auf dem Asphalt auf, doch der öffnete sich im nächsten Moment weit und verschlang Lina, die nun in eine nicht enden wollende Tiefe fiel. Irgendwann hatte sie festen Boden unter den Füßen und versuchte dann, herauszukriechen, doch der Schacht, in dem sie sich befand, rotierte, sodass ihr der Ausgang versperrt blieb. Dann, nachdem sie sich doch wieder etwas gezielter fortbewegen konnte, fand sie einen unterirdischen Gang, in dem ein Monitor mit der Richtungsangabe »Japan« leuchtete. Das verhieß Orientierung. Doch auch in diesem Traum musste sie endlos und ununterbrochen laufen, Kilometer um Kilometer, und ihr Laufen wollte kein Ende nehmen. Schließlich stöhnte sie auf, weil die Schmerzen in den Füßen zu stark wurden. Lina schrie im Traum auf. Für einen Moment wachte sie von ihrer eigenen Stimme

170

auf, fiel jedoch sofort wieder in den entsetzlichen Traum zurück. Wann würde sie wohl in Japan ankommen. Im Traum höhnte die Stimme »Nie, nie!«

5

Immer noch 3. August 2018

»Einen weiteren großen Erfolg können wir bereits jetzt verbuchen. Dank der genialen Kollegin hier an meiner Seite können wir die Träume von Lina Kobara mitverfolgen. Letzte Nacht war es ein richtiger Albtraum. Und wir können feststellen, dass dieser Traum ihr eingegeben wurde. Mit an Sicherheit grenzender Wahrscheinlichkeit dürfen wir annehmen, dass es stets derselbe Täter oder, weniger wahrscheinlich, dieselbe Tätergruppe ist.«

Der nächstrangige Polizist ergänzte:

»Die Recherchen bezüglich der unmittelbaren Nachbarschaft haben zu keinem Ergebnis geführt. Wir wissen nur, dass die Nachbarn unverdächtig sind und nichts mit den Körperbeeinflussungen von Lina Kobara zu tun haben. Eine Nachbarin hortet allerdings Müll auf der Seite ihres Grundstücks, die an das der Kobaras grenzt. Das scheint jedoch bisher noch nicht zu Konflikten geführt zu haben. Gegenwärtig weiten wir die Recherche auf die weitläufigere Nachbarschaft aus. Wir dachten an einen Umkreis von einem Kilometer. Wir gehen jedoch mittlerweile davon aus, dass der Täter sich nicht in Japan aufhält. Die bisher bekannten Chips sind mit Materialien hergestellt, die überwiegend in Deutschland verwendet werden.«

6

17. Dezember 2018

Heute brachten die deutschen Nachrichten eine Meldung über einen Fahndungserfolg der deutschen und europäischen Polizei. Ein in Deutschland stationierter Großrechner konnte in Bezug auf seine Funktionen überwacht werden. Über mehrere Jahre hatten die Fahnder recherchiert, bevor sie juristisch einwandfreie Beweise besaßen, um zuzuschlagen. Dieser Großrechner war so manipuliert worden, dass er Apps auf die Nutzergeräte laden konnte, die nach dem Anklicken Funktionen verrichteten, die der Nutzer damit nicht in Zusammenhang bringen konnte. So hatte die Polizei in Deutschland etwa eine App gefunden, die, sobald sie aktiviert war, dazu führte, dass das Gerät, auf das sie hochgeladen worden war, sehr schnell so hohe Hitze entwickelte, dass sie etwa Verbrennungen an der Hand verursachte, in der das Smartphone gehalten wurde.

Die Fahnder in Deutschland hatten gehofft, so auch Spuren nach Japan zu finden. Doch das bewahrheitete sich nicht. Eine geringe Hoffnung hatten sie noch, dass bei den laufenden Vernehmungen ein Name fiel, den man mit Lina Kobara in Verbindung bringen konnte. Viele der in diesem Zusammenhang Befragten kannten sehr wohl die Bezeichnung *Püppi*. Doch behaupteten sie sämtlich, ihres Wissens hätte Püppi in die Behandlung eingewilligt.

7

Immer noch 17. Dezember 2018

»Liebe Kollegen, ich habe gerade die deutschen Nachrichten gesehen und denke, dass ich mich erneut mit Lina Kobara treffen sollte, um mich mit ihr über die Nachrichten zu unterhalten.

Übrigens denkt Lina ständig, sie sei Püppi, wenn die Stimme mit ihr spricht. Vermutlich nennt die Stimme sie so. Sämtliche Informationen, die ihr diesbezüglich sammeln könnt, bitte auf meinen Schreibtisch. Ich leite sie noch heute Abend nach Deutschland weiter. Dort ist es dann erst früher Nachmittag. Die dortigen Kollegen sind schon ganz scharf auf unsere neuesten Erkenntnisse.«

»OK, Leia, in Bezug auf Lina Kobara bist du der Boss.«

8

Immer noch 17. Dezember 2018

Lina und Leia hatten sich für den Nachmittag verabredet. Am Vormittag hatte Lina erst noch eine Moxabehandlung durchzuführen. Doch sie wartete vergebens. Die Eigentümerin hatte den Termin nicht abgesagt. Derartiges war bislang noch nicht vorgekommen. Vielleicht sollte sie darüber nicht allzu viel nachdenken. Nach dieser Panne freute Lina sich besonders darauf, sich am Nachmittag mit Leia zu treffen. Sie wusste nicht genau warum, aber diese Leia war ihr ausgesprochen sympathisch.

»Hallo, das ist ja schön, dass wir heute beide Zeit haben«, strahlte Leia.

»Ja, das finde ich auch. Heute Morgen hatte ich schon eine Panne zu verkraften, ein Patient, beziehungsweise sein Frauchen, ist einfach nicht zur Behandlung gekommen. Das ist noch nie vorgekommen.«

»Na, die Sache wird sich sicherlich klären«, meinte Leia. Insgeheim tat es ihr jedoch leid, dass sie Lina nicht die Wahrheit sagen konnte. Diese Person hatte einfach zu laut herumposaunt, die Moxa-Veterinärin verbreite Angst und Schrecken in der Nachbarschaft. Deshalb war sie auf der Polizeiwache verhört worden und konnte nicht bei Lina erscheinen.

9

24. Dezember 2018

Die deutschen Kollegen tauschten weiterhin regelmäßig Informationen mit Leia aus. Leider hatte sich die Hoffnung zerschlagen, in den Aktivitäten des Supercomputers eine Verbindung zu Lina Kobara alias Püppi zu erkennen. Immerhin konnten über diese Auswertungen mehrere Kinderpornobanden und Rauschgiftdealer überführt werden, doch keine Spur führte nach Japan. So viel stand jetzt fest. Zu früh gefreut, gestand Leia sich ein. Aber immerhin konnte sie jetzt Lina zum Sprechen bringen. Damit ließ sich nachweisen, dass sie unter der Stimme litt. Das erhöhte das Strafmaß für den Täter erheblich, sollte er je ausfindig gemacht und angeklagt werden.

Wichtig war auch der Hinweis, dass der Rechner nichts mit Cyborg-Technologie zu tun hatte. Diese Spur verfolgten die italienischen Kollegen, weshalb auch deren Fahnder große Hoffnungen in den Supercomputer gesetzt hatten.

10

Immer noch 24. Dezember 2018

Endlich hatte Strahlser wieder Zeit, um sich in Ruhe die Abendnachrichten anzuschauen. Seine Frau war mit ihrem Adoptivsohn ein paar Tage zu ihrer Mutter gefahren.

Bei dem Bericht von dem Fahndungserfolg nach Auswertung des Supercomputers dachte Strahlser für einen Moment, sein Herz bliebe stehen. Bitte, bitte, bloß keine Spuren zu mir. Sein Herz raste wild. Er hoffte inständig, sich rechtzeitig von den störenden Computerfreaks losgesagt zu haben. Seine Technologie wäre zwar ohne Computer nicht möglich, doch war sein Metier nur Püppi und sonst nichts. Zum Glück schlief Püppi am anderen Ende der Welt gerade. Bevor sie die Nachrichten sähe, hatte er Zeit zu überlegen. Vielleicht wäre es das Beste, wenn er Püppi später diese Nachrichten vergessen ließ. Dafür müsste er in den nächsten Tagen ausnahmsweise wieder Überstunden machen. Hoffentlich sagte der Chef nichts dazu. Kollegen, die nur halbtags arbeiteten, machten freiwillig keine Überstunden.

Strahlsers innere Unruhe sollte noch Wochen währen. Wochen, in denen er sich nicht getraute, Püppi aktiv zu steuern. Die Dauersteuerung, die etwa heftiges Niesen auslöste, wenn Lina Kobara Negatives über die Stimme dachte, oder das Stolpern bei Gedanken an Robotertechnik, blieb jedoch intakt.

11

Immer noch 24. Dezember 2018

»Der Täter hat eine Dauerschaltung entwickelt und aktiviert. Auch ohne dass er punktuell eingreift, muss Lina Kobara etwa stolpern oder hart aufstoßen«, fasste der Polizeichef in Japan die neuesten Erkenntnisse zusammen.

»Alle bleiben weiterhin am Ball, und Leia versucht, wenn Püppi nach Deutschland fliegen sollte, sie zu begleiten, und zwar offiziell als ihre Freundin.«

»Alles klar«, bestätigte Leia.

»Versuche, von ihr so viel wie möglich über ihre Vergangenheit in Deutschland zu erfahren.«

»Alles klar«, bestätigte Leia erneut.

12

31. Dezember 2018

Wann sie das erstmals beobachtet hatte, konnte Lina nicht mehr genau sagen. In ihrem Tagebuch hatte sie diesbezüglich etwas zum 1. Januar 2012 notiert: Ihre Nachbarin zur Rechten trug ihren Hausmüll nicht mehr an den dafür vorgesehenen Tagen auf den Müllplatz an der Straßenecke, sondern lagerte ihn an der ihrem Grundstück zugewandten Seite. Etliche Mülltüten lagen dort inzwischen herum und warteten vergeblich darauf, entsorgt zu werden. Lina hatte den Eindruck, die Nachbarin achte darauf, dass der Müll nicht über das ihn etwas verdeckende Mäuerchen hinausragte. Offenbar sollte der Müll nicht von der Straße aus sichtbar sein. Doch den Kobaras stach er in die Augen. Ebenso sorgte diese Nachbarin dafür, dass kein Kompostmüll dorthin

176

gelangte. Lina überlegte, vielleicht konnte sie Leia dazu befragen, bevor sie sich darüber mit Kazuhiro unterhielt oder gar die Nachbarin direkt ansprach. Sie hielt Leia für sehr aufgeschlossen. Sollte sie ihre Freundin nicht einmal zu sich nach Hause einladen und ihr bei der Gelegenheit den Müll zeigen? Gleichzeitig mit den Beobachtungen zum Müll der Nachbarin hatte Kazuhiro wieder begonnen, die Handtücher aus der Praxis im Haus zum Trocknen aufzuhängen und nicht mehr draußen. Das hatte er schon einmal für eine Weile getan. Und seine Schuhe stellte er seit einiger Zeit auch weniger ordentlich hin als sonst. Lina merkte, wie sich ihre Beobachtungsgabe im Laufe der Jahre geschärft hatte.

13

10. Januar 2019

Die Freundschaft zwischen Lina und Leia wurde enger, und schließlich lud Lina sie zu sich nach Hause ein, was Leia hocherfreut annahm. Lina holte Leia vom Bahnhof ab, damit sie sich nicht verlaufe. Heute regnete es stark, und Lina war mit dem Auto zum Bahnhof gefahren.

»Ein schönes Auto habt ihr. Und so gepflegt.«

»Ja, mein Mann verbringt mehr freie Zeit mit unserem Auto als mit mir«, grinste Lina, gab aber sofort zu, dass das maßlos übertrieben war.

Leia war gespannt, was heute wohl kommen mochte. Allzu lange musste sie nicht warten.

»Sag einmal, Leia, hat Müll in Japan eine symbolische Bedeutung zwischen den Menschen?«

»Ich verstehe die Frage nicht. Wie meinst du das?« Das war zwar nur die halbe Wahrheit, aber Leia wollte lieber auf Nummer Sicher gehen.

»Seit geraumer Zeit stapelt unsere Nachbarin ihren Müll zu unserer Seite. Das hat sie zuvor nicht gemacht. Jedenfalls habe ich es nicht bemerkt.«

»Darf ich das einmal sehen?« Leia war begeistert, dass sie sofort einen Anfangsverdacht gegen die Nachbarin erhielt.

»Komm, wir gehen kurz in den Garten.«

Leia konnte kaum glauben, was sie dort sah: Wollte die Nachbarin etwa Lina und ihren Mann mithilfe einer privaten Mülldeponie aus der Nachbarschaft fortekeln? Während Lina sich vermutlich über das Verhalten nur ärgerte, löste es bei ihrem japanischen Ehemann womöglich schon Panik aus.

»Was sagt denn dein Mann dazu?«

»Das weiß ich nicht, er reagiert stets komisch, wenn ich mit ihm über solche mir unbekannten Sitten reden will. Deshalb habe ich schon lange nicht mehr mit ihm über Derartiges gesprochen.«

»Ja, komisch ist das auf alle Fälle. Müll gehört auf den Müllplatz und nicht an die Seite eines Nachbarhauses.«

Der Nachmittag wurde noch richtig gemütlich. Leia fragte Lina auch nach ihrem Studium in Deutschland, und wie sie Kazuhiro kennengelernt hatte.

In der Hoffnung, dass es nicht zu riskant sei, fragte sie schließlich unverblümt, ob Lina je in Deutschland den Eindruck gewonnen hätte, jemand sei ihr Feind.

Komisch, dachte Lina, das hatte Kazuhiro sie vor geraumer Zeit auch schon einmal gefragt.

»Wenn ich einen Feind in Deutschland hatte oder vielleicht noch habe, so weiß ich das nicht. Der Gedanke ist mir, ehrlich gesagt, unheimlich.«

»Was würdest du denn tun, wenn du einen Namen nennen könntest?«

»Auch darauf weiß ich keine Antwort. Es käme darauf an, ob und was er mir antun wollte.«

»Ja, da hast du natürlich recht.«

Einige Zeit später fragte Leia, ob Lina in ihrem Leben Techniker kennengelernt hätte, die sich mit Cyborg-Technologie auskannten.

»Hmmm. In unserem Studium kommen wir natürlich viel mit Technik in Berührung, zum Teil mit derselben wie in der Humanmedizin. Ansonsten arbeitete unser Vermieter in einem Labor, wo sie zu menschlichen Robotern forschten. Höchstentwickelte Technik, wie er einmal sagte. Aber an Genaueres erinnere ich mich nicht mehr. – Wie der hieß? Oh Gott, das weiß ich beim besten Willen nicht mehr. Wir hatten kaum etwas mit ihm zu tun. – Oder, nein, halt. Er hieß Strahlser, genau, Felix Strahlser. Jetzt kommt sie wieder, die Erinnerung.«

»Und wo habt ihr gewohnt?«

»In Gießen. Ich in einer WG im zweiten Stock, Kazuhiro in einer Wohnung im dritten.«

Leia war guten Mutes, auf der richtigen Spur zu sein, der Vermieter war betucht und ging dennoch einer regulären Arbeit nach und das ausgerechnet im Bereich der Cyborg-Technologie. Das würde die Kollegen im Ausland garantiert interessieren.

Sie blieb noch einige Zeit, bevor sie sich von Lina wieder mit dem Auto zum Bahnhof bringen ließ. Die Praxis hatte sie nicht von innen gesehen, doch, da Lina dort kaum noch arbeitete, war das womöglich nicht so wichtig.

14

Immer noch 10. Januar 2019

Strahlser, der auch diesem Gespräch zwischen Lina und Leia gelauscht hatte, wurde flau im Magen, selbst wenn er auch noch keine direkte Gefahr auf sich zukommen sah. Immerhin war sein Name gefallen. Sollte und konnte er verhindern, dass Lina sich weiterhin mit dieser Leia traf? Ein fundamentaler Eingriff, von dem er nicht wusste, wie Leia darauf reagieren würde. Sie erschien ihm irgendwie als ziemlich hartnäckig. Warum hatte sie bloß derartigen Gefallen an Lina gefunden? Er beschloss, solange er Leia nicht richtig einschätzen konnte, sie in Ruhe zu lassen. Sein krimineller Instinkt verriet ihm, dass diese Frau ihm gefährlich werden konnte.

15

Immer noch 10. Januar 2019

Aufgeregt kehrte Leia ins Revier zurück und setzte sich sofort mit ihren deutschen Kollegen in Verbindung. Sie erbat von ihnen sämtliche Informationen, die sie über Felix Strahlser, einen deutschen Staatsbürger, besaßen, der ehemals der Vermieter von Lina und Kazuhiro Kobara in Gießen gewesen war.

Noch am selben Abend erhielt sie die Meldung, Felix Strahlser sei bislang polizeilich nicht auffällig geworden. Er hatte mit seiner Frau 2012 ein Kleinkind, einen Jungen, adoptiert. Auch das weise darauf hin, dass er in seinem sozialen Umfeld als einwandfrei und unproblematisch gelte. Die betreffende Adoptionsvermittlungsstelle recherchiere sehr zuverlässig, hieß es. Er sei einmal seither umgezogen, wohne jetzt mit seiner Familie in dem Mehrfamilienhaus, in dem er auch die Wohnungen vermietete. Der Grund für den Umzug sei nicht bekannt.

Leia überlegte: Der Termin der Adoption fiel in die Zeit von Linas Italienaufenthalt. Hätte er also für diese Zeit ein Alibi? Doch sie benötigten diesbezüglich Klarheit und Sicherheit. Also schrieb Leia:

»Bitte überprüfen Sie, ob Felix Strahlser am 6. Juli 2017 in Italien, möglicherweise in Catania, war. Falls ja, mit wem und mit welchem Fortbewegungsmittel.

Nach einer guten Weile kam die Antwort,

»Recherche negativ. Weder Buchungen von Flügen, Hotels oder

Campingplätzen. Er könnte aber auch mit seinem Privatfahrzeug oder einem womöglich geliehenen Wohnmobil gereist sein. Und auch eine Bahnfahrt, wenn das Ticket nicht im Internet gebucht wurde, läßt sich jetzt nicht mehr zurückverfolgen. Trotzdem bleiben wir am Ball und versuchen das zu überprüfen.«, lautete die Antwort der Kollegen in Deutschland.

Lina verwünschte die liberalen Sitten in Europa. Hier, in ihrer Heimat, würden Daten aus Überwachungskameras in Eisdielen, bei einer Geistheilerin und in sämtlichen Hotels verfügbar sein und sie dürften auch von der Polizei ausgewertet werden. Im Handumdrehen wüsste man dann mehr. Doch in Europa waren stets Datenschutzgesetze zu berücksichtigen, sobald man auch nur eine einzige Überwachungskamera installieren wollte. Also waren die Eisdiele, das Anwesen der Geistheilerin und ebenso wenig eines der Hotels mit Überwachungskameras ausgerüstet.

»Lina Kobara via Stimme ernsthaft zu befragen, ist nicht sinnvoll, da sie die Stimmen nicht auseinanderhalten kann. Und vielleicht kann sie sich auch gar nicht mehr genau an ihren ehemaligen Vermieter erinnern. Verdächtig vorgekommen war er ihr offensichtlich nicht«, fasste Leia den Stand der Dinge zusammen.

Wie schade, dachte sie enttäuscht. Denn Felix Strahlser würde sicher, das ließ seine Arbeit vermuten, technisch versiert genug sein. Auffällig waren lediglich seine zeitweilig drastischen Überstunden, die eines Tages schlagartig aufhörten. Doch dafür gab es eine plausible Erklärung. Das Ehepaar Strahlser hatte ein Kind adoptiert, und seither arbeiteten beide Partner nur noch auf halben Stellen.

16

Immer noch 10. Januar 2019

Kaum war Leia auf dem Revier, rief sie beim Hygieneamt an.

»Hallo, im dritten Bezirk, Hausnummer 17, liegt ein Fall vor, wo eine Nachbarin Ärger mit dem Müll macht. Bitte kümmert euch einmal darum.«

»Alles klar, das wird sofort in die Wege geleitet.«

17

12. Januar 2019

Lina traute ihren Augen nicht: Zwei Fremde, ein Mann und eine Frau, räumten auf dem Nachbargrundstück den Müll fort. Beide trugen Alltagsmasken, und als sie mit der Arbeit fertig waren, desinfizierten sie alles, womit der Müll in Berührung gekommen war, auch die Mauer zu ihrem Grundstück. Hatte Leia mit der Nachbarin gesprochen? Wie dem auch sei, Lina hielt das nicht für Zufall. Kaum hatte sie Leia gegenüber den Müll erwähnt, schon wurde der beseitigt. Wer waren die beiden Helfer wohl?

Beim Abendessen fragte sie Kazuhiro, ob er etwas darüber wisse.

»Na ja, wenn jemand Anzeige erstattet haben sollte, dann könnten die beiden vom Hygieneamt sein. Die sind hierzulande für Ordnung zuständig. Und Müll genug hatten die nebenan ja herumliegen lassen.«

Vom Hygieneamt. Anzeige. Lina schwante, dass Leia für sie Anzeige erstattet hatte. Sollte sie ihre Freundin beim nächsten Mal darauf ansprechen?

Kazuhiro hegte keinen Zweifel daran, dass die neue Bekannte seiner Frau, mit der sie sich immer enger befreundete, dahinterstecken musste. Nachbarn zeigten einander nicht an, jedenfalls nicht wegen des Mülls. Und störend war der Müll nur für sie, Kobaras, denn er wurde nur zu ihrer Seite deponiert. Und so war sich Kazuhiro ganz sicher, dass diese Leia etwas mit der Justiz zu tun haben dürfte. Eine sozusagen normale Freundin hätte sich nie im Leben in einen solchen Nachbarschaftszwist eingemischt, schon gar nicht, wenn die Ausländerin mit einem Japaner liiert ist und der ganz offensichtlich nichts dagegen unternimmt. Hoffentlich hatte sie Lina weiterhin im Unklaren über die Bedeutung einer solchen Müllanhäufung gelassen. Nach seinem Verständnis hieß das »Verschwindet! Sofort!«, in genau diesem sehr unfreundlichen Ton. Aber es hatte schon einmal eine Zeit gegeben, in der er um sein Haus gebangt hatte. Das war damals, als Lina ihre Armbanduhr, die er ihr geschenkt hatte, verloren hatte. Damals wollte ihr offenbar auch jemand sagen, dass ihre Zeit in dem Haus abgelaufen sei. Die Uhr hatte sich danach jedoch wiedergefunden, und zwar bei ihnen zu Hause. Damit war zwar klar, dass die nonverbale Drohung außer Kraft gesetzt worden war, doch nur auf Zeit, denn es hing noch ein rotes Fädchen an der Uhr. Wegen dieses Details, von dem ihm seine Frau unwissend um die Bedeutung berichtet hatte, war Kazuhiro damals überzeugt davon, dass sich jemand Zutritt zu ihrem Haus verschafft haben musste. Er hatte seinerzeit zwar Anzeige gegen unbekannt gestellt. Doch davon hatte er Lina gegenüber nichts erwähnt, und es war auch nie aufgeklärt worden. Der Täter, oder wahrscheinlicher, die Täterin, war unerkannt geblieben. Kazuhiro vermutete zudem ein nur geringes Interesse der Justizbehörden, zumal der Gegenstand sich wieder aufgefunden hatte und womöglich überhaupt nicht entwendet worden war. Er selbst glaubte aber, die Nachbarin, die sie jetzt auch mit dem Müll unter Druck setzen wollte, hätte diese Tat verübt. Doch hatte er diesen Fall nach der erfolglosen Anzeige auf sich beruhen lassen. Ebenso wenig hatte er das Haustürschloss ausgetauscht, denn das hätte er Lina gegenüber irgendwie begründen müssen. Und die wiederum wollte er nicht beunruhigen, nachdem er die Möglichkeit eines Einbruchs so vehement bestritten hatte. Zudem wusste er ja gar nicht, ob der Täter ihnen einen Schlüssel entwendet hatte. Als er nachgezählt hatte, waren alle Schlüssel vorhanden. Und nachgemacht werden durften diese Sicherheitsschlüssel nicht ohne weiteres. Zudem war ihm klar, dass seit dem Eindringen in sein Haus, um die Uhr zurückzugeben, es von niemandem mehr ungebeten betreten worden war. Dessen war er sich ganz sicher, denn er hatte stets, bevor er aus dem Haus ging, kleine Fallen gestellt, über die ein ungebetener Gast ganz sicher gestolpert wäre.

18

16. Februar 2019

Da sie kaum noch Patienten hatte, beschloss Lina, nach Deutschland zu fliegen. Ihre letzte Reise in die Heimat lag immerhin schon gut anderthalb Jahre zurück. Zudem war ihr übel aufgestoßen, dass Kazuhiro jetzt wieder die Handtücher draußen zum Trocknen aufhängte. Einen Zusammenhang mit dem entsorgten Müll ihrer Nachbarn bestritt er. Lina glaubte ihm nicht. Das war der ideale Zeitpunkt für etwas mehr räumlichen Abstand voneinander zu sorgen. *Even lovers need a holiday, far away from each other.* So hatten es Chicago einmal musikalisch ausgedrückt.

Als sie Leia von ihren Deutschlandplänen erzählte, fragte diese ganz spontan, ob sie mitfliegen könnte. Sie würde nur allzu gern einmal Europa bereisen. Und Deutschland stehe ganz oben auf ihrer Wunschliste. Lina war begeistert. Mit Leia an ihrer Seite würde ihr ganz sicher nichts passieren. Die Sicherheit ihrer neuen Freundin strahlte auch, so empfand es Lina, auf sie selbst ab. Während sich Lina bei ihrer Familie

184

oder bei Freunden aufhielt, würde Leia alleine weiterreisen. Das sei überhaupt kein Problem.

19

25. März 2019

Lina und Leia saßen im Flugzeug und unterhielten sich. Irgendwann war das Flugzeug in der Luft, Lina hatte den Start über der Unterhaltung ganz vergessen. Erstmals war sie seit langem beim Start nicht eingeschlafen, sinnierte sie später. Strahlser tobte derweil in Deutschland, weil er sich, wenn Leia in der Nähe war, nicht getraute, Lina einzuschläfern. Diese Leia war ihm unsympathisch, seit sie das Hygieneamt eingeschaltet hatte. Auch er war davon überzeugt, dass sie das veranlasst hatte. Noch etwas missfiel ihm sehr. Lina wollte gemeinsam mit Leia auf deren Wunsch hin auch noch zwei oder drei Tage in Gießen verbringen, eine riskante Angelegenheit. Natürlich könnte er ihre Gedanken von Gießen weglenken, doch war er sicher, dass diese Leia ganz scharf auf alles war, was mit Lina zusammenhängen könnte. Und dazu gehörte ganz sicher auch der Ort ihrer Studienzeit, Gießen. Pech für ihn, gab er sich geschlagen. Andererseits bot sich ihm so die einmalige Chance, Leia weitab der Heimat für sich zu gewinnen, sie also mit einem Chip zu versehen, der sie für ihn noch einfacher steuerungsfähig machte. Think positive, sagte er sich.

20

30. März 2019

Ankunft in Gießen. Lina erinnerte sich an vielerlei, die Zimmersuche, wie sie Kazuhiro kennengelernt hatte und ihre erste gemeinsame Zeit.

Natürlich wollte Leia auch sehen, wo die beiden gewohnt hatten. Lina brauchte etwas, bevor sie sich orientieren konnte, denn im Lauf der Jahre hatte sich auch hier das Stadtbild verändert. Dann jedoch sagte sie:

»Hier haben wir gewohnt.«

Lina zeigte auf ein mehrgeschossiges Haus auf der anderen Straßenseite.

»Sieht gemütlich aus«, kommentierte Leia.

»Ja, dort war es sehr schön. Eine Vierzimmerwohnung. In meiner WG haben wir zu dritt gewohnt. Kazuhiro lebte in der Etage über uns. Er hatte die ganze Wohnung für sich, was unseren Treffen sehr entgegen kam. Lass uns doch einmal schauen, wer da heute wohnt.«

Sie überquerten die Straße und schauten auf die Klingeln.

»Oh, unser ehemaliger Vermieter wohnt jetzt auch in seinem Haus. Früher wohnte er in der Lessingstraße.«

Leia nutzte die Gelegenheit und fragte Lina nach ihrem Vermieter.

»Du! Ich habe ihn nur zweimal getroffen, beim Vertragsabschluss und schließlich, ein paar Jahre später, bei der Kündigung.«

»Öfter nicht?«

»Nein, er wohnte, wie gesagt, nicht mit im Haus. Oder halt, ab und zu haben wir ihn vor der Oper oder beim Einkaufen aus der Ferne gesehen. Aber das kann man ja nicht als Treffen werten.«

»Und was machte er beruflich?«

»Er sagte nur, er arbeite in einem Forschungslabor, wo sie daran arbeiteten menschliche Roboter herzustellen. Genaueres hatte er damals nicht erzählt.«

186

»Sind sonst noch bekannte Namen dabei?«, wollte Leia wissen.

»Nein, sonst kenne ich niemanden mehr. Aber eine WG löst sich ja in der Regel auf, wenn die Leute fertig werden mit dem Studium.«

»Ja, stimmt.«

Strahlser, der das Gespräch über Lina belauscht hatte, wurde es immer mulmiger zumute. Obwohl sich die beiden auf Japanisch unterhielten, erfasste er intuitiv, dass sie über ihn sprachen. Er zwang sich zur Ruhe. Heute war er zu Hause geblieben, da Hannelore arbeiten ging. Bis zum heutigen Tag hatte er Lina unzählige Male dazu benutzt, weiteren Opfern Chips unter die Haut zu jagen, die mit Cyborg-Technologie in Nanometergröße gespickt waren. Die bewirkten, dass die Menschen bei negativen Gedanken plötzlich niesen mussten, sich verschluckten oder in tiefen Schlaf fielen. Nur einmal hatte seine Püppi versagt, in Catania, als sie der Geistheilerin einen Chip einschießen sollte. Irgendwie hatte der nicht funktioniert, wie sich ein paar Tage später zeigte. Auf seinem Computer erschien beim Aufruf nur ein schwarzer Bildschirm. Die Ursache für diese Panne hatte er trotz sorgfältiger Recherchen nie ermitteln können. Zwar hatte ihn das etwas beunruhigt, aber diese bisher einzige Panne sollte auch etwas Singuläres bleiben, das hatte er sich geschworen.

Besonders infam war an seiner Technik, dass Personen mit häufigerem Kontakt zu Lina ihre Schmerzen schließlich auf die physische Nähe zu ihr bezogen und sie dann zu meiden begannen. Und genau derartige Chips hatte Strahlser in Lina bei jedem ihrer Deutschlandaufenthalte in Mengen deponiert. Diesmal sollte es das letzte Mal sein. Eigentlich hatte er sich das bereits in Catania vorgenommen. Zudem sollte er demnächst in eine andere Abteilung versetzt werden. Die wollte er clean halten. Aber die Chance, die sich ihm jetzt unmittelbar vor der eigenen Haustür bot, war einmalig. Direkt vor seiner Erdgeschosswohnung standen die beiden. Doch traute er sich nicht, durch die Mauern seiner Wohnung Leia über Lina zu infizieren. Und

187

wenn er einfach wie zufällig vor die Tür ginge? Nein, er durfte nicht den geringsten Verdacht erwecken. Wenn er nur diese Leia irgendwie ablenken könnte. Doch die sagte,

»Würde sich dein Vermieter wohl freuen, wenn du bei ihm klingelst?«

»Das weiß ich nicht. So etwas ist in Deutschland nicht üblich. Er würde sich sicherlich wundern, insbesondere, wenn ich nicht allein komme.«

»Schade, ich würde ihn gerne einmal kennenlernen.«

Leia war manchmal wirklich wunderlich, fand Lina. Für einen Moment überlegte sie, ob sie nicht doch einfach klingeln sollte. Vielleicht war ja niemand zu Hause. Andererseits, wenn seine Frau öffnen sollte, würde sie, Lina, ganz sicher ins Stammeln geraten.«

»Meinst du nicht, wenn du in Begleitung einer Japanerin bist, dass er sich dann weniger wundert? Und es stimmt ja, dass ich dich nach Gießen gelockt habe, und dass du nur meinetwegen hier stehst. Stell dir vor, er ist zu Hause und hat uns bereits wahrgenommen. Dann wundert er sich vielleicht, warum du nicht klingelst.«

Lina konnte den Überlegungen ihrer Freundin nicht mehr folgen. Trotzdem ließ sie sich breitschlagen und klingelte. Sie war sehr überrascht, als um diese Uhrzeit tatsächlich jemand die Tür öffnete. Ihr ehemaliger Vermieter stand nun leibhaftig vor ihr. Im Hintergrund hörte man ein Kind spielen.

Lina tat, wie Leia vorgeschlagen hatte, und war gespannt auf die Reaktion ihres ehemaligen Vermieters.

Strahlser, der vorbereitet an die Tür trat, hielt sein Smartphone in der Hand. Er dachte, dieses ist die Chance! Jetzt oder nie, und dann, Püppi, und dann gehörst du mir bis an den Rest deiner Tage.

Strahlser erzählte, sie seien vor einigen Jahren aus der Lessingstraße hierher gezogen. Seine Erklärungen unterstrich er mit weit ausladenden Gesten, in der Hoffnung, Leia und Lina abzulenken. Als beide seinen Armbewegungen mit den Augen folgten, schoss er blitzschnell.

Zack, einmal auf Lina, und dann auf ihre Begleiterin. Beide zuckten nicht einmal mit der Wimper. Strahlser wusste jedoch nicht, dass Leia den Einschuss sofort per Gedankenstimme der Zentrale in Tokyo meldete. Wenn Lina bei ihren Freunden war, würde sie sich im nächsten Polizeirevier vorstellen und Meldung machen. Mal sehen, ob man ihr das Teil wieder herausoperieren konnte. Auf jeden Fall stand jetzt fest, dass Strahlser keinesfalls so harmlos war, wie er sich gab. Leia verlangte per Gedankenstimme einen Haftbefehl. Doch wieder wurde ihr erklärt, dass sie den Tathergang nicht gesehen hatte, also keineswegs als Augenzeugin eine Aussage machen könne. Da auch ihr die Beweise für eine Täterschaft Strahlsers fehlten, sei momentan allenfalls eine polizeiliche Vernehmung in Deutschland zu erreichen. Dann eben von unten anfangen, kam von Leia zurück. Ich kann hoffentlich die Vernehmung aus dem Nebenzimmer mitverfolgen.

21

31. März 2019

Wie gewünscht, konnte Leia diese Vernehmung von Felix Strahlser aus dem Nebenzimmer mitverfolgen. Auch das hatte sie Lina verheimlicht. Sie war in Deutschland aufgewachsen und sprach fließend Deutsch. Ihren Vornamen Leia hatten ihre Eltern gewählt, da er in beiden Sprachen angenehm klang. Sie hielt sich zurück. Denn Strahlser sollte um ihre Rolle noch nicht wissen. Leia hatte vorsichtshalber in einem unbeobachteten Augenblick ein Foto von Linas Füßen gemacht und den Kollegen in Gießen noch vor der Vernehmung übermittelt.

Als man Strahlser ein Foto von Lina mit der Frage vorlegte, ob er diese Person kenne, verneinte er das zuerst. Als ihm erklärt wurde, er habe sie doch erst kürzlich wiedergesehen, log er, er hätte für einen Moment befürchtet, dass Lina Kobara vielleicht ermordet worden wäre, und man ihn verdächtige. Deshalb hätte er die Unwahrheit gesagt. Ja, er kenne sie, eine ehemalige Mieterin von ihm, die sich erst gestern nach langen Jahren bei ihm gemeldet habe.

»Plötzlich stand sie mit einer Japanerin vor meiner Tür. Wir haben uns nur kurz unterhalten. Dann zogen die Damen ihres Weges. Eine kurze Begegnung. Wir haben weder Adressen noch Telefonnummern ausgetauscht.«

Nun legten die Polizisten Strahlser das Foto von Linas Füßen vor. Was er dazu sagen könne. Sofort war Strahlser schweißgebadet und stammelte, was solle er darüber sagen? Ihm falle nichts, absolut gar nichts, dazu ein. Er sei doch kein Orthopäde. Warum man ihm das Foto vorlege, wollte er wissen. Ob er jetzt einen Anwalt brauche. Nur, wenn er dies wünsche, lautete die Antwort.

Als es den vernehmenden Beamten schließlich zu bunt wurde, sagte einer von ihnen Strahlser auf den Kopf zu, er sei schuld an diesen Deformationen an den Füßen Lina Kobaras. Jetzt verlangte Strahlser einen Anwalt. Das werteten die Polizisten als Schuldbekenntnis und setzten ihm gehörig zu. Sie hatten Glück, noch bevor der Anwalt eintraf, gab Strahlser zu, er habe Linas Füße mithilfe seines Smartphones aus der Entfernung so zugerichtet.

Das war der von den Polizisten lange ersehnte Moment. Jetzt würden sie den Täter dingfest machen können, da waren sie ganz sicher. Auch Leia im Zimmer nebenan jubelte.

22

1. April 2019

Strahlser hatte bisher noch nie einen Rechtsanwalt benötigt. Da er also keinen kannte, bat er um einen Pflichtverteidiger. Nun erführe auch Hannelore von seinen Machenschaften, womöglich gar aus der Presse.

Falls er wirklich auspacken musste, würden sich die Medien auf ihn stürzen, vor allem auch, weil sein Fall japanische Interessen berührte, und das Land war derzeit in Deutschland sehr populär, angefangen von *Futon*betten über *Ikebana*, Hauptsache, es sah japanisch aus.

Der Pflichtverteidiger hörte sich an, was Strahlser zu sagen hatte, nachdem er ihm eingeschärft hatte, er müsse ihm gegenüber ehrlich sein. Denn sein Mandant schade nur sich selbst und werfe ein schlechtes Licht auf sich, falls vor Gericht herauskomme, dass er nicht die Wahrheit gesagt hatte.

Strahlser schwieg zunächst. Erst als der Anwalt fragte, ob er lieber wieder gehen sollte, begann Strahlser von Linas Füßen zu berichten, die auf dem Foto abgebildet waren. Er eröffnete dem Anwalt, er habe bei der Vernehmung zugegeben, für die Deformation der Füße verantwortlich zu sein.

»Also geht diese Verkrümmung der Zehen dieser Frau wirklich auf Ihr Konto?«, wollte der Anwalt wissen.

Wieder schwieg Strahlser.

»So kommen wir nicht weiter, Herr Strahlser. Sie müssen mir schon die Wahrheit sagen. Also, was ist mit den Füßen?«

»Nun ja, irgendwie bin ich daran schon beteiligt. Aber es war alles eine ganz harmlose Angelegenheit. Das Problem ist nur, dass mir mit der Zeit die Sache entglitten ist. Einige haben aus der ersten Idee dann Computerspiele gemacht, aber da bin ich dann ausgestiegen.«

»Wie wurden denn die Fußknochen von Frau Kobara manipuliert? Auf dem Foto sehen sie ja sehr verdreht aus, insbesondere die große Zehe und die Mittelfußknochen.« Strahlser war entgeistert, dass der Anwalt das Foto offenbar kannte.

»Wie das technisch funktioniert, weiß ich auch nicht«, suchte Strahlser zu lügen. Doch der Anwalt ließ nicht locker.

»Gerade klang es jedoch so, als wüssten Sie es. Immerhin haben Sie es bei der Vernehmung zugegeben.«

Wieder verlegte sich Strahlser aufs Schweigen.

»Ich wiederhole mich nur ungern, aber so kommen wir nicht weiter. Vielleicht erzählen Sie von Anfang an. Wie haben Sie denn Frau Kobara kennengelernt?«

In seiner Funktion als Pflichtverteidiger hatte der Anwalt im Lauf seines Berufslebens gelernt, geduldig zu sein. Und er ahnte, dass er vor einem Mann saß, der ihn innerlich das Fürchten lehren würde.

23

Immer noch 1. April 2019

Hannelore Strahlser war vollkommen aufgelöst. Gerade hatte sich ein Unbekannter bei ihr als der Pflichtverteidiger ihres Mannes vorgestellt und erklärt, der befinde sich in Polizeigewahrsam, da schwere Vorwürfe gegen ihn erhoben worden seien. Als seine Ehefrau könne sie ihn jedoch besuchen. Sofort machte Hannelore sich fertig, gab das Kind bei einer Nachbarin ab und fuhr zum Polizeirevier.

Beim Anblick seiner Frau sackte Strahlser auf dem Stuhl sichtbar zusammen. Sein Selbstbewusstsein war dahin. Er traute sich kaum, an Lina Kobara zu denken. Das fiel ihm sehr schwer, denn er hatte sie ja erst wiedergesehen. Und wer war die Japanerin, diese Leia, an ihrer Seite? Die hatte er noch nicht angetastet, nachdem er sie bei dem plötzlichen Kennenlernen vorsichtshalber für Japan präpariert hatte.

»Dein Anwalt hat sich bei mir gemeldet. Was hast du denn gemacht, dass sie dich hier festhalten?«

»Ich hoffe, dass sich die ganze Sache als Missverständnis aufklären wird«, log Strahlser. »Wie geht es dem Kleinen?«

»Der ist bei Enzhofers. Dort kann er mehrere Stunden bleiben, Bellina geht heute nicht mehr aus dem Haus, hat sie gesagt. Aber erzähl doch bitte, was sie dir hier vorwerfen!«

192

»Eine Frau, die in Japan wohnt, hat mich offenbar beschuldigt, ihr die Zehen verdreht zu haben.«

»Was? Hat die einen Knall?«

»Das weiß ich nicht. Ich vermute auch, dass sie einfach nur spinnt, aber ich habe sie diesbezüglich nicht sprechen können. Derzeit soll sie in Deutschland sein.«

»Wie sollst du denn an ihre Füße kommen, wenn sie in Japan wohnt? Das klingt wie eine Fantasiegeschichte.«

»Finde ich auch.«

»Warten wir erst einmal ab, was der Anwalt sagt. Wann darfst du denn wieder nach Hause?«

»Das weiß ich noch nicht.«

Strahlser war froh, dass Hannelore nicht weiter fragte und offensichtlich von seiner Unschuld überzeugt war und dass der Anwalt erst in einer Woche wiederkommen wollte. Das gab ihm Zeit, nachzudenken.

Die Wahrheit sollte er ihm sagen, hatte der immer wieder betont. Sonst könne er ihn nicht verteidigen. Aber wenn die Wahrheit herauskäme, würde er den Rest seiner Tage in Haft verbringen. Darüber war sich Strahlser im Klaren. Das musste er mithilfe seines Anwalt verhindern. Vielleicht sollte er sich einen Staranwalt nehmen. Geld spielte für ihn keine Rolle. Doch verriet ihm seine innere Stimme, auch ein Staranwalt wolle von ihm die Wahrheit hören. Dann konnte er genauso gut bei dem namenlosen Pflichtverteidiger bleiben. Strahlser begann zu grübeln. Sollte er vielleicht um sein Smartphone bitten, damit er zumindest versuchen könnte, Lina Kobara aus dieser Welt zu schaffen?

Strahlser machte sich bei der Wache bemerkbar. »Können Sie mir bitte mein Smartphone geben?«

»Nein, das geht nicht. Das ist konfisziert.«

Pech für ihn! Also wusste die Polizei auch deutlich mehr, als er bisher vermutet hatte. Hoffentlich konnten sie nicht die Funktionen der Apps entschlüsseln. Dann wäre er geliefert. Dann würde sicherlich auch die App mit Todesschussfunktion entschlüsselt. Und wie würde dann die Anklage lauten? Galt das womöglich schon als Mordversuch? Strahlser trat der Schweiß aus allen Poren. Würden die Ermittler dann schließlich gar die beiden Toten mit ihm in Verbindung bringen? Oh nein, bloß das nicht. Und Hannelore? Wie würde die reagieren, wenn sie im Gerichtssaal erführe, dass ihr Ehemann ein Mörder war?

24

Immer noch 1. April 2019

Von all diesen Vorgängen ahnte Lina nichts. Sie genoss, jetzt, da Strahlser im Gefängnis ohne sein Smartphone saß, ihr Leben in vollen Zügen. Bisher hatte sich die Stimme in Deutschland nicht gemeldet. Vielleicht lag es ja auch daran, dass sie mit Leia gemeinsam unterwegs war. Die Zeit mit ihr verging wie im Fluge.

Einmal hatte sich die Stimme bereits als Leia vorgestellt. Ob sie es wohl wirklich gewesen war? Vielleicht könnte ich einmal in Gedanken bei ihr anklopfen, überlegte Lina.

»Hallo Leia, hörst du mich?«, schickte Lina ihre Gedanken auf die Reise.

Leia war einen Moment lang überrascht. Sie hatte nicht im Geringsten damit gerechnet, dass Lina auf diesem Weg Kontakt zu ihr suchen könnte. Was sollte sie tun? Sie beriet sich kurz mit ihren deutschen Kollegen. Wenn es die Fahndung unterstütze, sollte sie lieber antworten, darauf verständigten sie sich nach kurzer Beratung.

»Tut mir leid, dass ich nicht sofort geantwortet habe, aber ich habe dich gehört.«

»Ist so eine Gedankenstimme eine besondere Begabung?«

»Es soll Menschen geben, die sie von Natur aus haben, andere benutzen technische Hilfsmittel.«

»Das klingt ziemlich kompliziert.«

194

»Ja, vielleicht unterhalten wir uns demnächst einmal darüber. Wenn wir jetzt auf der Reise so viel gemeinsam erleben, ist das eine gute Voraussetzung. Also genieß die Tage bei deinen Freunden, dann sehen wir uns wieder. Tschüss Lina.«

»Tschüss Leia.«

Ob diese Stimme jetzt wohl wirklich von Leia kam, überlegte Lina. Sobald sie einander wiedersahen, würde sie das sicherlich in Erfahrung bringen.

25

15. April 2019

»Hallo Leia!«

»Hallo Lina, schön, dass du mich mit dem Auto abholst.«

»Ja, ich dachte, so sind wir flexibler.«

Sie fuhren eine ganze Weile schon über die Autobahn Richtung Norden, da schlug Lina eine kurze Rast vor.

»Hast du schon einmal etwas von Gedankenstimmen gehört?«, fragte sie unvermittelt.

»Gedankenstimmen? Ja, die gibt es. Aber es soll genauso gut Menschen geben, die dafür weniger empfänglich sind.«

»Kannst du mithilfe von Gedanken mit anderen Menschen sprechen?«

Leia war überrascht, dass Lina sie so direkt fragte.

»Ja, das kann ich zwar, aber nur mithilfe bestimmter technischer Geräte. Von Natur aus kann ich das nicht.«

»Heißt das, man kann Menschen mit Technik manipulieren, sodass sie Gedankenstimmen zu hören glauben?«

»Ja, wenn du es als Manipulation verstehen willst, hast du gar nicht so unrecht. In gewisser Weise ist es eine Form von Manipulation.«

»Könntest du auch mit mir via Gedanken kommunizieren?«

»Ja, das habe ich schon einmal versucht. Und vor ein paar Tagen hast du mich ja auch via Gedankenstimme angerufen.«

»Dann hast du mich gehört?«

»Ja.«

»Bin ich denn manipuliert?«, lachte Lina.

Leia schwieg.

»Ich frage dich, ob ich manipuliert bin, und du schweigst? – Hast du mich denn manipuliert?«

»Nein.«

»Wer dann?«

»Es ist Aufgabe der Polizei, das herauszufinden.«

»Du machst es aber spannend. Würdest du mir denn zu einem Gang zur Polizei raten?«

»Es wäre keine schlechte Idee, wenn du wirklich meinst, du wärest früher manipuliert worden oder seiest es immer noch. Aber, wie schon gesagt, bitte glaube mir, damit habe ich nicht das Geringste zu tun.«

»Würdest du denn mitkommen? Ich meine, damit die mich dort nicht für übergeschnappt halten.«

»Wenn du meinst, dann komme ich natürlich mit. Vielleicht warten wir damit, bis wir wieder in Gießen sind, was meinst du?«

»Dann fahren wir halt nach Gießen zurück. Da kommen wir zwar gerade erst her, aber wenn ich damit die andere Stimme loswerde, ist mir das wichtiger als der Urlaub.«

»Gut, dann lass uns an der nächsten Ausfahrt wenden und wieder zurückfahren.«

Als Lina kurz auf die Toilette ging, unterrichtete Leia die Kollegen in Gießen von dem neuen Plan. Deren Begeisterung motivierte auch Leia, und sie war auf dem Rückweg nun viel gesprächiger.

196

26

16. April 2019

Als sie hinter dem Polizeipräsidium in Gießen parkten, merkte Lina, dass sie ihren Mut etwas überschätzt hatte. Was, wenn man ihr nicht glaubte? Würde sie dann nochmals in eine Anstalt eingewiesen werden? Die Erinnerungen an Japan kehrten zurück.

Leia spürte die Verunsicherung von Lina und nahm sie sanft am Arm. Nun hatte Lina den Mut und konnte ihr Anliegen schildern.

»Da haben Sie aber gerade eine saftige Anzeige bewirkt«, meinte der Polizist ermutigend. »Dann will ich einmal sehen, was ich für Sie tun kann, damit Sie die Stimme loswerden.« Im Hinausgehen zwinkerte er Leia zu.

Als er wiederkam, meinte er an Lina gewandt:

»Frau Kobara, Sie müssen jetzt sehr stark sein. Wir müssen Ihren gesamten Körper mit einem Spezialgerät durchleuchten. Das dauert mit Unterbrechungen etwa drei Stunden. Haben Sie jetzt so viel Zeit, dann könnten wir damit direkt beginnen. Und sollten wir etwas finden, was ich nach Ihrer Darstellung stark annehme, müssten diese Vorrichtungen unter örtlicher Betäubung operativ entfernt werden. Die gute Nachricht ist dann aber, diese Objekte sind vermutlich winzig. Deshalb werden Sie von den Eingriffen kaum etwas spüren. Wollen Sie mir folgen?

Und nun wurde Lina zunächst in ein nahes Krankenhaus gebracht und dort immer tiefer in die Röhre geschoben. Sie hoffte nur, dass man die Ursache für die Stimme ausmachen und sie danach wirklich davon befreien könne.

Nach gut zwei Stunden war die Untersuchung tatsächlich beendet, und Lina durfte wieder in dem Zimmer bei Leia Platz nehmen.

197

»So, das Ergebnis war tatsächlich positiv«, begann der Polizist. »Das heißt, irgendjemand hat Sie manipuliert, und zwar jemand, der Geräte in einem Mikroformat herstellen kann. Ich rede hier von Objekten im Nanometerbereich. Haben Sie eine Vorstellung davon, wie winzig diese Vorrichtungen sind? Wer das getan hat, müssen wir erst noch ermitteln. Haben Sie einen Verdacht, bei wem wir anfangen könnten? Mit dieser Cyborg-Technologie lassen sich lebendige Menschen in Roboter verwandeln.«

»Nein, einen Verdacht habe ich nicht. Aber ich habe einmal jemanden kennengelernt, der beruflich mit der Forschung zu menschlichen Robotern zu tun hatte – mein früherer Vermieter hier in Gießen während meines Studiums. Ich habe ihn vor ein paar Tagen kurz getroffen, als ich mit meiner Freundin hier eine kleine Reise in meine Vergangenheit unternommen habe.«

Der Polizist war überzeugt, mit dieser Aussage lasse sich auch ein Durchsuchungsbefehl für Strahlsers Arbeitsbereich in seinem Labor erwirken. Sollte man dort auch nur ein winziges Teilchen irgendwo finden, reichte das für ein Strafverfahren wegen schwerer Körperverletzung.

Strahlser hatte beschlossen, doch zu schweigen, nachdem der Anwalt ihm erklärt hatte, er müsse sich vor der Polizei nicht selbst belasten.

Hannelore in ihrer Naivität hatte ihm geraten, doch einfach die Wahrheit zu sagen, dann würde sich der Fall schon aufklären. Das Schweigen von Felix danach hatte sie aber vorsichtig werden lassen. Schließlich war die Polizei in Deutschland an Prinzipien der Rechtsstaatlichkeit gebunden. Willkürliches Vorgehen war eigentlich ausgeschlossen.

27

17. April 2019

Am nächsten Tag sollte Lina nochmals ins Krankenhaus kommen. Zunächst wurde sie darüber belehrt, was alles bei einer Operation, auch bei einer ambulanten, schiefgehen konnte. Sie musste unterschreiben, dass sie über diese Risiken informiert worden war, dann zog sie sich um und wurde in den OP-Saal gebracht. Dort setzte man ihr die örtliche Betäubung. Etwa eine Stunde dauerte es, bis die Ärzte sicher waren, dass Lina von den Chips wieder befreit war. Nähere Untersuchungen ergaben dann, dass Lina mit diesen Chips manipuliert werden konnte. Damit konnte man sie zu einer Gefahr für ihre Umwelt machen. Doch nun, da sie von diesen Chips befreit war, würde sie fortan für niemanden mehr eine Gefahr darstellen.

Im OP-Saal nebenan lag ebenfalls eine Patientin, die sich den Einschuss von Strahlser herausoperieren ließ. Es war Leia, die die Gunst der Stunde nutzte.

Als Lina entlassen wurde, erwartete Leia sie bereits. Eine Ärztin empfahl Lina noch beim Abschlussgespräch, dass sie unbedingt sofort zur Polizei gehen sollte, egal in welchem Land sie sich aufhalte, falls sich die Stimme wider Erwarten noch einmal melden sollte. Nur dort könne man ihr helfen.

Die Ostertage plante Lina bei ihrer Familie zu verbringen, bevor sie mit Leia zurück nach Tokyo reiste. Leia wollte das Familientreffen nicht stören. Die beiden Frauen würden sich in der Abflughalle vor dem Rückflug wiedertreffen.

Lina erzählte zu Hause ausführlich, was ihr zugestoßen war. Schade nur, dass sie nicht herausbekommen hätten, wer dahintersteckte. Linas Eltern waren ungemein erleichtert, denn sie hatten sich schon länger um ihre Tochter gesorgt, etwa als klar war, dass der Schwiegersohn sie aus der Praxis ausschließen wollte.

Zu Japan waren es zur Sommerzeit sieben Stunden Zeitverschiebung. Um die Mittagszeit telefonierte Lina mit Kazuhiro, der am Abend vor dem Fernseher saß, um ihm das Vorgefallene zu berichten.

»Und du meintest, in Japan keine andere Wahl zu haben, als mich in die Psychiatrie sperren zu lassen, und dann auch noch in eine geschlossene.«

»Das tut mir sehr leid, meine Liebe, aber die Ärzte waren sich ja ebenfalls sicher, dass du dorthin gehörst.«

»Die haben vermutlich nur das Geld gesehen, wenn sie eine neue Patientin einweisen können.«

»So solltest du nicht denken. Immerhin gibt es eine solche Krankheit, und die Ärzte haben nur ihr Wissen angewandt.«

»Na, hoffentlich ergeht es den anderen Patienten besser als mir! Wenn ich wieder zurück bin, dann werde ich dort einmal anrufen. Hingehen möchte ich nicht, nachher geht das noch schief. Vorsichtshalber habe ich mir übrigens vom Krankenhaus hier eine Bescheinigung geben lassen, dass man mich von diesen grässlichen Geräten befreit hat. Man weiß ja nie.«

»Das ist sicherlich eine gute Entscheidung gewesen. Die kannst du überhaupt dem Krankenhaus schicken.«

»Ja, eine Kopie können die gerne haben. Das Original gebe ich aber nicht aus der Hand.«

»Eine Kopie reicht bestimmt. Und hoffentlich nimmst du es meinem Vater und mir nicht übel, dass wir dich nicht mehr in der Praxis arbeiten lassen wollten. Natürlich kannst du jetzt wiederkommen, so oft du willst.«

»Danke! Das Angebot nehme ich nur allzu gerne an.«

Lina freute sich ehrlich und war sich auch sicher, dass ihr Mann sich ebenfalls freute.

28

Immer noch 17. April 2019

»Diese Technik, die verwendet wurde, ist exakt dieselbe, wie bei Signora Domino in Catania«, verkündete Leia, »bei mir und auch bei Lina. Allerdings hat der Täter diese Chips ständig weiterentwickelt. Lina war inzwischen sein persönlicher Roboter. Ich wäre es auch geworden, wenn ich nicht sofort Gegenmaßnahmen ergriffen hätte.«

»Das sind sehr gute Nachrichten«, lobte der die Untersuchung leitende Kommissar in Gießen.

»Dann müssen wir jetzt herausfinden, ob Linas Technik ein Gedächtnis hat, ob die Schüsse, die sie abgegeben hat, gespeichert worden sind.«

»Nein, das ist nicht der Fall«, erklärte Leia.

»Gut, aber wir wissen, wann Lina in Catania war. Das sagen wir Strahlser einfach auf den Kopf zu und gehen davon aus, dass die Indizien dafürsprechen, dass er zu dem Zeitpunkt dort war. Möglicherweise nicht alleine, sondern mit seiner Frau.«

Strahlser fiel in sich zusammen, als die Beamten ihn damit konfrontierten, dass er bei seinem Aufenthalt in Catania am 6. Juli 2017 Lina und einer Person, bei der sie sich dort aufgehalten habe, jeweils mindestens einen Chip unter die Haut geschossen habe.

»Vielleicht versuchen Sie es ausnahmsweise einmal mit der Wahrheit«, versuchte der vernehmende Polizist Strahlser zum Reden zu bewegen.

Doch der schwieg weiterhin. Das Selbstbewusstsein, das er zu Beginn der Vernehmungen an den Tag gelegt hatte, hatte sich jedoch verflüchtigt, seit ihm die Rückgabe seines Smartphones verweigert worden war.

»Sie haben unmittelbar nach Ihrer Rückkehr von Catania ein Kind adoptiert. Ist das korrekt?«

Das wissen die ganz sicher, ging es Strahlser durch den Kopf, und er nickte resigniert. Sie waren damals mit ihrem eigenen Wagen gereist, denn er wollte keine Spuren hinterlassen. Den Bon von der Eisdiele hatte er einfach liegenlassen und ebenso auch sämtliche anderen Kassenzettel auf ihrer Reise. Statt in Hotels übernachteten sie auf Autobahnraststätten im Auto auf den zurückgeklappten Sitzen und duschten am nächsten Morgen in der Münzdusche der Raststätte. Da sie das schon häufiger gemacht hatten, fand Hannelore das völlig akzeptabel. Strahlsers Gedanken schweiften nach Catania und Italien ab.

»Da Sie mir ganz offensichtlich nichts sagen wollen, bringe ich Sie jetzt zurück in Ihre Zelle.«

Diese Worte brachten Strahlser in die Gegenwart zurück.

29

22. April 2019

»Herr Strahlser, heute sehen Sie besser aus, als das letzte Mal«, begann der Anwalt das Gespräch.

»Haben Sie der Polizei gegenüber eine Aussage gemacht?«

»Nein, ich bin zwar vernommen worden, aber ich habe nur geschwiegen. So, wie Sie mir geraten haben. Aber die Polizei hat herausgefunden, dass ich am 6. Juli 2017 in Italien war.«

»Gut. Das hatten Sie bislang nicht erwähnt. Aber es wird der Tag kommen, an dem ich Sie vor Gericht verteidigen muss. Deshalb fordere ich Sie nochmals auf, mir die ganze Wahrheit zu sagen und dem Gericht übrigens auch. Also, fangen wir noch einmal von vorne an. Was genau wirft man Ihnen vor?«

»Ich soll Lina Kobara mithilfe von Chips, die ich ihr unter die Haut geschossen habe, beeinflusst haben.«

»Und? Stimmt das.«

202

»Ja.«

»Können Sie mir die Technik genauer beschreiben? Ich habe von solch einem Fall noch nie gehört.«

Endlich hatte Strahlser begriffen, dass der Anwalt nicht lockerlassen würde, und dass der Gerichtstermin möglicherweise schon feststand. Und so begann er, zunächst stockend, zu erzählen, zunächst von seinem geliebten Cockerspaniel Fox, dann von seinem Hass auf Veterinäre, den er dadurch entwickelt hatte. Und von dort schlug er den Bogen zu Lina Kobara. Es sei reiner Zufall gewesen, dass es sie getroffen habe. An sie kam er als Vermieter einfach problemloser heran, als an den Tierarzt, der seinen Fox getötet hatte.

Der Anwalt kam aus dem Staunen nicht mehr heraus.

Als Strahlser eine längere Pause machte, fragte er nach, ob das bereits alles sei.

»Nein«, entgegnete Strahlser, und dann erzählte er von den beiden Morden.

Als Strahlser geendet hatte, erklärte der Anwalt:

»Sie müssen mit einer sehr langen Freiheitsstrafe rechnen. Ich bin nicht Ihr Richter und kann Ihnen diesbezüglich auch nichts weiter sagen. Nun noch etwas anderes, können Sie überhaupt noch nachvollziehen, wie viele weitere Personen Lina Kobara infiziert hat?«

»Nein, das kann ich nicht.«

»Und wenn ich einen Schätzwert von Ihnen verlangte?«

»Mehrere tausend, vielleicht zehntausend, so genau habe ich das nicht nachgehalten«, gab Strahlser zu.

»Das bedeutet, dass diese Menschen für den Rest ihres Lebens mit Fremdmaterial im Körper leben müssen, ohne sich davon befreien zu können. Herr Strahlser, ich denke, auch das wird sicherlich bei der Bestimmung Ihres Strafmaßes berücksichtigt werden.« Damit verabschiedete sich der Anwalt, versprach jedoch in zwei Tagen wiederzukommen.

30

21. Juni 2019

Strahlser war sehr nervös, als sein Anwalt ihn vor den Gerichtstoren ansprach. Obwohl er versucht hatte, ihr das auszureden, war auch Hannelore gekommen. Die war noch ahnungslos. Strahlser hatte es nicht geschafft, ihr die Wahrheit zu sagen. Angesichts der bevorstehenden Gerichtsverhandlung hatte sie ihm jedoch direkt ins Gesicht gesagt, sie könne sich nicht länger vorstellen, dass er wirklich unschuldig sei. Sie war sehr unglücklich. Seit sie das Kind adoptiert hatten, waren sie eine ganz normale Familie geworden. Und Felix hatte sich rührend um das Kind gekümmert. Damit der Junge nicht durch unglücklichen oder böswilligen Tratsch von seiner Adoption erführe, waren sie aus der Lessingstraße ans andere Ende der Stadt gezogen. Und nun stand ihrem Mann ein Strafverfahren bevor, aber er weigerte sich, ihr die Wahrheit zu sagen. Hannelore war zutiefst beunruhigt über das, was sie bei der Verhandlung wohl oder übel erfahren würde.

Bei der Eröffnung des Verfahrens wurde im Beisein der zunehmend bestürzten Hannelore die Anklageschrift verlesen. Sie konnte es nicht glauben und wäre beinahe im Saal zusammengebrochen.

Noch war das Strafmaß nicht verkündet worden, die Staatsanwältin hatte lebenslänglich und anschließende Sicherungsverwahrung gefordert. Immerhin hatte ihr Mann außer zwei unfassbar und durch nichts zu legitimierenden kaltblütigen Morden auch eine unbestimmte, aber sehr große Anzahl von Menschen, im schlimmsten Fall bis zu zehntausend, zu Robotern degradiert und zudem schwere körperliche Veränderungen zumindest einer Person beigebracht. Diese Manipulationen beeinträchtigten das Leben von Lina Kobara als der Hauptleidtragenden sehr schwer, die mit derart deformierten Zehen und Mittelfußknochen nicht ohne Schmerzen gehen konnte. Und das so bewirkte

204

unnatürliche Aufsetzen der Füße führe nach Ansicht des von der Justiz bestellten Sachverständigen langfristig zur Verkrümmung der Fußknochen. Der ärztlichen Prognose zum wahrscheinlichen Verlauf dieser Verletzungen lasse sich nach dem gegenwärtigen Stand der Medizin entnehmen, dass Schmerzfreiheit nur durch eine Operation erreicht werden könne. Der dem Opfer beigebrachte Schaden sei irreversibel.

Hannelore schleppte sich nach der Verhandlung zu ihrem Auto. Sie stieg ein, und dachte intensiv, bevor sie losfuhr, über eine Scheidung nach. Ihr Kind würde nun als Halbwaise aufwachsen und mit dem Bewusstsein, einen teuflisch kriminellen Vater zu haben. Hannelore war ratlos und verzweifelt. Wie, um alles in der Welt, hatte sie sich nur so lange in ihrem Mann derart täuschen können? Überstunden, die sie stets hingenommen und schließlich auch irgendwie akzeptiert hatte. Natürlich waren ihr die Veränderungen in seinem Verhalten aufgefallen, aber sie hatte diese stets als seine Form der Trauer um Fox interpretiert. Doch wie wenig er den Verlust des Hundes verkraftet hatte, war ihr völlig entgangen. Und seit der Adoption hatte Felix kaum noch Überstunden gemacht. Sie war also überzeugt davon, dass er sich spätestens seither wieder gefangen hatte. Der Mann, den sie für ihren Felix gehalten hatte. Sie würde jetzt viel Kraft benötigen, das wurde ihr von Minute zu Minute klarer. Ob sie es wohl schaffte, ihrem Sohn wenigstens die Mutter zu erhalten? Oder würde man ihr das Kind wieder wegnehmen? Sie spürte wie ihr Körper eine Gänsehaut entwickelte. Zum Glück war das Kind noch so klein, dass es von all ihren Sorgen nicht allzu viel mitbekam. Hannelore selbst verspürte eine bis dahin nicht gekannte Angst vor der Zukunft.

31

Immer noch 21. Juni 2019

Lina konnte es kaum glauben, dass die Stimme ihr wirklich nichts mehr anhaben konnte. Sie war der glücklichste Mensch auf Erden, fand sie.

Lina hatte von ihrem Recht Gebrauch gemacht, als Nebenklägerin aufzutreten. Erst während der Verhandlungen erfuhr sie, dass Felix Strahlser es war, der sie so viele Jahre derart traktiert hatte. Vor dem Gerichtssaal im Amtsgericht erblickte sie ihren ehemaligen Vermieter, der sich, umgeben von Polizisten, mit seinem Anwalt beriet. Sie bemerkte auch, wie sehr Strahlser bei ihrem Anblick zusammenfuhr. In der Verhandlung schließlich, als ihr Name fiel, wünschte sie sich Leia als Stütze herbei. Doch die hatte sie in letzter Zeit noch nicht wieder getroffen, und so hatte sie ihr noch nicht erzählt, dass sie Nebenklägerin sein würde. Irgendetwas in ihr hatte Lina davon abgehalten, Leia zu kontaktieren. Umso überraschter war sie, als diese als Zeugin aufgerufen wurde. Eine Zeugin, die fließend Deutsch sprach. Linas Herz schlug Purzelbäume. So erfuhr sie auch von der wahren Identität ihrer Freundin. Leia umgekehrt wusste um Linas Anwesenheit bei der Verhandlung, war jedoch angewiesen worden, bei dieser Gelegenheit nicht mit ihr zu sprechen.

32

25. Juni 2019

Lina konnte es kaum glauben, dass es fortan für sie ein schmerzfreies Leben geben sollte. Sie hatte sich wegen des Hallux Valgus umgehört, doch schien es wirklich so zu sein, dass sie um eine Operation nicht herumkam. Es würde ihre erste sein.

Nachdem sie die Wahrheit im Gerichtssaal erfahren hatte, meldete sie sich bei ihren alten Freunden und erzählte ihnen von ihren Erlebnissen. Sie äußerte jedoch nicht ihre Vermutung, dass sich die Menschen aus Angst vor »Ansteckung« mit Schmerzen von ihr zurückgezogen hatten. Langsam würde ihr Leben sicher wieder in normale Bahnen zurückkehren, denn die Freude auf Seiten ihrer Freunde war echt. Natürlich würde man sich wiedersehen! Nur ein Wermutstropfen sollte sich in Linas Freude mischen. Leia rief an und bat sie um ein Gespräch. Ihre Stimme klang sehr sachlich.

»Nun, da du es im Gerichtssaal ohnehin erfahren hast, möchte ich es dir auch selbst mitteilen. Ich bin auch jetzt im Dienst, im Polizeidienst. Und in meinem Beruf wird es nicht gern gesehen, wenn private und berufliche Kontakte ineinander übergehen, weshalb ich mich jetzt, da du meine Identität herausgefunden hast, nicht mehr privat mit dir treffen sollte. Das ist zwar keine streng kontrollierte Dienstvorschrift, doch es wird, wie gesagt, nicht gern gesehen. Und ich bitte dich dringend, erwähne mich auch gegenüber deinen Freunden und deiner japanischen und deiner deutschen Familie nicht. Es würde als sehr unprofessionelles Verhalten gelten, wenn herauskommt, dass du vor Gericht meine wahre Identität erfahren hast.«

»Tut mir leid, dass ich dir damit in die Parade gefahren bin.«

»Ist schon ok. Ich freue mich riesig darüber, dass du nun ungestört von allem ein neues Leben beginnen kannst. Ich drücke dir die Daumen, vor allem auch, dass du wieder in deinen Beruf zurückkehren kannst.«

»Das ist wahrhaftig schon der Fall.«

»Wunderbar. Sicher wird sich auch alles andere wie von selbst ergeben. Ich wünsche dir von Herzen alles Gute!«

»Alles Gute auch für dich. Und vor allem, nie wieder einen Fall wie meinen! Ach ja, und hier, diese handschriftlichen Aufzeichnungen wollte ich dir noch geben. Es ist mein Tagebuch über meine Körperreaktionen, wenn ich das Gefühl hatte, ich würde von der Stimme ferngesteuert. Vielleicht kannst du ja etwas damit anfangen. Ich werde es wohl nicht mehr brauchen.«

»Das wollen wir hoffen!«

33

Immer noch 25. Juni 2019

Nach ihrem Gespräch mit Leia ging Lina geradewegs in die Praxis. Kazuhiro und ihr Schwiegervater waren gerade dabei, dem einzigen Schäferhund, den sie in ihrer Praxis je behandelten, eine Spritze zu geben. Derart große Hunde wurden nur selten gehalten, und zudem waren Golden Retriever viel populärer.

Lina wartete, gelassen, wie sie selbst beobachtete, bis sich nur noch Kazuhiro und sein Vater in den Räumen aufhielten. Dann tat sie so, als bewerbe sie sich bei bisher Unbekannten. Sie verbeugte sich höflich und sagte:

»Ich bin derzeit unverschuldet arbeitslos. Haben Sie womöglich eine Tätigkeit für mich?«

Kazuhiro und ihr Schwiegervater lachten und strahlten über das ganze Gesicht, und ihr Mann antwortete:

»Derzeit ist in der Tat gerade eine Stelle frei, denn wir suchen noch einen Arzt, der Moxibustion beherrscht.«

208

»Was für ein Glück. Das ist mein Spezialgebiet. Wann könnte ich bei Ihnen anfangen?«

»Natürlich sofort. Also, auf gute Zusammenarbeit.«

Damit schwenkte Kazuhiro ihren Arztkittel, und Lina konnte ihre Arbeit wiederaufnehmen. »So glücklich also kann ein Mensch sein«, dachte Lina voll Dankbarkeit.

Beim Abendessen zu zweit reisten sie zunächst gemeinsam durch angenehme Erinnerungen. Dann jedoch wurde Lina plötzlich sehr ernst und verlangte von Kazuhiro, er müsse fortan, wenn sich Probleme am Horizont abzeichneten, stets offen zu ihr zu sein. Dasselbe versprach sie ihm auch. Diese ungesunde Rücksichtnahme, wie sie es nun lange Jahre praktiziert hatten, sollte ihnen eine Lehre sein. Zu viel Unausgesprochenes dürfte nie wieder ihre Beziehung belasten. Beide hofften allerdings auch, dass ihnen fortan derartige Prüfungen erspart blieben, und Kazuhiro entschuldigte sich aufrichtig dafür, sie nicht hinlänglich in ihrer zuweilen sehr dunklen Lage unterstützt zu haben. Doch Lina liebte ihn immer noch aus vollem Herzen. Auch diese Verzweiflung hatte nie am Sockel ihrer Liebe rütteln können.

34

Neun Monate später

»Ist er nicht süß?«, fragte Lina.

»Ja, genauso musst du als Baby ausgesehen haben«, entgegnete Kazuhiro.